착한 당신 피곤해져도 잊지마,
아득하게 멀리서 오는
버럼의 맘을.

2021년 봄
마종기

아름다움, 그 숨은 숨결

마종기 산문집

아름다움,
그 숨은 숨결

&

예술,
아름다움을 찾아

 한 묶음의 원고를 출판사에 보내고 나서, 작가의 말은 곧 써서 보내겠다고 약속을 한 지, 거의 한 달이 되었다. 출판사의 눈치가 보이는 듯했지만 어떻게 글을 시작해야 할지 엄두가 나지 않아 망설이다가 더 이상 미룰 수가 없어서 책상 앞에 다시 앉았다. 이런 일은 한 번도 겪어보지 못한 경험이라 왜 시작을 못하는지 나 자신도 궁금해 스스로에게 물어보았다. 그리고 어렴풋이나마 그 해답을 알 듯도 했다.

 그 첫 번째 이유는 아마도 이 엄혹한 시절, 코로나19 팬데믹의 비극이 온 세상을 뒤덮은 처참한 암흑에서 오늘도 수많은 생명이 비명 속에 죽어가고 시신을 덮을 관도, 묻을 땅도 준비가 되어 있지 않다는 지구. 살아 있는 사람조차 마주 보고 담소도 주고받지 못하는 날들이 도대체 얼마나 더 지속되어야 한다는 것인지. 서로가 서로를 피하려고만 하는 이 암담한 외면 속에서 무슨 문학이, 무슨 음악 듣기가, 무슨 그림 구경이, 또 무슨 지난날의 동서남북 여행기가 도대체 무슨 정신 나간 소리냐고 야단을 치는 듯해서였다. 거기다가 내가 즐기는 음악이나 그림 감상이나 연극, 영화, 무용 공연이나 잡독의 독서가 뭐 그리 대단한 수준이라고 이 나이에 부끄러운 줄도 모르고 낯간지럽게 책으로 출간하느냐는 질책이 귀에 들리는 듯해서였다.

그러나 그와 동시에 내게 다른 목소리가 들려온 것도 사실이다. 바로 이렇게 경계가 다 막힌 경험해보지 못한 창백한 세상이기에, 치기 어린 내 생의 미로가 어쩌면 누구에겐가 작은 위로가 될 수도 있고 잠시나마 푸근하고 편안한 자리를 제공할 수도 있겠다는 생각. 예술의 전문 분야를 전공하고 깊이 공부한 분의 학문적 분석이 아니고 그냥 하루하루의 생활 중에 만나는 예술의 즐거움, 내 몸의 일부가 된 것처럼 오랜 세월 나와 함께 살면서 나를 살려준 고마운 은인. 젊은 나이에 고국을 떠나 어쩔 수 없이 느껴야 했던 진한 외로움을 달래주고 힘이 되어주고 친구가 되어준 그 모든 예술이나 독서나 여행을 그냥 친한 이에게 말하듯 순서도 곡절도 이유도 없이 줄줄이 벌려놓은 게 이 책이다.

말이 되는지 모르겠지만 나는 꽃 몇 송이를 키우는 볼품없는 꽃나무 화분이고 내가 평생 키운 꽃은 의사라는 내 생업과 밤잠을 설치면서 만들어낸 시 몇 편이 전부인데 그 꽃 화분을 이렇게 오래 편하게 살게 해준 흙과 비료와 단비 같은 물은 바로 내가 즐기는 음악 듣기고 그림 보기이고 독서이고 믿음이고 여행이라고 나는 믿고 있다.

이 책은 좀 색다른 내력을 가진다.

내가 있는 곳에서 한참 먼 미국 로스앤젤레스에서 시인이고 미술평론가로 활동하는 장소현 선생이 얼마 전 자신의 미술평론집을 한 권 보내주어서 흥미롭게 읽었다. 그리고 그 재미를 이어가고 싶어서 이메일로 안부를 전하고 함께 예술에 대한 이야기를 생각나는 대로 반년 이상 나누면서 코로나19 팬데믹의 회색빛 싫증을 이겨왔다.

혹시 이런 글을 모아 책으로 만들까 하던 계획은 이루어지지 않았지만 바로 그즈음에 한 문학잡지의 편집장으로 인연을 맺었던 은현희 선생이 연락을 주셨다. 그러면서 산문집 출간을 제의해주었다. 그래서 나는 그동안의 장 선생과의 소통을 근간으로 하고 편집자의 청으로 오래전 이상한 일로 절판된 내 책에서 몇 개의 산문을 더해서 은 선생에게 보냈고 그분이 그 글들로 책을 만들었다. 나는 그간 여러 권의 책을 출간했지만 책 출간을 위한 편집자의 위치는 잘 모르고 있었는데 이번을 계기로 조금 알게 되었다. 좋은 예는 아니겠지만, 내가 밀가루 반죽과 몇 가지 재료를 편집자에게 넘기면 편집자는 그 재료로 맛있는 여러 모양의 빵을 만들어내고 가게에 보기 좋게 진열하는 역할은 아닐까. 이번처럼 편집자에게 크게 의지한 적은 내게는 처음인 듯하다.

이 책을 출간하면서 두 분께 큰 신세를 졌다. 두 분께 한마음으로 감사의 인사를 드린다. 그리고 사진을 제공해주신 이재용 선생과 글을 읽어주신 뉴욕의 김정기 시인께도 함께 인사를 드린다.

2021년 봄에

마종기

차례

2

예술과
—
예술가들

5

독수리의
—
날개

1

따뜻한 —— 삶을

—— 꿈꾸는

꿈꾸는 당신

내가 채워주지 못한 것을
당신은 어디서 구해 빈터를 채우는가.
내가 덮어주지 못한 곳을
당신은 어떻게 탄탄히 메워
떨리는 오한을 이겨내는가.

헤매며 한정 없이 찾고 있는 것이
얼마나 멀고 험난한 곳에 있기에
당신은 돌아눕고 돌아눕고 하는가.
어느 날쯤 불안한 당신 속에 들어가
늪 깊이 숨은 것을 찾아주고 싶다.

아름다움, 그 숨은 숨결

밤새 조용히 신음하는 어깨여.
시고 매운 세월이 얼마나 길었으면
약 바르지 못한 온몸의 피멍을
이불만 덮은 채로 참아내는가.

쉽게 따뜻해지지 않는 새벽 침상.
아무리 인연의 끈이 질기다 해도
어차피 서로를 다 채워줄 수는 없는 것
아는지, 빈 가슴 감춘 채 멀리 떠나며
수십 년의 밤을 불러 꿈꾸는 당신.

　사랑하는 당신, 모쪼록 당신의 꿈속에서 당신이 찾고 있는 평안과 행복감을 누리기 바랍니다. 내가 당신을 사랑하고 이해하고 최선을 다해 돕는다 해도, 나는 완전하지 못한 인간이기에 당신의 빈 가슴을 다 채우기에는 늘 부족하고 미흡합니다. 세상이 공정하지 못해 자주 실망하게 되고 주위의 모든 이가 완전하지 못해 자꾸 상처를 받아 아픈 당신. 모쪼록 그 쓸쓸하고 추운 당신 가슴의 빈구석을 당신의 아름다운 꿈으로 채우기 바랍니다. 그리고 그 아름다운 꿈의 공간을 주관하는 일을 누구에게 부탁할지, 당신은 벌써 잘 알고 있을 것입니다.

어쩌다 이 나이까지 나는 별것 아닌 내 시를 붙잡고, 아니 내 몸에 친친 감고 살아왔지요. 내가 만약에 문학을 붙잡고 살지 않았다면 아마도 틀림없이 볼품없는 삶을 살다가 벌써 끝을 냈을 것입니다. 외로움도 많이 타는 편이고 신경질적이고 몸도 건강한 편이 아니고 무엇보다 어처구니없이 길어진 외국생활에서 오는 불만과 외로움, 사고와 행동의 제약은 정말 힘든 것이지요. 단지 이런 환경에서도 다행스럽게 내가 악착같이 문학을 붙잡고 살아온 덕택에 아직까지도 살아 있다고 믿고 있습니다.

지난 2주일 동안 청탁을 받은 세 편의 시를 쓴다고 허우적대며 가슴으로는 보이지 않는 피를 흘리다가 겨우 끝을 내고 며칠 후 그 시들을 다시 읽다가 부끄럽고 부끄러워 다 찢어서 쓰레기통에 버렸습니다. 수십 년이지요. 사라진 시간만큼의 백발과 주름살! 억울하고 시원해서 밖으로 뛰쳐나오니 아, 주위는 단풍이 고운 가을이 와 있었네요. 낙엽까지 날려야 더 좋게 보이는 나이이긴 하지만 머리를 감싸고 짓누르던 풍경과 낱말들이 바람을 타고 자유롭게 떠나는 게 보입니다. 떠나는 시들이 내 마음의 스산한 내막을 소문내면 내년쯤에는 참 좋은 시가 찾아와줄까요, 참 좋은 시 한 편이 나를 찾아와줄까요?

세상의 모든 물체는 그 생사 여부를 떠나 부단히 변합니다. 그

아름다움, 그 숨은 숨결

러니 그런 것에 나를 맡기거나 나를 의탁할 수는 없습니다. 나를 온전히 맡기려면 적어도 변하지 않는 것을 우선 찾아야겠지요. 그중의 드문 하나가 예술이 가지고 있는 지고한 정신과 힘, 그리고 내가 유추할 수 있는 범위 안에서 신앙이 주는 구원의 약속 같은 것이라고 하겠습니다. 그것만이 내가 알기로 변하지 않는, 그래서 가장 확실한 우리들의 삶의 기둥이 될 수 있다고 믿고 있습니다. 모든 일시적이고 한시적인 것들을 떠나, 나와 완전히 일체가 되어주는 그런 기둥을 하나 단단히 감아쥐고 살라고 말해주고 싶습니다. 정면으로 온몸을 던져 상대하는 모든 예술이 그 기둥이 되어줄 수 있고 눈에 보이지 않는 믿음의 빛이 나를 강하게 잡아주고 지켜주는 이상한 힘을 보여줄 것입니다.

한 사람의 아픔을

나는 내가 쓴 시가 없어지기를 바랍니다. 내 시를 누가 먹어버리거나, 숨 쉬어버려서 그대로 없어졌으면 좋겠습니다. 물론 그래서, 내 시가 잠시만이라도 그 사람의 몸이 되었으면 좋겠습니다. 아름다운 항아리같이 언제나 적당한 거리를 두는 정물이 되지 않았으면 합니다. 그러면 나중에, 아무도 돌보아주지 않는 무덤같이 혹은 은퇴한 뒷골목의 권투선수처럼, 으스스하고 생소한 분위기를 미리 기억해두지 않아도 될 테니까요.

시를 쓴다는 것은, 자신이 인간으로 자유롭다는 것을 스스로 일깨우고, 자기 감성의 자유로움을 즐기는 것이라는 생각이 듭니다. 그런 자유의 귀함과 필연성을 위해서 나는 자주 내 자신의 생각과 행위를 정리해보는 자기 성찰의 시간을 가져야만 하

아름다움, 그 숨은 숨결

겠지요.

　내가 사는 외국에는 봄이 늦게 찾아옵니다. 우중충한 잿빛 배경으로 앙상한 나목들이 추위에 몸을 사리는 긴 겨울 탓에 마음까지 춥습니다. 그래서 하루하루의 세상살이가 주눅 들어 헤맬 때쯤, 먼 여행에서 돌아오는 봄이 새들의 왁자지껄한 소리를 타고 도착하지요.

　원망스러운 눈으로 하늘만 쳐다보던 새들이 갑자기 쌍쌍으로 하늘이 좁다고 오르락내리락 날아다니고 새소리에 놀라서 선잠을 깬 나무들이 그때서야 부랴부랴 새순을 나뭇가지 끝에 매달면서 봄 치장을 시작합니다. 꽃샘바람이 새들의 날개에 실려 날아가고 앞뜰과 뒤뜰은 의심스럽고 어두운 공기를 털어내며 윤기 있는 색깔을 곳곳에 칠하지요. 그즈음 이 고장의 봄은 2, 3일 동안 가는 비를 온 동네에 뿌리면서 은근한 인사를 합니다.

　봄비.

　토요일 아침, 노곤하고 게으른 늦잠 끝에 창밖에서 작게 웅성거리는 소리를 듣습니다. 이게 무슨 소리지? 커튼을 엽니다. 아, 비가 오는구나. 봄비가 시야 가득히 내리고 있습니다. 한참 정신 놓고 창밖을 향한 채, 내리는 비를 바라봅니다. 비를 눈으로 보는 것인지, 아니면 마음 문을 열어놓고 내 몸이 온통 비를 맞는 것인지 알 수가 없습니다.

사방 하늘이 좀 어두운 것을 보니 오늘은 비가 한참 더 오겠군. 세면을 마치고 커피 한 잔을 들고 다시 창밖을 망연히 내다보다가 옷을 주워 입고 밖으로 나섭니다. 오늘은 마침 일을 안 나가는 휴일입니다. 휴일이 주는 안온함과 유유자적한 기분을 즐기며 동네를 벗어나 편편한 시골길을 달려보았습니다.

시야의 먼 곳은 온통 비와 안개에 뒤덮여 아득하기만 합니다. 복잡한 풍경들이 지워지고 생략된 채 여백이 많은 오래된 한 폭의 한국화를 보는 듯 두 눈이 편안해집니다. 어지간한 소음과 복잡한 세상의 사연들은 빗물을 따라 땅 밑으로 스며들었는지 빗소리가 오히려 적막강산에 고인 침묵이 되어 내 주위를 감쌉니다. 문득 아름다운 어느 세상에 다시 태어난 듯한 고마움으로 가슴이 훈훈해집니다.

이렇게 비가 오는 날에는 지나가는 세상을 보는 눈도 조금은 달라지지요. 대충대충 큰 줄거리만 건져가다가 보면 세상은 사실 이렇게 사는 것이 아닐까 하는 새삼스러운 눈뜸의 기쁨을 느끼기도 합니다. 망설이면서 살아온 지난날도, 후회하는 마음으로 살고 있는 오늘도, 그리고 어디로 가는 것인지 가끔 잊어버리는 막연한 내 생활의 구차스러움도 갑자기 다 용서해줄 수 있을 것 같은 여유가 생깁니다.

아름다움, 그 숨은 숨결

지금 내가 살고 있는 미국이라는 곳이, 의사라는 내 직업이, 나날의 내 기쁨이, 내 슬픔이, 내 믿음이, 내 생존이…… 이 모든 것이 자주 어색하게만 느껴지던 그 허탈감이, 그 모든 의문들이, 촉촉이 내리는 봄비의 풍경 속에 한꺼번에 깨끗이 씻겨나가고 조건 없이 감싸 안아주고 있으니까요.

불쌍한 것! 뭘 그리 마음 아파하고 힘들어하며 살고 있느냐. 뛰어내려라, 다람쥐 쳇바퀴에서 뛰어내려라. 뛰어내려서 네 세상을 찬찬히 휘둘러보아라. 빗속에 보이는 빛나는 세상을 천천히 살아보아라.

세상에서 비 오는 날을 좋아하는 사람이 어디 나 혼자뿐이겠습니까. 그래서 이렇게 호들갑을 떠는 것이 좀 겸연쩍기도 하지만, 비 오는 날에는 나는 자주 혼자 있는 시간을 가지려고 기회를 찾습니다. 혼자서 비를 보고 있으면 어느덧 그간에 먼지 묻고, 때 묻은 내 마음이 깨끗하게 씻겨지는 듯하지요. 그리고 자신의 내면을 좀 더 심상한 마음으로 들여다보게 됩니다.

1세기 전, 미국의 훌륭한 여성시인 에밀리 디킨슨은 매사추세츠의 숲속 조용한 집에서 평생을 혼자 은거해 살았지요. 비가 촉촉이 내리는 날이면 그녀는 산책을 즐겼다고 합니다. 미국의 시문학에 큰 발자취를 남긴 디킨슨은 살아생전에는 두세 편의 시밖에 발표하지 않고 이전에 쓴 모든 걸작품을 그냥 간직한 채 죽었다던가요. 비 오는 날을 그렇게도 좋아했다니 아마 디킨슨이 산책하던 그날도 이런 가는 비가 내리고 있었을지 모릅니다. 그는 짧은 시로 이렇게 말했습니다.

> 내가 한 사람의 심장 찢기는 아픔 막을 수 있다면
> 내 인생 헛된 것 아니리.
> 내가 한 사람의 고통 덜어줄 수 있다면
> 또, 한 사람의 아픔 식힐 수 있다면
> 기절한 울새를 도와
> 둥지로 돌아가게 할 수 있다면
> 내 인생 헛된 것 아니리.

가만있자, 공연히 내 입김까지 넣어 조잡한 번역을 하기보다 이 좋은 시를 그대로 여기에 적어보겠습니다. 어려운 단어도 없으니 원문을 읽으며 그의 숨결을 다시 느껴보는 것도 좋을 것 같습니다.

> If I can stop one heart from breaking,
> I shall not live in vain;
> If I can ease one life the aching,

아름다움, 그 숨은 숨결

Or cool one pain,

Or help one fainting robin

Unto his nest again,

I shall not live in vain.

　1세기 전의 빗소리가 문득 내게도 들리는 것 같습니다. 나는 과연 이 세상 어느 한 사람의 아픈 마음을 위로하고 씻어준 적이 있는가. 고통을 덜어주었는가. 마음을 다해 그런 도움을 주었는가. 스스로에게 물어봅니다.

　얼마 전 디킨슨이 평생을 살았던 작은 마을 애머스트에, 가까운 친척의 딸 결혼식 때문에 간 적이 있습니다. 그곳 애머스트대학교 결혼식장에서 나는 한국어로 내 시를 읽어주었지요. 어차피 한국어를 알아듣는 하객이 몇 없었지만, 나는 행복한 마음으로 낭송을 끝마칠 수 있었습니다. 마침 식장 밖에는 그날처럼 가는 비가 내리고 있었으니까요.

시간의 의미

　　　　　지난해도 크게 이룬 것이 없이 한 해가 갔습니다. 해가 갈수록 세월이 빠르다는 느낌을 지울 수 없습니다. 이십 대는 20킬로미터의 속도로 시간이 가고, 육십 대는 60킬로미터의 속도로 더 빠르게 세월이 간다는 말을 누군가 정신신경학적으로 증명했다고 합니다. 이십 대에는 뇌의 활동이 활발해서 단위 시간에 일어난 일을 다 기억하고 그 시간에 받은 기억의 용량이 많아 시간이 더디 가는 느낌을 받는 반면, 나이를 먹으면 뇌의 반응이 늦어지고 뇌가 기억하는 양도 적어져 시간이 빨리 가는 느낌을 받는다고 하던가요…….

　시간 이야기를 하다 보니 오래전에 우화 같은 글에서 읽은 한 추장의 말이 생각납니다. 남태양평의 사모아섬, 그 정글 속에 살

24　　　　　　　　　　　　　　　　　　　　아름다움, 그 숨은 숨결

고 있는 소수 부족의 추장이 한번은 무슨 이유에서인지 문명사
회로 여행을 가게 되었습니다. 몇 달간 문명국을 여행하고 돌아
온 추장은 자기 부족을 모아놓고 여행담을 풀어놓았지요. 그의
황당한 말은 그대로 문명비판에서 방심하고 있던 정곡을 찌릅
니다. 예를 들면 이런 말.

명민한 부족민들이여, 문명국에 갔더니 보이지도 않는 '시
간'이라는 요상한 것이 있더구나. 사람들은 시간이라는 것
을 나타내는 조그만 기계를 팔목에 차고 다니더구나. 그
들은 눈을 한 번 감았다 뜨고는 그것을 1초의 시간이라고
불렀다. 그리고 그런 것을 60개 모아놓고 1분의 시간이라
고 했지. 그 1분을 또 60개 모아놓고 1시간이라고 했고 다
시 그런 1시간을 24개 모아놓고 하루라고 말하더라. 우리
같이 아침에 눈뜨면 하루가 시작되고 그러면 각자 맡은 일
을 하고 저녁에 해가 지면 쉬기도 하고 놀기도 하고 잠자
리에 들고, 다음 날 아침 해가 뜨고 눈을 뜨면 새날이 되
는 것인데, 그게 바로 문명인들이 말하는 하루라고 말할
수 있겠구나.
문명인들은 그런 하루를 산산이 쪼개놓고 시간이라고 부
르면서 '시간이 없다'느니 '시간을 놓쳤다'느니 '시간에 쫓

긴다'고 말했다. 심지어는 자기들이 만들어놓은 시간을 가지고 '시간이 없어 우리가 망했다'며 절망하기도 하고 '시간이 우리를 살렸다'고 외치기도 한다. 자기들이 만들어놓은 허무맹랑한 것에 매달려 안달하며 죽는 시늉까지 하는 것을 보며 난 도저히 웃음을 참을 수 없었지."

추장이 뭐라고 하건 우리는 어차피 문명인이고 그래서 시간이라는 괴물을 무시하고 살 수는 없습니다. 우리는 시간이라는 것을 유용하게 효과적으로 사용하는 사람을 한마디로 현명한 사람이라고 말하지요. 모든 사람에게 시간은 그 길이가 다릅니다. 그 값어치도 다르고 그 효율성도 다르지요. 현명한 사람은 단위 시간 안에 많은 성과를 얻거나 행복한 시간을 보내고, 덜 현명한 사람은 자기 소유의 귀한 시간을 잘 이용하지 못해 불행함을 느끼거나 한평생을 허둥대며 허비해버립니다. 전부라고 할 수는 없지만 사회에서 존경받고 여유롭다는 사람은 자기 소유의 시간을 유효 적절하게 사용하는 이라고 할 수 있겠습니다.

내가 평생 생활신조같이 아껴온 말이고 많은 사람이 좋아하는 말 중 『논어』에 나오는 말씀이 있습니다. "지지자 불여호지자요, 호지자 불여낙지자라. 知之者 不如好之者, 好之者 不如樂之者." 아는 것은 좋아하는 것만 못하고 좋아하는 것은 즐기는 것만 못하다.

아름다움, 그 숨은 숨결

도를 아는 자는 도를 좋아하는 자만 못하고, 도를 좋아하는 자는 그것을 즐기는 자만 못하다는 말, 내가 의사였을 때 의학과 의술을 잘 아는 것이 중요하지만 그런 지식뿐만 아니라 의술을 베푸는 것을 좋아하는 게 한 수 더 위이고, 그보다는 비록 고생스러워도 환자의 건강을 위해 성심을 다하는 의사로서의 시간을 나름대로 즐기는 자가 최고의 의사라고 생각했습니다. 직장인이 자신의 직업에 대해 잘 알고 있는 것도 중요하지만 그 직업을 좋아하는 게 한 수 더 위이고, 그보다는 그 직업 자체를 하루하루 즐긴다면 그보다 더 좋을 수가 있을까요. 그런 이는 바로 자기 생의 모든 시간을 통째로 즐기는 사람일 것입니다. 시간은 그 길이가 아니라 질이, 시간의 용도와 효과가 사람을 행복하게도 하고 불행하게도 만든다고 믿습니다.

낯선 도시에서
비밀스런 삶을

　　　　　　항구에 정박해 있는 배는 안전하지만 '정박'
이 배의 존재 이유는 아니라는 말을 듣고 나는 이십 대에 무작
정 떠났습니다. 너무 멀리 왔나 싶었는데 사람 구실을 핑계로 세
월을 탕진하고 문득 주위를 돌아보았을 때 너무도 놀랐습니다.
서울 친구들이 '세상의 끝'이라고 놀리는, 악어와 물새와 도마뱀
과 원색의 꽃이 침묵 속에서 자생하는 낯선 곳에 와 있었기 때
문입니다.

　이곳에 산 지도 10년이 넘어가니 이제 정박했던 배가 다시 떠
나자고 재촉합니다. 어디로 갈지는 모르겠지만 지금은 배도 낡
고 헐어서 순항만을 바라는 나이는 지난 것 같습니다.

　하지만 나는 여전히 낯선 풍경을 좋아합니다. 일상생활에서

진력이 날 때쯤, 마음이 문득 우울해질 무렵, 혹은 이젠 정말 혼자 있고 싶구나 할 때, 낯선 풍경을 찾아 동서남북을 헤아리지 않고 다시 집을 나서곤 합니다. 그리고 그 낯선 풍경의 낯선 조용함, 낯선 구조, 낯선 색깔과 낯선 허탈을 보고 느끼면서, 갑자기 살아 있는 기쁨을 맛보곤 합니다. 낯선 풍경은 내게 생기를 주고 설명하기 힘든 편안함을 줍니다.

나는 대개 흩어진 것보다는 정리된 것을 좋아하고 질서를 좋아하고 쉽게 계산되는 사물의 정확하고 정당한 이해를 더 선호하는 편이기 때문에, 그리고 나 자신이 엄청난 방랑벽이 있는 것도 아니고 고독을 즐기는 타입이라고 할 수 없기 때문에, 낯선 것에 대한 내 집착을 가끔은 나 자신도 이해할 수가 없습니다. 물론 낯선 풍경을 찾아 나서는 내 작업이 그렇게 거창한 일은 아닌 셈이지요. 대개 하루 이틀의 짧은 여가로, 한두 시간의 드라이브면 족한 거리에 국한되곤 합니다.

우선 자동차를 타고 고속도로에 들어서지요. 그리고 1시간쯤 달리다가 아무 곳에서나 고속도로를 빠져나옵니다. 천천히 속도를 줄이면서 아주 작은 동네든 넓고 밋밋한 밭이나 들판이든 보이는 대로 질러갑니다. 이때쯤 나는 자동차의 라디오를 끄고 창문을 열지요. 일순간 주위가 조용해졌나 하면 열린 차창 밖으로 나무와 구름과 들풀과 옥수숫대가, 혹은 낯선 마을의 허름한 집들이, 작은 길거리 가게의 사과들이 손을 흔들면서 인사하기 시작합니다. 그래, 잘 있었냐, 사는 것은 괜찮고? 페인트가 벗겨진 이상한 색감의 낡은 건물을 향해서, 낙엽을 다 날린 초겨울의 앙상한 가로수를 향해서 말을 겁니다.

잘 지내고 있단다. 가끔은 쓸쓸해질 때도 있지만. 너야말로 이제는 늙어가는 모양이구나, 잠깐 쉬어서 이야기나 좀 하자꾸나.

허름하고 조그만 식당 앞에 차를 세웁니다. 어둑한 실내, 더듬더듬 식탁을 찾아 앉습니다. 간단한 메뉴를 보고 때늦은 요깃거리를 시킵니다. 그리고 주위를 둘러보지요. 흩어져 앉아 있는 몇몇 손님들이 다 낯설기만 합니다. 내 식탁의 한쪽 끝에는 파리 한 마리가 불안하게 앉아 있습니다.

이 파리는 전생의 무슨 인연으로 이 낯선 공간의 낯선 시간에 나와 함께 점심을 기다리고 있는 것일까. 그래, 나도 미국에 와서 처음 몇 달은 너같이 항상 안절부절못했지.

그 절망적이고 기운 없던 세월이 문득 손바닥을 내려다보듯

아름다움, 그 숨은 숨결

자세히 보이기 시작했습니다. 서울을 떠나 아무 준비도 없이 도착한 1960년대 미국의 중소 도시. 거기에는 한국사람도 몇 없었고, 어색하고 익숙하지 않은 병원일은 엄청나게 많아서 여가 시간에는 겨우 병원 근처와 아파트 근처를 어슬렁거리기만 했지요. 얼마나 낯이 설었으면 아직도 그때 그 동네의 깨진 보도블록, 신호등의 녹슨 흔적까지 뚜렷이 생각납니다.

미국에 와서 몇 달째였을까. 늦은 일과를 마치고 늘어진 몸이 되어 아무도 기다리지 않는 아파트를 향해 가다가 이미 어두워진 길모퉁이에서 문득 싸구려 네온사인이 걸린 술집을 발견했습니다. 여기에 이런 술집이 있었던가? 문을 열고 들어간 술집은 내가 서울에서 드나들던 왁자한 곳이 아니었습니다. 넋이 나가 텔레비전만 보고 있던 바텐더와 따로따로 혼자 앉아 그림같이 벽을 쳐다보고 있는 서너 명의 손님들. 움직이는 것이라고는 느적느적 테이블 사이를 걸어가는 고양이 한 마리뿐이었지요. 바텐더가 귀찮은 듯 천천히 내게 다가왔습니다. 그러더니 나를 보고 한쪽 눈썹을 치켜듭니다. 무얼 마시겠냐는 말 없는 표정. 나는 난데없이 "칼바도스!"라고 했지요. 잘 모르겠다고 다시, 이번에는 양쪽 눈썹을 치켜드는 바텐더. 나는 또 "칼바도스!"라고 소리쳤습니다. 그리고 잠시! '가만있자, 여기는 프랑스가 아니지. 개선문이 보이는 곳도 아니고, 나는 독일에서 망명 온 기술 좋은 의사 라비크도 아니잖아.' 정신이 번쩍 들었습니다. 순간 바텐더는 고개를 가로저으면서 모르겠다는 표정을 지었습니다. 그러면 그렇지, 내가 또 착각을 했군. 1960년대 초에 레마르크의 소설 『개선문』을 읽고 이런 데서 칼바도스를 찾다니!

그래, 그즈음이었습니다. 고국에 계신 선친께서 갑자기 돌아가셨다는 전보를 받았지요. 낯선 병원 옥상에 올라가 밤마다 그 흐릿한 별들을 보면서 얼마나 많이 울었던지요. 고국 소식을 완전히 끊어버린 채 그해에 나는 엄청나게 많은 낯선 피부를 가진 환자들의 운명을 지켜보고 있어야 했습니다.

요기를 마치고 어느덧 밍밍해진 커피잔을 놓고 일어났습니다. "파리야, 잘 있거라, 다시는 볼 수 없겠지. 나는 길눈이 어둡고 이 마을의 이름도 모르니까. 아니지, 내가 설마 다시 온다고 해도 너는 얼마 못 가서 얼어 죽겠구나. 잘 가라, 낯선 곳에서 만난 파리야."

낯선 풍경은 매일 출퇴근하는, 내가 사는 동네 길거리에서도 자주 만날 수가 있습니다. 계절이 바뀔 때마다, 여행에서 돌아오거나 심지어 며칠 앓고 난 후에 다시 만나는 거리는 전과는 완전히 달라진 표정과 목소리와 색깔로 나를 낯설게 합니다. 응급환자 때문에 새벽 출근을 하다가 문득 길 끝에 보이는 여명. 해

아름다움, 그 숨은 숨결

가 뜨기 시작하는 겨울의 낮은 구름에 가린 붉은 빛깔의 눈부심은 얼마나 낯설고 아름답고 신선하던지요. 당직 날 허겁지겁 병원일을 마치고 집으로 돌아가는 새벽 3시, 칠흑의 어두운 주위에 눌려 외롭게 혼자 서서 졸고 있는 작은 식당의 은근한 불빛, 그 낯선 구도는 또 얼마나 따뜻하고 정다웠는지 모릅니다.

한참 정신없이 달리다가 조그만 가게 앞에 차를 세웠습니다. 일찍 어두워지는 늦가을 오후의 주위를 잠시 살피다가 가게에 들어가 이상하게 생긴 호박 한 개가 눈에 띄어 사들고 나왔지요. '참 묘하게 생긴 호박도 다 있군!' 생각하면서요. 그러곤 다시 방향도 모르는 시골길을 달렸습니다. 달린다니! 자동차로 걸어간다는 말은 안 될까. 흩어져 있는 섬처럼 느닷없이 나타나는 조그만 마을들, 모여서 잠자는 집들의 낯선 정적이 갑자기 잠에서 깨어나 화를 낼까 봐 잠시 조바심을 냅니다.

그러다가 아까 길거리에서 산 우습게 생긴 호박을 쓰다듬습니다. 거칠고 차가운 촉감이 문득 내가 자주 느끼는 이 세상의 낯설음 같은 것이 아닐까 생각해보았지요. 그러나 얼마 지나지 않아서 내가 가만히 손대고 있던 부분의 껍질은 갑자기 내게 따뜻하고 매끈한 감촉을 전해줍니다.

짧은 놀라움…… 낯선 감촉에서 낯설지 않은 감촉으로

가는 길은 그리 길지가 않군. 낯선 풍경에서 친구같이 정다운 풍경으로 가는 길은 그렇게 멀고 어렵지만은 않은 모양이군. 항상 서로 손을 잡고 인사만 하면 되는 모양이야.

마침내 차를 세우고 산속 숲에 둘러싸여 덩그렇게 서 있는 모텔로 들어섭니다. 게딱지같이 어둡고 싼 모텔 방에 들어가 문을 걸어 잠그고 침대에 몸을 눕힙니다. '나는 다시 혼자가 되는 행복을 누리는구나. 내가 보고 싶은 것, 내가 생각하고 싶은 것, 내가 하고 싶은 것만을 할 수가 있구나.' 가지고 온 가방에서 책 한 권을 꺼냅니다. 최근에 읽은 수필집 중에서 내게 조용조용 타이르듯이 낯선 세상에 대한 소문을 전해준 책, 김화영이 번역한 장 그르니에의 『섬』.

낯선 도시에서 비밀스러운 삶을 살고 싶은 꿈…… 겁을 먹은 짐승들만이 몸을 숨긴다. 그들이 몸을 숨기는 것은 약하기 때문이다. 그런 종류의 삶에 대한 꿈은 내면적으로 약한 게 있다는 증거라고 여겨진다…….

언제 내가 이렇게 줄까지 쳐가면서 읽은 적이 있었던가? 갑자기 책이 낯설어집니다. 책을 던지고 다시 천장을 향해 눕습니다.

아름다움, 그 숨은 숨결

사면이 어둡습니다. 조용하던 주위가 갑자기 시끄러워집니다.

새들이군, 새들이 집을 찾아오는 모양이군. 그래, 나도 오
늘 내 집으로 돌아왔다.

나른해지는 몸으로 느낄 수 있었습니다.

오늘 밤은 가위에 눌리는 꿈을 꾸지 않겠구나. 다시 한번
내 꿈은 젊고 빛나는 날개를 펼치면서 사방을 휘저어 다
니겠구나.

나는 갑자기 훈훈한 기분이 되어 무거운 방패와 창을 놓고, 내
몸을 겹겹이 싸고 있는 단단한 갑옷들을 하나씩 벗기 시작했습
니다.

꿈꾸는 사람만이
자신을 소유한다

나에게 있어서 시는 사랑의 한 표현 방법이고 체온의 나눔이고 생존 전쟁에서 살아남기 위한 방편이기도 합니다. 적어도 나는 그렇게 믿고 한세상 시를 사랑하며 살았습니다. 시의 목표가 사랑이 아니라면 그런 시는 내게 필요 없는 것이겠지요. 왜냐면 세상은 보기보다 잔인하고 외롭고 힘들기 때문입니다. 시는 삭막한 세상에서 상처를 치유하는 도구가 되어야 한다고 생각합니다. 아마도 내 직업이 의사였기 때문일지도 모릅니다. 내 관심사는 언제나 삶과 죽음, 고통과 희생과 보살 핌이었으니까요. 나머지는 모두 제스처이고 껍데기고 믿을 만한 것이 못 되는 것들이었습니다.

어느 해였던가요, 4월 중순이었습니다. 미국의 일간지《워싱턴

포스트》는 한 통계 논문을 발췌하여 게재했습니다. 그 결론은 두 개의 항목으로 요약되지요.

"첫째, 5백 권 이상의 장서를 가지고 있는 집의 자녀들은 10여 권의 책밖에 없는 집의 자녀들보다 지능지수가 더 높고 사회생활의 적응도 빨라서 자라면 더 좋은 직장을 얻는다. 둘째, 책도 책 나름이다. 셰익스피어나 기타 고전을 가지고 있는 집이 특히 자녀의 성공 확률이 높다. 5백 권의 장서 중에서 소장 목록 중 시집이 주종을 이루고 있으면 그 자녀의 성공률은 교양서적을 가지지 못한 집과 비슷하거나 오히려 못하다. 그런 집의 자녀는 방랑자나 몽상가가 되기 쉽고 현실 적응력과 경쟁력이 떨어져 사회생활에 부적합하게 되기 쉽다."

이 기사의 제목은 '시를 읽지 마라'였습니다. 나는 이 기사를 읽으면서 실용주의만 맹종하는 미국에서 왜 이런 공연한 수고를 했을까 하는 생각을 하면서도 몇 마디의 변명을 나름대로 붙여보고 싶었습니다.

그렇다. 내 시를 읽어준 친구들아, 나는 아직도 작고 아름다운 것에 애태우고 좋은 시에 온 마음을 주는 자를 으뜸가는 인간으로 생각하는 멍청이다. 그럴듯한 이유를 만들어 전쟁을 일으키는 자, 함부로 총 쏴 사람을 죽이는 자,

도시를 불바다로 만들겠다면서 부끄러워하지 않는 자가 꽃과 나비에 대한 시를 읽고 눈물 흘리겠는가, 노을이 아름다워 목적지 없는 여행에 나서겠는가.

시인이 모든 사람의 위에 있다는 말이 아닙니다. 시가 모든 것들의 위에 선다는 말도 아닙니다. 나는 단지 자주 시를 읽어 넋놓고 꿈꾸는 자가 되어 자연과 인연을 노래하며 즐기는 고결한 영혼을 가졌으면 하는 바람으로 여태껏 성심을 다해 시를 써왔다고 말하고 싶을 뿐입니다. 어쩌면 내 시 또한 편견일 것입니다. 나도 모르게 내 편견에 내가 집착하듯이 남의 편견을 나쁘다고 할 자신은 없습니다.

세상적 성공과 능률만 계산하는 인간으로 살기에는 세상이 너무나 아름답고, 겨우 한 번 사는 인생이 너무 짧다고 생각하지 않나요. 꿈꾸는 자만이 자아自我를 온전히 갖습니다. 자신을 소유하고 산다는 것이 얼마나 귀한 것인지 시를 읽는 당신은 잘 알고 있을 겁니다.

아름다움, 그 숨은 숨결

예술가는
별종인가?

　　　　　영화나 문학작품의 경우에는 흥미 위주 때문에 예술가는 별종이라는 점을 강조하는 경향이 있겠지만 일반인의 입장에서 보면 그 '별종'이라는 의미도 사람에 따라 다르지 않을까 생각되네요. 쉬운 예로 나 자신을 따져보면, 내가 생각하기에는 나는 아무런 문제가 없고 별종도 아닌데 문학에 전혀 관심이 없는 내 아내에게는 내가 별종으로 보일 수도 있습니다.

　나는 대체로 혼자 있는 시간을 즐깁니다. (이것도 별종일 수 있겠지요.) 지난 50여 년간 우리는 한국사람들이 많지 않은 곳에 살았고 특히 은퇴를 한 후에는 혼자서 외출을 해야 할 일이 거의 없지요. 그래서 가끔 아내가 미용실에라도 간다고 하면 나는 혼자 있는 시간이 생기는 것이라 기쁘지요. 물론 항상 그런 것은 아니지만 가끔 공상에 빠지면 아내가 묻는 말에 동문서답을 하기도 합니다. 드물기는 하지만 아무 곳에서나 책 읽기를 좋아하고 별것도 아니지만 시 생각이 나면 아무 데서나 종이에 끄적거리기도 하지요. 이런 소소한 일들도 어떤 이에게는 이해하기 힘들어 별종이란 단어를 붙일 수 있겠지요. 내 아내가 나랑 오래 살면서 때때로 내가 좀 별종이다, 다른 사람과는 좀 다르다고 생각하는 것도 이해가 갑니다. 그런데 나는 그렇게 생각하지 않습니다. 오히려 아무 생각 없이 세월아 네월아 하면서 마누라 뒤만 따라다니는 사람이 이상하고 내게는 별종같이 보이지요. 그러니 별종이란 것도 사람에 따라, 정도에 따라, 그 정의가 달라지는 게 아닐까요? 시를 쓰는 사람에게는 내가 가끔 멍하게 시 생각을 하며 딴전을 부려도 별종이라고 부르지는 않겠지요.

얼마전에는 계간 《문학동네》에서 잡지 100호를 기념한다고 '내게 문학은 무엇인가'라는 제목으로 글을 써달라는 청탁을 해왔습니다. 나는 그 글의 앞부분에 고등학교 상급생 시절 대학 선택을 문과로 하려다가 갑자기 의과로 바꾼 이유 중에 하나가 바로 그 당시 문인들의 생활태도였다고 말했습니다. 어떤 이는 문인이 무슨 큰 훈장인 양, 부도덕하고 어이없을 정도로 절제되지 못한 생활을 하면서 부끄러워하지도 않고, 어떤 이는 자기애가 너무 심해서 주위 문인들을 시기하고 욕하고 천재인 척하면서 정말 별종같이 사는 이가 많았지요. 그래서 나는 그렇게 살고 싶지 않아서 문과를 택하지 않았다고 했습니다. 그런데 의과 대학생이 되니 이번에는 많은 의대 교수님들이 다른 분야, 특히 예술계에 관심이 있는 학생들을 싫어하고 결국은 좋은 의사가 되지 못한다는 판단하에 그런 학생을 자퇴시키려고 실습 점수를 잘 주지 않는다는 말을 여러 선배에게서 들었지요. 그래서 나는 의대 1학년 때 《현대문학》을 통해 시인이 되었지만 아무에게도 내가 시인이라는 말을 하지 않았고 어디에 작품을 발표했다는 말도 삼가면서 의대를 졸업했습니다. 말하자면 누가 나를 별종이라고 부를까 봐 겁을 내며 의대에 다녔다고 할 수 있겠지요.

내가 그런 식으로 병아리 시인 시절을 보내서인지 아니면 의사로 평생을 살아서인지 나 자신이 눈에 뜨일 정도도 별종같이 살아보지도 못했고 또 눈에 거슬리게 별종같이 행동하며 사는 문인을 별로 좋아하지도 않습니다. 문인은 자기가 쓴 작품으로 말하고 화가는 오직 자신의 그림으로 말해야 한다고 믿고 있습니다. 그러나 '별종'이라도 남에게 큰 해가 되지 않거나 불쾌감을 주지 않는다면 어느 정도까지는 용납해주어도 되지 않을까 하고 조심스럽게 생각합니다.

내 문학을 바꾼
수련의 생활

내 시 쓰기의 시작은 아무래도 부모님의 영향을 첫째로 꼽을 수밖에 없을 것 같습니다. 부모님은 피난살이 와중에도, 학교 공부만큼 중요한 것이 예술 전반에 걸친 교양과 예술을 바르게 감상할 줄 아는 눈과 귀와 머리를 갖는 것이라며 그 방면에 관심 두기를 바라셨습니다. 그 가난하던 시절에도 빚을 내어, 내게 중고품 악기를 사주셨고 좋은 음악을 듣게 해주셨고 이름 있는 화가의 전시회나 기획전의 날짜와 장소를 알려주면서 관람하기를 권하셨습니다.

그러나 중·고등학교 시절에 그러나 내가 주위 친구보다 잘할 수 있었던 것은 겨우 글쓰기 정도여서 여기저기 학생잡지에 얄팍한 감상문을 써서 발표했고, 이런 식의 글쓰기는 대학 초년생 때까지 이어져서 화집을 통해 겉핥기로 좋아했던 마티스나 세잔에 대한 단상이나 음반으로만 듣고 좋아하던 드뷔시나 라벨에 대한 인상을 시로 써서 멋을 부리는 정도였지요. 그러면서 그나마도 따라오지 못하던 주위 친구 앞에서 목에 힘을 주던 지지리도 부끄러운 문학청년이었습니다.

내가 좋은 시인이 되고 싶다는 열망으로 갑자기 몸이 뜨거워지기 시작한 것은 엉뚱하게도 몹시도 망설이며 힘겨워했던 의과대학의 본과 학생생활을 시작하면서, 특히 해부학 공부에 많은 시간을 보내면서부터였습니다.

내 앞에 통째로 누워 있는 시체를 찢고 자르고 만지면서 인체의 세부를 눈과 손과 가슴으로 느껴야 했던 그 새로운 경험은 삶과 죽음에 대한 인식을 보다 선명하고 구체적이게 해주었고 어떻게 세상을 살아야 하고 내 문학의 목표를 어디에 두어야 하는지를 심각하게 생각할 수 있게 해주었습니다. 그러면서 나는 내 시가 천천히 방향 전환을 하고 있다고 느꼈지요.

이런 변화는 그러나 시작에 불과했습니다. 좋은 시인이 되고 싶다는 막연한 열망에서, 시 쓰기와 시 읽기가 내 실생활을 위로하는 필요불가결의 조건이 되고, 시를 쓴다는 것이 내 허영의 소산이 아니고 나 자신을 확인할 수 있는 유일한 수단인 것을 알게 된 것은 의대를 졸업하고 군의관 생활을 마치고 낯설고 물설은 외국 땅에 와서 무지막지한 인턴생활을 시작하면서 부터였습니다.

미국의 병원에서 보내준 비행기표로 태평양을 건너 미국 중서부의 한적한 중소 도시에 도착한 나는 바로 그날부터 고된 의사 생활을 시작해야 했습니다. 1년간의 인턴생활은 내게는 이제까지 살아온 세월 중에서 제일 긴 한 해였고 육체적으로도 또 정신적으로도 가장 고통스러운 해였기 때문인지 내 문학의 새로운 시작에도 결정적인 역할을 하였습니다.

나는 그 한 해 동안 바쁜 말직 의사 노릇을 하면서 너무 바빠서 코앞에 있는 아파트에 한 달씩이나 들어가지 못할 때도 있었습니다. 그해에 나는 100명이 넘는 환자가 죽어가는 과정을 지켜보아야 했지요. 삶과 죽음의 난간에 서서 고통의 마지막 신음과 삶에 대한 절절한 열망과 숨을 거두면서 어김없이 얼굴을 적시던 환자의 눈물을 보아야 했습니다.

비록 자라온 환경이나 인종이 다르기는 했지만 인간의 조건은 다 같은 것이어서 병자들과 이런저런 이야기를 나누면서 위로하고 위로받다 보면 어느새 서로 속사정도 털어놓게 되고 가끔은 그런 환자들과 친구가 되기도 했습니다. 그렇게 친구가 된 환자가 시름시름 앓다 죽게 되면 대개 부검을 하게 되는데 이것 역시 내게는 큰 고통이 아닐 수 없었습니다. (그 당시 환자의 부검율은 사망자 수의 70퍼센트 정도로 병원의 권유로 많은 환자 가족이 부검을 허락했습니다.) 며칠 전까지만 해도 정치나 자기 애인에 대해서 이야기하던 환자 친구를 죽은 후에까지 부검을 통해 만난다는 것은 나같이 허약한 사람에게는 감당하기 힘든 괴로움이고 슬픔이었습니다.

담당 인턴은 부검의 전 과정을 꼭 지켜보아야 하고 부검 과정을 돕기도 해야 하기 때문에 며칠 전까지 함께 키득거리며 머리를 쓰다듬던 그 친구의 머리뼈를 전기톱으로 잘라내고 뇌를 끄집어내어 검사하는 것을 지켜보아야 했습니다. 싸늘한 철판 부검대 위에 누운 그 친구의 몸을 열고 폐를, 심장을, 간을, 신장을 잘라내어 사인死因을 본다고 다시 세밀하게 자르고 한정 없이 몸 주위로 쏟아져 나오는 피를 물로 씻어내면서 피도 눈물도 없는 의사가 되려고 태연을 가장하던 그 수많은 날들. 그 아픔을 다스리기 위해서라도 나는 시간만 있으면 시를 찾아서 그리운 모국어의 단어 속으로 깊이 뛰어들곤 했습니다.

물론 이와 반대로, 사경을 헤매던 어린이를 며칠씩 정성껏 돌보아준 끝에 아이가 건강한 모습을 되찾고 나에게 안길 때의 충만감, 혹은 두 달 반 동안 정말 쉴 새 없이 200여 명의 신생아 출

아름다움, 그 숨은 숨결

산을 도와 탯줄을 끊어주면서 들었던 새 생명의 고귀함과 아름다움을 온몸으로 소름 끼치게 느끼면서 이런 신선한 흥분을 날것 그대로 시로 쓰고 싶어서 안달을 한 적은 또 얼마나 많았던지요.

이렇게 새로운 생명을 받아내고 또 죽어가는 환자를 보내는 과정을 가장 가까이에서 수없이 지켜보면서 어렴풋이나마 영혼의 옷깃을 보는 듯했고, 그래서 외롭게 죽어간 수많은 친구 환자들을 위해 무엇인가 더 해줄 수도 있겠다는 느낌이 내게는 오히려 위로가 되었습니다.

그랬습니다. 모국어도 없고 가까운 친구 하나도 없는 외국에서 일상의 외로움에 오금을 움츠리고 공포와 슬픔과 환희의 절정을 매일 오가면서 살았던 몇 해 동안의 내 의사 수련은 엉뚱하게도 내 문학의 확실한 물꼬였고 내 시의 본향이라고 할 수 있습니다.

그래서 만일 내가 외국에 나와 사는 의사가 되지 않았다면 고국의 시인 노릇도 오래 즐기지 못했으리라는 것을 나는 의심하지 않습니다. 어쩌다가 나는 고국을 떠나 흘러 다니는 이민자가 되었습니다. 떠나 살면서 더욱더 아름다운 모국어에 대한 사랑과 자랑을 지니게 되고, 내 모국의 이리저리 뚫린 골목길의 조그만 입김들이 만들어놓은 조그만 풀잎까지 그리워하며 살고 있

습니다. 그래서 오래 버려두었던 길고 파란만장한 한국의 역사
를 다시 한 장, 한 장 정성 들여 읽어가면서 지금 우리에게 가장
절실히 필요한 것은 자기가 믿는 지식이나 정확성이나 엄정한
판단보다는 사랑과 이해와 조건 없는 포옹이라는 것을 깊이 느
끼며 살고 있습니다.

　의사였을 때는 보이는 것을 자세히 그리고 정확하게 보는 것
이 중요했고 들리는 소리를 확실히 그리고 분별하며 듣는 것이
필수였습니다. 그런데 내가 시를 쓰는 이유는, 보이지 않는 것도
보고 싶어서이고 들리지 않는 소리도 듣고 싶어서입니다. 보이
지 않는 것을 보려고 시도하지 않는 시인이라면 시인의 감성이
나 상상력이라는 것이 어디에 무슨 소용이 있겠습니까.

아름다움, 그 숨은 숨결

긴 슬픔에서 네 미소까지
— 김치수를 추모하며

길

높고 화려했던 등대는 착각이었을까.
가고 싶은 항구는 찬비에 젖어서 지고
아직 믿기지는 않지만
망망한 바다에도 길이 있다는 구나.
같이 늙어가는 사람아,
들리냐.

바닷바람은 속살같이 부드럽고
잔 물살들 서로 만나 인사 나눌 때

물안개에 덮인 집이 불을 낮추고
검푸른 바깥이 천천히 밝아왔다.
같이 저녁을 맞는 사람아,
들리냐.

우리들도 처음에는 모두 새로웠다.
그 놀라운 처음의 새로움을 기억하느냐.
끊어질 듯 가늘고 가쁜 숨소리 따라
피 흘리던 만조의 바다가 신선해졌다.

나는 내가 살아 있다는 것을 몰랐다.
거기 누군가 귀를 세우고 듣는다.
멀리까지 마중 나온 바다의 문 열리고
이승을 건너서, 집 없는 추위를 지나서
같은 길 걸어가는 사람아,
들리냐.

오늘은 이른 아침부터 내리던 비가 오후가 되어도 줄기차게
내립니다. 나는 좀 울적한 기분이 되어 희미하게 비에 가려진 바
깥 풍경을 내다봅니다. 문득 먼저 세상을 뜬 친구 김치수가 싱

아름다움, 그 숨은 숨결

굿 웃으면서 "야, 너는 세상의 끝에서 사는 것 같구나. 서울을 떠나서 여기 오는 길이 얼마나 멀던지!" 하는 소리가 들리는 듯합니다. 이 친구가 퍼뜨린 말이 어느 틈에 여러 친구들에게 퍼져나마저도 나는 세상의 끝에 산다는 말을 자주 하곤 했습니다. 내가 14년 전 은퇴를 하고 이사를 온 미국의 동남쪽, 세상의 끝. 플로리다주의 우리 집에 김치수는 그간 두세 번 방문해주었지요. 특히 은퇴를 한 다음에 자식들을 만난다고 여러 번 미국을 방문했었는데 그런 중에 시간을 내어 우리를 찾아주었던 것입니다.

그렇게 방문해준 치수네와 한번은 우리가 가끔 가는 동네의 프랑스식 식당에 갔었지요. 이 식당은 얼마 전 프랑스의 남부 지방에서 이민 온 영어도 잘하지 못하는 한 가족이 매달려 운영하는 조그맣고 소박한 식당인데 부엌일은 엄마와 며느리가 맡고 호스트 겸 손님맞이는 친절한 젊은 아들이, 그리고 그릇 치우고 식탁을 닦는 일 등은 아버지가 맡고 있었습니다.

나는 프랑스산 포도주는 잘 몰라서 치수에게 음식과 포도주를 시켜달라고 했더니 참 좋은 프랑스산 포도주가 여기는 상당히 싸구나 하면서 주인과 불어로 농담을 해가면서 음식과 포도주를 주문해주었습니다. 그랬더니 그 당장 식당의 분위기가 달라졌지요. 특히나 영어를 전연 하지 못하는 주인 아버지는 불어를 자유롭게 구사하는 손님을 만나자, 하던 일을 다 그만두고 치수와 큰 소리로 떠드느라 정신이 없었습니다. 그리고 이건 돈 안 받고 대접하는 것이니 맛을 좀 보라면서 자꾸 공짜 음식을 부엌에서 가지고 나와 우리는 그날 밤 난데없이 프랑스 음식을 포식할 수 있었습니다. 그러나 나는 그날 치수의 불어 회화 실력이 출중했던 것이 아직도 기억에 남도록 인상적이었습니다.

사실 글쟁이들은 은연중에 자기를 좀 드러내기를 좋아하는 편인데 김치수는 어떤 경우에도 친구들 앞에서 자기 자랑을 하는 적이 없고 자기를 앞세우는 적이 거의 없었습니다. 그보다는 자기 주위의 다른 이를 두둔해주고 중의를 모아 일을 결정하도록 이끄는 특기가 있고 그래서 어느 모임에서나 중재자의 역할을 충실하게 해서 모두들 그의 의견에 더 귀를 기울이는 것을 많이 보아왔습니다. 그래서인지 치수의 주위에는 전공이나 취미가 다른 여러 종류의 친구가 많고 치수는 그들 모두에게 성실하고 신뢰받는 친구로 사랑을 받아왔지요. 특히나 자신이 창립 멤버 중 하나인 '문학과지성사'의 1세대 열댓 명의 친구들이 40년 이상의 오랜 세월을 여일하게 뜻이 통하는 동아리로 웃고 떠들 수 있는 관계는 아무래도 김치수의 털털한 웃음 속의 진정과 친구를 보듬어 안는 그의 화해의 성격이 크게 작용하고 있다고 나는 믿어왔습니다.

아름다움, 그 숨은 숨결

이사를 자주 다니던 '문지'의 편집실에 들렀던 70년대나 80년대에는 치수와 나는 그리 각별한 사이는 아니었지요. 그러나 은퇴를 하고 몇 달씩 서울에 체류하기 시작한 지난 십수 년 동안에 우리는 무척 가까워졌는데 그것은 아마도 친구를 도와주고 싶어 하는 그의 감출 수 없는 좋은 성격 때문이었을 겁니다. 한번은 내가 머물던 장기 체류 호텔에 와서 보더니 자기가 친구들과 함께 소유하고 있는 오피스텔을 다른 소유자 친구들과 상의해서 싼값에 10여 년 빌려주어 아직도 그 고마움을 잊지 못하고 있지요. 또 귀국을 해서 오래 지내려면 집밥이 그리울 거라며 치수 부부는 매해 자기 집에 우리를 초대해 성찬을 베풀어주고 그때면 소장하고 있는 포도주를 몇 병씩 대접하면서 그 포도주에 대한 이야기를 해주었지요. 그럴 때면 나는 그가 포도주를 상당히 좋아하고 포도주에 대한 지식도 대단하다는 것을 알 수 있었지요.

꼭 그런 일들이 고마워서만은 아니지만 그가 다시 우리를 방문해주었을 때 우리는 넷이서 함께 차를 운전하고 키웨스트로 여행을 갔었습니다. 그때 내게도 초행길이었던 그곳은 우리가 사는 데서 4시간 정도 남진해서 주의 남쪽 끝인 마이애미로 간 뒤 거기서부터 줄지어 있는 섬들을 이은 마흔두 개의 다리를 통과해 다시 4시간 정도 드라이브해 가야만 닿는 그 마지막 섬이

키웨스트였어요. 거기서 우리는 미국 작가 헤밍웨이가 살던 집도 구경하고 2박 3일 동안 아름다운 카리브해의 해변을 거닐기도 하고 남국의 붉게 타는 노을을 구경하면서 야자수에 가린 부둣가의 목로주점 같은 곳에 들어가 맥주와 함께 그 자리에서 까주는 싱싱한 생굴과 생조개를 많이 먹기도 했지요.

우리는 한가한 기분으로 여러 이야기를 나누었는데 그중에서도 그는 '내가 젊은 날 문학을 하겠다고 물불 가리지 않고 열정으로 정성을 다했는데 중년이 되면서부터는 가끔 문학이 너무 어려워 자꾸 편하게 살고 싶고 문학을 피하고 싶은 적도 있었지. 그러나 이렇게 은퇴를 하고 나니 내가 문학을 포기하지 않고 끝까지 붙잡고 늘어진 게 얼마나 좋은 선택이었는지. 은퇴를 하고 나니 할 일도 보이고 시간도 풍족해지고 글 쓰는 일에도 새로운 재미가 생겼다'면서, 근래에 끝마친 번역작품에 대해서 이야기하는 것을 들으며 나도 '너와 완전히 동감'이라고 대답하고 새삼 힘찬 악수를 나누기도 했었지요.

김치수는 한마디로 열정의 인간이었고 성실하고 뛰어난 문필가였고 그리고 무엇보다 따뜻한 인간이었습니다. 내가 그에게 고마움을 더 느끼는 것은 지난 십몇 년, 치수 덕분에 매해한 해도 빼지 않고 제주도를 위시해서 경상도, 전라도, 충청도, 강원도의 여러 명소를 '문지 1세대'의 여러 친구와 부부 동반으

아름다움, 그 숨은 숨결

로 여행을 할 수 있었던 것입니다. 그때가 되면 언제나 치수가 그의 부인과 함께 나서서 버스 대절부터 숙박 호텔은 물론 음식점 예약까지 모든 여행 일정을 정하고 인도해주기 때문에 모두가 안심하고 그의 의견을 따르고 불편 없이 여행을 즐길 수 있었습니다.

작년 가을 그의 부음을 듣고 나는 멀리 산다는 핑계로 그의 장례식에 참석치 못했습니다. 그 미안하고 아쉬운 마음을 안고 이번 봄에는 귀국하자마자 부인 안정환 선생께 인사를 드리고 부인의 도움으로 하루 낮 우리 부부와 친구 몇이 그의 양평 산소를 찾았지요. 따뜻한 봄 햇살의 부드러운 날씨 때문이었는지 너무 평화롭고 조용하고 아담한 산소 주변으로 붉은 진달래 무더기가 그를 감싸고 있어 슬프고 안타까운 마음이 차츰 진정되면서 나도 이렇게 경관 좋은 곳에 묻힐 수 있을까 하는 엉뚱한 생각까지 들었습니다. 문득 어디선가 그의 전화 목소리가 들리는 것 같았습니다. 오후 녘이면 가끔 우리가 머물던 그 오피스텔 근처의 커피 전문점 '나무사이로'까지 나와 앉아서 난데없이 전화를 주고 '나와라, 커피 한잔하자'며 나를 불러주던 자상한 그의 목소리가 갑자기 나를 다시 부르는 것 같았습니다.

만남의
기적을 찾아서

친구 가족과 함께 한여름 뉴잉글랜드 지방
의 버몬트주에서 일주일의 휴가를 즐겁게 보냈던 적이 있습니
다. 집으로 돌아오면서 생각해보니 이번 여행 중 제일 인상 깊었
던 것은, 맛있는 해산물도 아니고 아기자기한 절벽의 풍광도 아
니고 아담한 커피숍도 골목길도 아니고, 오후 느지막이 작은 돌
산을 돌며 흐르는 차고 깨끗한 개울물과 함께 지냈던 몇 시간이
었습니다.

맑은 물이 돌들 사이로 얼마나 귀엽게 소리를 내면서 흘러내
리던지, 매일의 소음에 병들어버린 내 귀가 말끔히 씻기는 느낌
이었습니다. 한참 동안 물소리를 듣고 있자니 그것은 많은 물방
울들이 모여 합창하듯 일정한 박자를 가지고 거의 정확하게 반

아름다움, 그 숨은 숨결

복되는 소리라는 것을 감지할 수 있었습니다.

그 물소리가 하도 좋아서 나는 가던 길을 멈추고 물가의 편편한 바위에 털썩 주저앉아 피곤한 발을 물속에 담갔습니다. 처음에는 차고 시원함 때문에 두 발이 짜릿하게 상쾌해졌고 발목 근처를 스쳐 지나가는 물이 튀는 아기자기한 모양에 황홀해졌는데, 잠시 뒤에는 찰찰거리던 그 물소리가 많이 변해버린 것을 느꼈습니다. 소스라치게 놀라, 두 발을 개울물에 넣기 전의 소리를 다시 기억해보아도 확실히 반복되던 그전의 물소리가 아니었지요. 변해버린 이번의 물소리는 조금은 덜 찬 듯했고 조금은 덜 야성적인 듯했고 무엇인지 순화된 듯한 소리로 들렸습니다.

변해버린 물소리를 한참 즐기다가 나는 물장난을 시작했습니다. 발 사이를 넓혔다 좁혔다 하기도 하고 발바닥의 방향을 바꾸어 물보라를 크게 만들기도 하면서요. 빠르게 흐르는 개울물은 그때마다 다른 목소리를 냈고 다른 모습으로 물보라를 만들었습니다. 내 발과 다리가 물소리를 만나서 새로운 소리를 만들어내고 있구나 하는 발견이 갑자기 신기하게 느껴졌습니다. 소리가 그냥 변해버린 것이었을까, 아니면 처음의 물소리에 내 발이 만든 다른 소리가 합쳐진 것일까, 생각하면서요.

가만히 있던 한여름의 상수리나무가 갑자기 잔가지와 잎을 흔들며 쏴쏴쏴 시원한 소리로 노래했습니다. 이것은 나무의 노래인가, 지나가는 바람의 노래인가, 아니면 바람이 상수리나무를 만나 반갑다고 함께 나누는 교감의 신호인가. 나무가 그 자리에 없었다면 아무리 우아한 바람이 불어와도 그런 싱그러운 소리는 생기지 않았을 것입니다. 그 시간에 둘이서 그렇게 만났기에 드디어 서로 손잡고 웃을 수 있고 입맞출 수 있는 것이겠지요.

처음에는 수상하고 음침한 인상까지 주던 방언 기도가 차츰 아름답게 들리기 시작하는 것은 한 사람의 간절한 기도가 다른 목소리를 만나서 새로운 소리로 변해버리는 것 같은 인상을 받아서였습니다. 들을 수 있는, 귀 있는 사람은 들어라 하는 소리가 가끔 내 주위에서도 들립니다. 좋은 귀가 있다고 소리가 다 들리는 것이 아니라는 사실을 모르는 사람이 어디 있겠습니까. 왜 우리는 자주, 왜소하고 형편없는 기능밖에 가지지 못한 우리의 오관으로 세상의 모든 현상을 감지한다고 생각하는 것일까요? 또 그것만을 바탕으로 세상을 온통 해석하려고 하는 것일까요?

19세기의 영국 작가 버틀러는 말했습니다. '사람이 완전히 죽기 위해서는 그 사람이 완전히 모두에게서 잊혀져야 한다. 잊혀지지 않은 사람은 아직 죽은 것이 아니다.' 물론입니다. 육체적인 죽음이 죽음의 끝이라고 말하는 사람은 바람의 목소리도 나무

아름다움, 그 숨은 숨결

의 노래도 모르는 사람입니다. 한 사람의 실존이 다른 사람에 의해 결정되기도 하듯이 한 사람의 인격은 다른 사람이 있기 때문에 존재합니다. 거울에 비친 다른 사람의 모습으로 자신의 모습이 보이는 것입니다. 인간은 다른 인간과 관계를 가짐으로써 인간이 되고 자연은 다른 자연을 만나 서로 살아 있다는 것을 확인합니다. 두 손바닥이 만나서 나는 소리와 두 개나 열 개의 현상이 만났을 때의 감정의 진폭이 예술이 되는 겁니다. 나는 전에 읽은 레비나스E. Levinas의 철학에서 타인의 존재, 타자성의 철학을 이런 식으로 발견하고 해결합니다.

어디선가 읽었는데 멀리 남아프리카공화국에서 부르는 인기 가요의 가사이면서 그 나라의 속담 중에 이런 말이 있답니다. '우문투 응구문투 응가반투'Umuntu ngumuntu ngubantu. 그 의미는 '한 사람은 다른 사람을 통해서만 한 사람으로 존재한다' 입니다. 서구 전통론에서는 '나'라는 존재에 의해 타자가 정의되고 타자를 나의 세계에 끌어들이는 자기중심적 이론이 오래된 대세인데 그 이론에 반기를 든 레비나스라는 철학자가 타자의 철학이라는 새롭고 아름다운 철학으로 20세기의 마지막을 빛나게 했습니다.

타자가 어떤 존재이든 그 생명을 존중하고 윤리적으로 대접해야 하며 타자와의 관계에서만 '나'라는 존재의 유한성이 극복된다고 하는 그의 부르짖음, 그래야 종국에는 타자의 얼굴이 상생을 요구하는 하느님의 목소리로 우리에게 다가온다는 것이지요. 레비나스의 독특한 윤리적 사유의 철학에 내가 꽂히고 만 것은 일반 서양철학에서는 유례를 찾을 수 없는 철학적 사유여서만이 아니라 혹시 나도 간접적으로 가족을 잃은 폭력적 사태가 가슴 아파서일까요. 나와 타인과의 관계, 삶의 의미나 정의 등의 문제를 진지하게 고민하는 사람이라면 많은 도움이 될 윤리를 바탕으로 한 철학이라고 나는 믿고 있습니다.

나 또는 개인을 중심으로 한 자기중심의 서양철학하고는 다른, 타인과의 관계에서 정의를 추구한 그의 연구는 윤리학이 자아 중심적 존재론에 우선한다는 것이지요. 레비나스는 제2차 세계대전 중에 유대인이라는 이유로 부모 형제 등 가족을 모두 잃은 후에 한때는 선생이었던 철학자 하이데거를 떠나 타자에 대한 책임을 우선시하는 윤리학을 제1의 철학으로 내세우게 되었지요.

그의 책으로는 번역된 『시간과 타자』 그리고 『신, 죽음 그리고 시간』 정도밖에 읽어보지 못했지만 자아의 자기 동일성보다 타인이 더 우선적이라는 윤리적 의식, 자아는 타인과의 관계를 통해서만 비로소 자아일 수 있다는 주장, 타자를 나의 것으로 만들지 말고, 있는 그대로 있게 하는 것, 타자를 자아에 환원시키

아름다움, 그 숨은 숨결

려 하는 것이 폭력이라면 타자의 절대적 타자성을 인정해주는 것이 사랑이라는 주장. 나의 주체성은 타인을 조건 없이 받아들임으로써 형성이 된다는 그의 철학의 바탕을 나는 아낌없이 다 받아들였습니다. 눈앞의 타자는 우리에게 정말 구원의 메시지이기도 할까요. 이렇게 해서 혹시 나는 내 자신의 모습을 발견할 수도 있는 것인지 특히나 근년에 내가 문학 안에서 고민하는 큰 요소 중의 하나입니다.

모든 길은
고향으로 통한다

둥지

이 집에 들어서면
이렇게 편안하네.
눈비 헤치고 돌아온 상처의 새.
오늘은 둥지에 들어 편하게 날개 접네.

　작가나 시인에게는 여행만큼 고향이 상당히 중요하지요. 그런데 얼마 전에 우연히 철학자 전광식 교수라는 분이 쓴 『고향』이란 책을 읽었는데 좀 어려웠지만 무척 흥미로웠습니다. 1945년 시인 릴케의 20주기에 철학자 하이데거가 강연을 했는데 그는 시인 횔덜린의 비가인 『빵과 포도주』에서 '가난한 시대에 무엇을 위한 시인인가'라는 구절을 인용하면서 시인은 고향 상실의 시대에 인간이 고향을 느끼고 그 흔적을 이끌어내어 귀향의 길을 제시해야 한다고 시인을 다그치고 있습니다. 말하자면 시인이 갈 길 잃은 독자에게 귀향할 고향을 찾아내라는 것이지요. 그러면서 모든 인간은 고향에서 자기 동질성을 찾고 가지며 거기에서 인생의 의미를 발견하고 또 자기 존재를 완성한다고 말하고 있습니다. 과연 나 같은 시인도 그런 능력을 가지고 있고 그런 요구를 받을 자격이 있나요? 글쎄, 나는 아직은 자신이 없습니다.

나는 동경에서 태어났습니다. 거기서 6살까지 살다가 해방 1년 전에 아버지의 고향인 개성으로 귀국했고 거기서 초등학교 2학년까지 다니다가 서울로 이사를 왔지요. 서울에서 초등학교와 중·고등학교를 졸업했어요. 물론 그 중간에 한국전쟁 때문에 남들같이 피난을 가서 어머니의 고향인 마산에서 온갖 고생을 했고요. 환도를 해서도 그 작고 낡은 집에 살면서 의과대학을 졸업했고 이어서 공군 군의관이 되어 3년간 공군본부와 사관학교 등에서 군복무를 했지요. 그리고 제대를 하자마자 한 달 만에 부모님 곁을 떠나 미국으로 의사 수련이랍시고 고국, 고향을 떠났지요. 그때 선배 의사의 추천으로 간 곳이 오하이오주의 중소 도시였고 그 이후 오하이오에서만 37년 동안 미국 의사 노릇을 했습니다. 간단히 말해서 나도 내 고향이 어디라고 당당하게 말할 처지가 못 되지요. 태어난 곳은 일본이지만 처음에는 아버지의 고향인 개성이 고향인가 했다가 나중에 호적등본을 보니 명륜동의 그 집, 서울이 고향이 되어 있었습니다.

나는 63세가 되자마자 은퇴를 했지요. 죽기 전에 얼마간이라도 한국의 시인으로 살아보고 싶어서였습니다. 마침 서울의 모교에서 학생들에게 문학과 의학을 가르쳐달라는 청도 있어서 첫 5년 정도는 한 해의 삼분의 일을 서울서 살았지요. 그렇게 살다 보니까 은퇴해서 산 미국의 집이 차츰 엉망이 되어가고 아내가 또 많이 힘들어해 초빙교수직을 사양하고 이제는 한 해에 두 달 정도만 서울에 체류하곤 합니다. 그것도 언제까지 힘이 있어 그렇게 살 수 있을지 모르겠습니다.

나는 지금도, 무엇인가를 계획하고서 귀국하지 않습니다. 시집을 출간하고 귀국할 때라면 관련된 할 일이 있기도 하지만 내 귀국은 거의 언제나 아무런 계획이 없이 이루어집니다. 하지만 억지로 생각을 해본다면 아마도 아는 시인을 만나 소주 한 병에 감자탕을 같이 먹는 것, 칼국수를 같이 먹는 것 정도겠지요. 언젠가 심심해서 생각해보니까 내가 이십 대 후반에 고국을 떠난 후 태평양을 건넌 적이 백 번도 훨씬 넘었습니다. 그런데 외국에

아름다움, 그 숨은 숨결

나오고 5년 만이었던 그 첫 번째 귀국, 갑자기 돌아가신 아버지의 산소에 성묘를 가겠다고 나선 그 한 번의 계획된 귀국 말고는 귀국에 계획이란 낱말이 붙은 적은 없었지요. 아무런 계획이 없었습니다. 그저 고국과 고국의 친구가 그리워서 태평양을 오락가락했던 것이지요.

서울에는 가까운 일가친척이 한 명도 없습니다. 동가식서가숙이라고 하던가요? 한 해는 광화문 근처, 다음 해에는 강남이나 외국인 장기 투숙자가 사는 곳을 적당히 정해서 살다가 옵니다. 이렇게 고국을 떠나 산 지가 올해로 만 54년입니다. 오랜 세월이지요.

10여 년 전에는 파주출판단지의 이기웅 선생의 고마운 배려로 아동문학가 단체에서 부친을 위해 마련한 기념조형물 근처에 부모님의 수목장 자리를 얻어 그곳에 두 분의 유분遺粉을 모셨지요. 남동생의 산소는 우리가 같이 살았던 오하이오에 있습니다. 그리고 누이동생은 시카고에 살고 있고요. 나에게 고향이라는 특정 장소는 이렇게 희미하지만 고향이라고 할지 고국이라고 할지 하여간 부모님과 선조가 계시는 곳에 대한 회귀본능 같은 것은 상당히 강하고 끈질깁니다. 그래서 내 시에서도 고향이나 귀향이라는 개념이 자주 나타나고 있습니다. 어느 면으로는 고향과 귀향본능은 내 시의 근간이라고도 할 수 있겠네요.

아까 말했던 그 철학교수의 '고향'이란 책은 이런 말로 끝이 납니다. '모든 생물은 잠복적으로라도 회귀본능을 지니고 있다. 고향은 존재의 본모습이며 귀향은 자연의 원리요 창조의 원리다. 귀향처럼 강력하고 근원적인 충동은 없을 것이다. 향수와 귀향의식은 시간과 공간, 권력과 이데올로기, 그 어떤 것으로도 막을 수 없는 무적의 힘이다. 삶과 죽음의 갈림도 이 귀향의 행로에는 장애물이 될 수 없다. 죽어서라도 가고 싶은 곳과 또 가는 곳이 고향이기 때문이다. 고향은 늘 거기에 있고 거기에서 우리를 부른다. 이 세상의 모든 사람과 모든 길은 고향으로 간다. 그래서 귀향은 나그네가 된 인간의 귀착지다. 고향은 짐을 내려놓는 곳이다. 타향에서의 모든 상처와 수고, 티끌과 먼지를 털어버리는 곳이다. 고향은 나그네 됨을 벗는 곳이다.'

아름다움, 그 숨은 숨결

겨울의 응답

1.

처음에는 흐린 하늘이 천천히 내려와
나를 감싸는 줄 알았지. 그런데
누구의 입김인지 잔바람을 타더니
아, 함박눈이, 함박눈이 내렸어.
확실히 그게 첫눈이었지.
사각사각 눈 내리는 소리 흐려지면서
오랜만이다, 오랜만이다, 하는 말이
사방에서 내게 들려왔어. 헌데
왜 그 인사가 확 눈물 나게 했을까.

매해 빌려서 사는 오피스텔을 나와
걷는 사람 드문 광화문 근처의 저녁,
갑자기 눈이 내리기 시작한 거야.
어두워지는 사직공원은 놀라지도 않고
고개 들고 반갑게 눈을 받아먹으면서
거 봐라, 거 봐라, 하면서 나를 놀리대.

아무도 보지 않은 광대놀이 한평생이
지난날은 잊어, 어쩔 수 없었잖아, 한다.
얼마나 잊고 살아야 하는지,
참는 법을 몰라 여직 헤맨 것이었는지,
그래서 당신의 응답은 눈이 된 것인지.

2.

그래, 이제는 눈치 안 보고 말하지만
사는 게 늘 춥고 흐리고 무서웠지.
젊었을 때부터 신이 나서 장난하듯
하루라도 다 잊고 버틸 수가 없었어.
내가 살던 나라는 내 나라가 아니었고
내가 맡은 역은 칼과 피와 살과 약,
사람을 살리려 애쓰다 죽이기도 하는
수고했다 말 듣기보다는 공포에 질려
밤에도 마음 놓고 편히 잘 수가 없었어.
정말 그랬어. 두 손 놓고 살 수가 없었다.
내 실수 하나로 사람을 죽일까 봐
실언 하나로 사람을 다치게 할까 봐.

아름다움, 그 숨은 숨결

내리고 또 내리는 사직공원의 함박눈
하늘을 다 채우고도 앞을 가리는 눈,
여유롭게 술 한 잔 하며 가볍게 살라고
세상은 어차피 이별의 연속이라고
눈송이는 내가 산 날들을 계속 지워버린다.
왔던 길도 눈앞에서 사라지고 만다면
내 길은 지금 어느 마을을 헤매고 있을까.
있지만 보이지 않는 우리들의 고향이나
인간은 도대체 모두 실향민이라는 철학자,
겨울은 함박눈으로 조근조근 응답했다.

예술과 ── 예술가들

나를 압도한
화가와 작품들

미술작품 앞에 서면 직업의식이 발동해서 비교 분석하고 비판해야 한다는 강박관념에 사로잡힌다는 한 화가의 말이 아직도 기억납니다. 나랑 가까운, 좋은 시인 친구도 언젠가 바로 그런 식의 말을 하더라고요. 너는 대학에서 문학을 가르치니 얼마나 좋으냐, 나같이 의사 노릇하면서 시를 쓰는 것보다 열 배는 쉽겠구나 했더니 학생에게 문학을 가르치는 것과 자신의 문학을 위해 작품을 쓰는 것은 완전히 다르다, 작품을 무조건 분석하고 해석하려는 버릇 때문에 실제로 자신의 작품 쓰기는 더 힘들다고 하더군요. 작품을 만드는 것과 작품을 평가, 분석하는 것은 별개의 것이지요. 온몸으로 느끼면서 가슴이 뛰는 감동을 맛보는 것. 그것이 예술의 맨 얼굴일 것입니다.

아름다움, 그 숨은 숨결

나는 어떤 글에서 미국화가 에드워드 호퍼를 들먹이면서 좋아하는 화가 다섯 중에 호퍼가 들어간다고 했지요. 물론 나같이 화가도 아니고 미학자도 아니고 그렇다고 미대를 나온 사람도 아닌 아마추어 미술 감상자가 말하는 다섯 명이 무슨 의미가 있겠어요. 그래도 꼭 집어 그 다섯이 누구냐고 묻는다면 유럽의 많은 미술관에서 본 르네상스 이전의 소위 고딕 화풍이나 르네상스도 다 뛰어넘고 또 렘브란트나 루벤스 등등 바로크, 로코코 시절도 다 뛰어넘고 난 뒤에 소위 19세기 중반의 인상파 이후의 화가 몇 만을 생각하게 됩니다. 한데 그런 화가 중에서 내가 손꼽고 싶은 화가를 따져보니 모두 내가 원화를 한껏 챙겨본 화가이고 특별 기획전에서 그들의 원화를 보고 또 보아서 완전히 압도된 화가들이었습니다.

　너무 많은 작품을 한꺼번에 많이 보아서 몸과 정신이 체할 정도가 되어버린, 그래서 깊은 인상을 심어주었던 화가들입니다. 우선 뉴욕의 현대미술관The Museum of Modern Art, MoMA에서 오래전에 전시했던 피카소와 브라크전. 피카소는 그 후 시카고미술관에서도 천여 점을 몰아서 본 적도 있고 스페인 바르셀로나에 있는 그의 미술관에서도 많이 보았지요. 그런데 피카소는 내게 그리 크게 가슴에 남아 있지가 않아요. 내 감상안의 수준이 낮아서겠지요. 그의 초기 큐비즘의 시도나 청색시대 그리고 〈게

르니카〉같은 의식 있는 작품 정도에서 내 흥미는 멈추고 맙니다. 뉴욕의 현대미술관은 내가 특별 전람회가 있으면 좀 주책을 부리면서까지 자주 찾아가서 수십 년 동안 그림 보기를 많이 즐겼던 곳입니다. 물론 그곳에서 열렸던 특별 전시회에서 본 화가들은 이제는 많이 잊고 말았지만 그런 중에도 아직 기억에 남아 있는 화가, 전람회 그림 앞에서 나를 눈물 나게 한 조르주 루오, 너무 외롭고 춥게 만든 장 뒤뷔페, 그리고 마티스, 세잔, 호안 미로, 잭슨 폴록, 파울 클레가 우선 생각납니다.

그리고 무엇보다 조각가 자코메티를 빼놓을 수가 없겠지요. 아, 자코메티! 지금도 그의 앙상한 작품을 마주했던 때의 감동을 잊을 수가 없습니다. 화가면서 조각가였던 자코메티는 스위스에서 태어나서 프랑스에서 주로 활동을 했고 조각가로 타의 추종을 불허하게 많은 화제에 오른 인물이고 가장 비싼 조각품을 만든 세계 화단의 최고 인물이지요. 그러나 내가 그를 좋아하기 시작한 시기는 너도나도 그의 이름을 입에 올리기 시작한 지난 20여 년보다 훨씬 더 이전, 1970년도의 전반, 그러니까 지금부터 한 45년 전쯤으로 거슬러 올라갑니다.

내가 그의 작품에 대해 흥미를 갖게 된 이유는 내 몸에 잘 맞지 않는 외국 의사로 외로움을 많이 타던 시절과도 관련이 확실히 있었던 것 같습니다. 이름만 알고 책에서만 본 그의 조각작품은 이상하게 깡마른 철사같이 서 있는 직립의 사람, 서로 다른 방향으로 걷는 사람 그리고 역시 깡마른 개나 고양이가 그 대상으로 흥미롭기도 하면서 처음에는 기괴한 느낌까지 들 정도였습니다. 그런데 이상하게도 그의 조각들은 나를 무서울 정도로 몸을 움직이지 못하게 했고 외롭고 춥게 만드는 기분이 들었습니다.

물론 그전에 우연히 본 뉴스에서 그가 프랑스의 초현실주의 작가들과 한 그룹으로 활동하였고 철학가 사르트르도 그의 작품에 찬탄을 아끼지 않았다고 한 사실도 알고는 있었어요. 거기다가 그와 오랜 친구였던 소설가 사뮈엘 베케트의 부탁으로 그의 혁명적인 희곡 〈고도를 기다리며 Waiting for Godot〉의 1961년의 첫 무대장치 연출을 맡았다는 점도 나를 자극했습니다. 그러다가 내가 빼놓지 않고 매번 들추던 일간지 《뉴욕타임스》의 연예 판에서 자코메티의 첫 번째 특별 조각 전시회가 뉴욕의 현대미술관에서 열리고 있다는 소식을 듣게 되었지요. 나는 앞뒤 가리지 않고 며칠의 휴가를 받아 뉴욕에 갔고 상당히 인기를 끌고 있던 그의 특별 전시회를 마침내 관람하게 되었습니다.

전시회는 자코메티의 전 작품이 다 모인 듯 엄청나게 많은 크고 작은 작품이 미술관의 몇 층을 채우고 있었습니다. 그 규모에도 나는 완전히 압도당했지요. 그때가 아마도 1974년경이었을 것입니다. 전시회의 감동은 내게 너무도 폭발적이어서 그 전시회에 다녀와서는 「장님의 눈」이라는 시를 써서 고국의 잡지에 발표하기도 했었지요. 시의 제목은 그 당시 어디선가 읽었던 사르트르와의 대화 중에 자코메티가 했다는 '장님은 눈으로 생각한다'라는 말에서 인용했습니다.

그 몇 해 후이지만 실존주의 작품이라고 세간의 뜨거운 관심을 불러일으킨 〈고도를 기다리며〉의 연극을 어디선가 나도 어리벙벙한 기분으로 관람한 기억이 있습니다. 죽어가는 듯한 깡마른 나무 한 그루만 덩그러니 서 있는 괴상한 무대를 보면서 그리고 배우라는 사람이 나와서 관중이 있다는 것도 잊었는지 이상한 대화를 계속 들으면서 황당하면서도 방향을 잃은 느낌을 받았던 것이 아직도 잊혀지지 않습니다. 어리벙벙하게 그 연극을 관람했다는 말은 내가 연극을 영어로 보기도 했지만 도대체 무엇을 말하려고 하는지 종잡을 수가 없어서 나는 그 후 한동안 누구에게도 그 연극을 보았다고 말을 할 수 없었지요.

자코메티를 이야기하다 어쩌다 베케트를 말하고 있지만 자코메티는 처음에는 초현실주의나 피카소의 입체파를 기웃거리며 조각을 하다가 제2차 세계대전의 혹독한 경험과 대량 학살 등의 비참한 인간상을 지켜보면서 작품의 주제가 변하였고 인형같이 작은 작품에서 키 크고 마른 체구의 인간 작품을 보이기 시작했습니다.

누구는 그게 바로 실존주의의 속살이라고 고급스럽게 말하기도 하지만 어쩌면 내게는 인간 존재의 내재적 슬픔 때문에 가슴이 아팠던 것 같습니다. 철학가 사르트르는 그의 '자코메티론'에서 자코메티의 작업은 결국 절대에의 추구, 인간의 내면만을 보기 위해, 본질적이 아닌 모든 것을 하나하나 모두 뜯어내고 버리려고 한 노력을 보여준다고 설명합니다.

깎아낼 때까지 깎아내고 지울 때까지 지우는 작업, 그래서 종국에는 인간의 본질만 남게 하려는 노력, 인간의 본체만 보이려고 살과 지방과 내장과 모든 것을 빼고 그 나머지만 남은 철사줄 같은, 인간의 본체만을 드러내 보이려 했다고 설명하고 있습니다. 그러나 나는 그 본체보다 작품의 전체적인 구도에서 더 큰 인상을 받았어요. 크고 작은 사람들이 서로 다른 방향으로 바쁘게 가는데 왜 그렇게 바쁜지 왜 그렇게 서로 쳐다보지도 않는지요.

뉴욕에 가면 나는 메트로폴리탄미술관에도 가곤 했지만 이상하게도 스페인의 궁정화가 벨라스케스나 몇몇 작품에 대한 인상만 남아 있어요. 아마도 내 감식안이 좁고 또 별로라서 그럴 것입니다. 거기다가 미술관이 너무 넓어서 일찌감치 피곤해진 우스운 이유도 있는지 모르겠습니다. 맨해튼에 있던 원통형의 건물, 나선형 계단이 있는 구겐하임미술관에서 무더기로 본 칸

딘스키와 1960년 내 첫 시집의 표지로 도용한 피터르 몬드리안의 많은 작품들이, 기묘하게 다가오던 그 건물과 함께 아직도 눈에 선하게 떠오릅니다.

아름다움, 그 숨은 숨결

그리운 미술관

        미술관 중에서 내가 한 가지 더하고 싶은 것은 내가 미국의 의사로 40년이나 살았던 오하이오주의 털리도라는 중소 도시의 미술관입니다. 도시 규모는 작지만 좋은 작품이 많았던 이 도시의 미술관은 내가 오랫동안 사랑했던 곳이기도 한데 후원회장을 맡고 있던 친구 의사와 죽이 맞아 나도 후원회의 멤버로 많은 활동을 했습니다. 특별히 이 미술관에 대해 남아 있는 기억으로는 언젠가 내가 살았던 털리도가 스페인의 톨레도와 형제 도시라서 그곳 출신인 엘 그레코의 대규모 전시회입니다. 그 전시회는 그 특별한 해에 미국에서는 세 도시에서만 열었는데 바로 우리가 살던 털리도가 그중 하나였지요.

    그래서 미국 중서부 지방의 미술 애호가들이 대절 버스를 이용해 매일 어마어마하게 많이들 몰려오던 광경을 잊을 수가 없네요. 물론 덕분에 거의 매일 엘 그레코를 보느라 휴가를 받았던 기억이 납니다. 엘 그레코라는 이름은 그리스인이라는 뜻이고 그가 그리스의 크레타섬에서 태어났지만 자라면서 이탈리아를 거쳐 스페인에서 궁정화가가 되어 글자에 세 나라의 의미가 담겨 있다고 할 수 있습니다.

궁정화가의 자리를 물러난 뒤에도 그는 스페인에 머물면서 자기만의 독특한 화풍의 그림을 그렸습니다. 특히나 그의 그림들이 가톨릭적인 종교화가 대부분이고 깊은 신앙심을 느낄 수가 있어서 더 좋아했던 것 같습니다. 나는 그의 작품을 미국에서는 메트로폴리탄에서 그리고 스페인에서는 마드리드의 프라도미술관이나 마드리드의 바로 아래쪽에 위치한 아담한 톨레도라는 도시에 있는 그의 이름으로 된 미술관에서 많이 보았습니다. 그림마다 깊이 담겨 있는 진정성이 길쭉한 모습들과 함께 지금도 인상적으로 남아 있습니다.

최근에는 휘트니미술관의 에드워드 호퍼 전시회도 대단했습니다. 어느 해였든가 서울 덕수궁 근처의 미술관에서 본 마르크 샤갈전도 멋졌었지요. 정말 세계에 흩어져 있는 그의 모든 작품을 다 모아놓은 것 같았습니다. 그리고 재작년이던가 가까운 친구 이성낙 교수의 초대로 갔었던 강남의 특별 전람회장에서 마주한 마크 로스코의 전시회는 상상을 초월할 정도로 깊이 있고 많은 생각을 하게 하는 전람회였습니다. 그저 좋아한다고 알았던 그의 작품이 나를 잡고 정신 차리라며 계속 흔드는 것 같았지요.

기타 여러 곳의 미술관에서 보고 감동했던 미술작품들……공포로 다가오던 프리다 칼로의 그림과 디에고 리베라의 벽화, 암스테르담에 있는 반고흐미술관 제1실에 전시된 25개의 동일한 크기의 자화상들, 오슬로의 고풍스러운 뭉크미술관에서 본 화가의 고통, 영국의 테이트모던미술관에서 본 로댕의 조각품 〈키스〉나 마크 로스코의 그림들, 비엔나에서 본 화려 방창한 구스타프 크림트의 요염한 여인들과 그들을 둘러싼 찬란한 황금빛 색채.

밤하늘의 무수한 별처럼 헤아리기도 어려운 추억의 작품들이지만 한 가지 확실한 것은 나는 그런 감상의 시간을 언제나 전심으로 즐겼다고 말할 수 있습니다. 사실 한국사람을 잘 만나지도 못하고 예술에 대한 대화를 나눌 사람조차 거의 찾지 못한 채 나는 수십 년을 텅텅 빈 미국의 중소 도시에서 살아야 했습니다. 그때 내 외로움과 답답한 마음을 녹여주고 고달픈 의사생활에 위로와 윤활유 역할을 해준 것이 근교의 미술관 나들이와 연주회 구경이었지요.

특히나 미국에 와서 살던 첫 20여 년, 60년대나 70년대가 그랬던 것 같습니다. 내가 찾아갔던 미술관이나 좋아하는 화가의 그림들은 훨씬 더 많겠지만 그런 것을 일일이 찾아서 다 열거하는 것은 쓸데없는 것 같아 이만합니다.

아름다움, 그 숨은 숨결

돌아가신
한국의 화가들

그러고 보니 한국의 화가에 대해서는 아직 한마디도 하지 않았군요. 한국화가로는 특히나 마티에르(물감, 캔버스, 필촉, 화구 등이 만들어내는 그림의 질감효과를 나타내는 미술 용어) 기법이 황홀해서 보고 또 가까이에서 보다가 전시실을 지키는 분에게서 주의까지 받았던 박수근 화가가 우선 기억나네요. 이분의 그림은 모두 알다시피 회백색을 주로 사용한 비교적 단순한 구도로 이루어진 한국적 소재들인데 오래전 친구인 문학평론가 김병익이 모작이지만 박수근 화백의 작품을 하나 구해 선물로 주어서 잘 간직하고 있습니다.

그분이 한국전쟁 중에 고생을 하시면서 한때는 미8군부대가 있던 곳에서 미군들의 초상화를 그리면서 연명했다는 사실을 박완서 작가의 초기작인 『나목』이란 장편에서 읽은 기억이 있습니다. 이제는 그분의 그림이 어마어마한 값으로 팔리고 있다니 참 아이러니하게 여겨집니다. 살아생전 돈이 없어 손쉬운 백내장 수술도 못 받아보시고 거의 장님이 되어 돌아가셨다니, 인간으로서만이 아니고 화가의 생명줄인 시력을 거의 잃고 사셨다니 얼마나 억울한 일인지요. 그분의 가족은 또 얼마나 마음이 아프실까요.

그리고 종로구 부암동에 있는 김환기미술관, 내 첫 시집을 위해 펜화를 세 장이나 그려주신 장욱진 화백. 그분의 따님과 내고등학교 동창인 남편 이병근 박사와 함께 경기도 양평 주변에 있는 아름다운 전시관에서 실컷 구경한 장욱진 화백의 조그만 그림들. 어릴 때부터 인사를 드려왔던 시인 구상 선생님 댁에서 아주 오래전에 본 화가 이중섭의 양담배 껍질에 철사로 긁어 그린 그림과 제주도의 전시관에서 본 황소와 어린아이와 바닷가의 게…… 그런가 하면 매해 연초에 선친을 만나러 우리 집을 방문해주시던 청전 이상범과 심산 노수현 화백. 선친과 술잔을 기울이시며 준비해놓은 종이에 북악을 그리시고 광화문을 그리시고 숲을 가르는 소를 그리시던 분들이 아련한 모습으로, 돌아가신 아버지와 함께 그립게 떠오릅니다.

아름다움, 그 숨은 숨결

잘 알다시피 19세기의 마지막 몇 해 동안에 태어나신 청전靑田과 심산心汕은 우리나라 산수화의 쌍벽이라고 할 만한 정상급 동양화가이지요. 청전은 동아일보 미술기자 시절에 베를린 올림픽에서 마라톤 일등을 한 손기정 선수의 가슴에 새겨진 일장기를 신문사진에서 지워버려서 한동안 고통받은 분으로 더 유명하시지요. 심산은 특히 바위를 그리는 데 탁월한 솜씨를 보인 특수한 산수화풍을 익힌 분이시고요. 그 두 분은 모두 아버지보다 몇 살 위셨지만 무슨 이유에서인지 정초가 되면 비둘기 집 같은 우리 집에 놀러와주셨지요.

그분들은 또 하나같이 예외 없이 술을 기울이시며 한두 장 조그만 조선종이에 그림을 그리셔서 집에 남기고 가셨습니다. 그때는 아버지를 뺀 다른 식구들은 아무도 그런 그림에 관심이 없어 그때 그리신 대부분 그림들의 행방은 알 수가 없었습니다. 그런데 내가 미국에 있는 동안 아버지가 갑자기 돌아가시고 어머니와 동생이 이사를 하는 와중에 이것저것 정리를 하며 팔기도 하고 많이 버리기도 했다는데 그때에 그분들의 그림 몇 점이 나온 모양입니다. 그래서 심산의 바위 그림과 청전의 작은 산수화가 지금도 우리 집 한쪽 벽에 걸려 있습니다. 그런데 그림마다 언제 누구에게 준다는 글이 있고 대개 아버지나 어머니의 이름이 적혀 있어서 팔 수는 없는 그림들이지요. 몇 해 전에는 고등학교

1년 선배이고 전 국무총리였던 이수성 형이 인사동 화점에서 우연히 구한 것이라며 심산이 아버지에게 드린 서화 한 점을 주어서 고맙게 받아 액자를 만들어 큰 아이에게 주었지요.

최근 20여 년 동안에는 나같이 그림 보기를 즐기는 의과대학 후배 손명세 교수가 같은 교실에 있어서 시간을 함께 보내거나 혹은 점심시간을 이용해서 성북동의 간송미술관에 자주 어슬렁거리기도 했지요. 거기서 겸재 정선의 진경산수나 단원 김홍도, 혜원 신윤복이나 그 미술관이 소장하고 있는 많은 그림들을 정말 기분 좋게 즐겼습니다.

지식인의
예술 감상

　　　　언젠가 이름이 많이 알려진 고국의 한 시인
과 모처럼 저녁을 나눈 적이 있었습니다. 이런저런 이야기를 하
다가 이 잘 알려진 시인이 했던 몇 마디가 몇 년이 지난 요즈음
까지도 상당히 거추장스러운 여운으로 남아 있습니다.

"우리나라 시인이나 소설가는 무식한 사람이 많습니다. 글쎄
피카소의 그림도 모르고, 마티스나 샤갈도 모르면서 어떻게 시
를 쓴다고 합니까?"

나도 언뜻 듣기에 그럴듯해서 잠시 장단을 맞추었더니 그의
이야기는 차츰 장광설로 이어졌지요. 이중섭, 박수근으로부터
잭슨 폴록, 윌렘 드 쿠닝, 마크 로스코, 그리고 로이 릭턴스타인
의 이름까지 들어가면서 그는 종횡무진으로 해박한 지식을 자

랑스럽게 늘어놓았습니다. 내게는 첫 대면이었던 그 시인은 거장들의 그림 제목과 화풍이나 무슨 가십까지 거침없이 말을 이어가기에 나는 그냥 반가운 마음에 물었지요. 어느 전람회가 가장 인상 깊었느냐고요. 그랬더니 그 시인은 "미술관에는 왜 갑니까? 시간도 없는데. 화집이 있지 않습니까? 나는 화집으로 그림을 감상합니다. 미술 전문지로 공부도 하고요. 이 바쁜 세상에 언제 미술관을 찾아갈 시간이 있습니까?" 그래서 나는 더 이상 할 말이 없어졌지요. 화집? 이 바쁜 세상? 이 바쁜 세상에 그럼 시는 왜 쓰는 거지? 이 시인에게는 그림 감상이라는 것이 화가의 이름과 그림 제목과 간단한 구도와 화풍을 외우는 것이란 말인가.

그림 감상이라는 것이 새로움에 대한, 아름다운 색채와 구도에 대한 감성의 놀라운 눈뜸이 아니고, 그냥 간단한 상식이고 교양이고 목에 힘을 주는 지식의 척도라는 말인가? 그래서 나는 수십 년 전 외국에서 처음으로 루오의 조그만 원화 앞에 섰을 때 느꼈던 그 황홀한 감격을 이 사람과는 도저히 나눌 수 없겠구나 하고 혼자 섭섭한 적이 있었습니다.

무용에서도 그런 식으로 박식한 사람을 만난 적이 있습니다. 지젤이 어떻고, 에이비티(A.B.T. 아메리칸 발레 시어터)가 어떻고, 약방의 감초같이 이사도라 덩컨이니 마사 그레이엄이 어떻고, 나

탈리아 마카로바나 신시아 그레고리의 포즈가 어떻고…… 양
파 껍질을 까는 듯한 이야기에 진력이 나서 그에게 얼마나 자주
무용 공연에 가느냐고 했더니, 그는 대뜸 한국에 도대체 무슨
무용이 있나요, 하며 점잖게 도통한 듯한 대답.

"그럼 에이비티 공연은 보셨습니까?"

"책으로 보는 거지요, 댄스 매거진이 있지 않습니까, 실제 공
연보다 더 깊이 있는 해석과 분석이 있지 않습니까?"

무대에서 무용가가 호흡을 가누어가며 움직이는 몸의 말과
그것을 받들고 있는 조명과 안무와 의상과 무대장치가, 그리고
그런 것이 다 합쳐진 찰나적인 감동은 어디로 가고 책으로 무용
을 감상한다니! 무용이라는 예술을 몇 명의 이름 나열과 사진
포즈로 해결하는 이 실용적이고 박식한, 그래서 불쌍한 지식인
이라니!

쇼팽이 소설가 상드와 스페인의 마요르카섬에서 얼마나 같이
지냈으며 몇 개의 에튀드를 작곡했는지 외우고 있으면서도, 올
리비에 메시앙이 나치 독일 수용소에서 무슨 곡을 작곡했다는
것을 줄줄이 알고 있으면서도, 그런 것보다는 정말로 음악 듣기
를 즐기고 많은 곡을 알고 또 항상 들으면서도, 정작 음악회에
가서 생음악 연주를 즐기는 이들이 무척 드물다는 사실이 내게
는 몹시도 이상하게 느껴졌습니다. 서울의 교통지옥을 가리키며

연주회 시간을 맞추기 힘들다거나 좀 이름 있다는 외국 연주가나 교향악단의 엄청나게 비싼 표 값 때문이라는 변명에는 나 역시 상당히 수긍이 가기는 하지만, 그래도 10년씩 공연장에는 발도 들여놓지 않은 음악 애호가가 많다는 것은 아무래도 너무하다는 생각을 하지 않을 수 없었습니다.

글쎄, 그 음악의 소리가 음악이란 예술 형태의 전부일까요? 나는 그렇게 생각하지 않습니다. 생음악을 듣지 않는 음악 애호가는 잔인하다고 생각해요. 생음악을 연주하는 공연장에서 어차피 일회적일 수밖에 없는 연주자의 긴장과 열중과 황홀의 시간을 함께하고 인간이기에 혹 실수를 한다고 해도 그 예술가의 성심에 박수를 쳐주는 사람이 진정한 음악 애호가가 아닐까요. 예술 감상을 '아트 어프리시에이션'art appreciation이라고 한다니 거기에는 감사의 의미도 좀 있을 것이고 그래서 예술 애호가라면 그런 예술가와 함께 호흡하고 감사하는 마음을 가지고 박수를 쳐주어야 한다고 믿습니다.

미술이 철학의
눈이라고?

그런 면에서는 미술에 대한 내 감정도 마찬가지입니다. 내가 오래 좋아하고 가슴에 담고 있는 화가는 적어도 내가 그의 많은 원화나 조각품을 즐긴 예술가들입니다. 화집만을 보고 나는 가슴 떨리는 감동과 온몸이 따뜻해지는 황홀을 전연 느끼지 못합니다. 예술은 가슴과 가슴의 인사고 감동과 참을 수 없는 매혹의 집산이지요. 예술은 내게는 처음부터 지식이 아니었습니다. 미술은 문학의 눈이라고 고집하는 문인이 있고 그런가 하면 미술은 철학의 눈이라고 고집하는 철학자도 있습니다. 나는 추상 미술이고, 구상 미술이고 그림 앞에 섰을 때에 골치가 아프기는커녕 당연하게도 아무런 부담감을 가지지 않습니다. 전문가같이 그림을 이해하고 해석하려고 하기보다 그 그림을 즐기느냐 아니냐 하는 원시적인 기분으로 그림에 다가갑니다. 전문가와는 어쩔 수 없이 다르겠지요. 나는 그림 앞에 서면 우선 마음을 비우려고 하고 추상이든 구상이든 그 색감과 구도와 창의성이나 독창성 같은 것을 나름대로 찾아봅니다. 그리고 그 찾는 과정과 찾은 성취를 날것 그대로 즐깁니다. 내가 이해하지 못하는 것은 내 무식으로 돌리고 그 그림 앞을 떠납니다.

물론 가끔 다른 분들이 훌륭한 그림이라고 하는 작품 앞에서는 왜 내가 느끼지 못할까 하고 다시 골똘히 보기도 하지만 그런 것은 극소수의 예외에 불과합니다. 그러니 골치 아플 게 없지요. 나는 내가 이해를 못 한다고 슬퍼하지도 않고 내 실력이 왜

이 정도냐고 실망하지도 않습니다. 그리고 나는 그런대로 내 깜냥이 나쁘지 않다고 혼자서 건방지게 믿고 있습니다. 다른 누군가가 내가 너무 모른다고 해도 나는 그런 남의 말에 별 관심이 없습니다. 예술은 교양이나 지식이기 이전에 높고 아름다운 영혼과 영혼의 교감이라고 나는 아직도 믿고 있기 때문입니다.

미술이 '공인된 미술'이 된 것은 겨우 200년이 될까 말까, 라고 하는군요. 공인이라는 것이 정확히 무엇을 뜻하는지 모르겠지만 아마도 '공인된 문학'도 그 정도겠지요. 그러나 문학의 시작이 미술보다 뒤라는 것은 확실한 듯합니다. 문학이나 시의 시작은 기원전 인간이 집단으로 모여 살기 시작했을 때부터라더군요. 종족의 우두머리가 싸움에 이겼을 때나 자기들 나름의 축제 때에 무용이나 노래를 했고 다시 연극으로 발전했고 어떤 노래의 가사를 좋아한 무리가 곡을 빼고 가사만 외우기 시작한 것이 문학과 시의 효시라고 합니다. 그러나 이런 개념은 서양의 문학을 이른 것 같은데 동양의 시작은 어떤지 잘 모르겠네요. 그들도 싸움에 이겨서 춤추고 노래를 만들어 부르고 연극 같은 것을 했을까요?

미술의 효시라고 할 수 있는지는 모르겠지만 몇 해 전 터키의 황량한 아나톨리아 동부 쪽에서 많은 고대 유물을 볼 기회가 있었지요. 그리고 그곳의 박물관에서 섬세하고 가슴 뛰는 신석기 시대의 동굴 벽화를 여러 점 보았습니다. 검은색과 빨간색으로 그려진 너무나 정교한 그림 솜씨에 감동해서 나는 '신석기 시대 화가'라는 시까지 써서 발표를 했지요. 그러니까 인간이 모여 살기 시작한 그 까마득한 시대부터 화가가 있었다는 말이 됩니다. 글자라는 게 생기기 전이고 그리고 인간에게 이름도 생기기 전이라 그 화가의 이름은 알지 못하지만 그냥 그라피티라고 하기에는 체계적이고 화가의 주장이 보이는 감동적인 그림들이었습니다.

희극을
지향한다는 것

누군가 내 시들이 웃음을 주거나 희극적인 부분이 없는 것 같다고 한 말이 마음에 남습니다. 물론 내게 크게 웃음을 유발하는 시는 없을지 몰라도 고대 그리스인들이 정의한 문학의 4대 장르 중에 속하는 비극과 희극 사이에서 내 시는 반 이상이 희극 쪽이라고 우길 수 있을 것 같습니다. 적어도 나는 많은 경우 의식적으로 희극 쪽으로 방향을 정하고 시를 쓰기 때문입니다.

고대 그리스에서부터 시작된 본격적인 연극은 소포클레스의 거창한 작품인 『안티고네』나 『오이디푸스 왕』이 한 시대를 풍미했고 까마득한 기원전의 오래된 작품들이 그 높은 작품성 때문에 오늘날까지도 무대에 서고 있지요. 그 작품들이 바로 4대 문학 장르 중에서 '비극'의 효시이고 대표작이고 그 영향은 오늘날 서구 세계의 연극사에까지 영향을 미치고 있지 않습니까? 알다시피 고대 그리스에서 처음으로 시민사회의 민주주의가 발생했고 전반적으로 사회가 융성하게 되면서 연극도 덩달아 체계적으로 자리를 잡게 되고 소포클레스를 비롯한 일군의 극작가들이 그 시대의 문화를 꽃피우면서 비극의 문학을 완성했다고 할 수 있겠지요. 그래서 혹자는 서구 문명의 기틀을 잡을 정도로 그 역할이 대단했다고 평가도 한다지요?

희극이라는 것은 그 당시까지도 이런 작품들의 막간에, 수준 이하의 피에로나 우습게 분장하거나 헛짓으로 과장된 인물이 등장해서 바보스러운 행동을 함으로써 잠시 동안 비극의 심각한 이야기를 따르던 관객에게 심리적 해방감을 주는 것이 그 역할이었다지요. 그러던 고대 그리스에서 제왕적이었던 '비극'의 대항으로 신희극운동이 일어나고 특히 메난드로스가 '희극'을 예술의 경지로 상승시키는 데 성공을 했지요. 그래서 사랑이나 연애나 인간의 용서나 화해를 연극에 불러들여서 희극의 시대를 이룩한 것이지요.

소크라테스나 그의 제자 플라톤이 천대하던 희극은 그의 제자인 아리스토텔레스의 시대에 와서야 겨우 대접을 좀 받기 시작한 것이겠지요. 그들이 정의한 비극과 희극의 의미는 우리 세대까지 그대로 전수되어왔는데 간단히 말하면 비극은 갈등의 해결책이 없을 때고 희극은 그 갈등이 작품 안에서 해결되는 것, 즉 결혼이나 용서나 화해의 과정을 거치면서 해결되고 질서가 정상으로 회복되는 과정을 희극이라고 말하고 있습니다. 그래서 찰리 채플린의 명언처럼 가까이에서 보면 비극이고 멀리서 보면 희극이란 말도 같은 맥락에서 볼 수 있고, 느끼는 사람에게는 인생은 비극이고 생각하는 사람에게는 인생은 희극이라는 말도 생겼지요. 그리고 희극은 이성에 비극은 감성에 속한다는 말도 꽤나 의미심장한 말이지요. 좀 복잡하게 설명이 되어버렸지만, 누구는 좀 구식이라고 할지 모르겠지만 어쨌든 이런 관점이 오랜 세월 내가 향하던 내 문학을 지배해온 의미고 과정이었습니다. 내 시에서 명랑하고 희극적인 시를 발견하기 힘들었다고 하시는데 그것은 내가 가려는 길의 속살을 혹시 간과한 것이 아닐까 하는 생각이 듭니다. 아니면 내 시가 아직 그런 단계까지 가지 못한 것일 수도 있겠고요.

셰익스피어의 작품 중에서 4대 비극이라는 작품은 『햄릿』, 『오셀로』, 『리어왕』, 『맥베스』인데 그 모두가 해결책 없이 죽음으로 끝이 나지요. 그런 반면 5대 희극이라는 작품 중에서도 제일 잘 알려진 『베니스의 상인』 같은 작품은 그 작품의 진수가 잔인한 고리대금업자인 샤일록의 말과 행동과 그의 평탄치 못한 평

아름다움, 그 숨은 숨결

생, 온갖 고생을 다 하는 친구가 약속을 지키지 않아 1파운드나 되는 자기의 생살을 칼로 떼고 죽어야 하는 안토니오의 슬픔과 괴로운 인생살이의 광경이겠지요. 그러나 결국 마지막 순간에 친구와 재판장의 기지로 반전을 보이며 희극으로 완성됩니다. 연극의 줄거리가 슬프냐 행복하냐의 문제가 아니고 결말의 해결책을 제시했느냐 아니냐로 희극과 비극을 판별하는 것이라서 우리는 시종 무섭고 침침한 무대의 『베니스의 상인』이란 연극을 보면서 끝내 이 연극을 희극이라고 부르는 것이겠지요.

예술가가
주인공인 영화들

　　　　　　　나는 어릴 때부터 영화 보기를 즐겼고 그 버릇은 미국에 와서도 계속 이어졌습니다. 그래서 몇 해 전까지만 해도 매해 아카데미 시상식 광경을 즐겨 보았고 헤아려보니 최우수작품상에 후보로 오른 10여 편은 거의 매해 하나도 빼놓지 않고 다 보아왔지요.

　그런 작품 말고도 그간에 내가 본 영화 중에서 감동적인 작품이 많았지만 그중에서 그리 대단한 평을 듣지 못한 작품, 그런데 나는 지금까지도 잊지 못하는 영화 중 하나가 바로 〈까미유 끌로델〉이란 영화입니다. 나이 든 프랑스 조각가 오귀스트 로댕의 역에는 프랑스 배우 제라르 드파르디외가 분장했고 젊고 아름다운 로댕의 제자 역인 까미유 끌로델 역은 이자벨 아자니가 열

아름다움, 그 숨은 숨결

연을 펼쳤습니다. 그 이자벨 아자니가 얼마나 아름답고 비운의 주인공 역할을 잘했던지 영화를 본 지 벌써 30년이 되었는데도 아직까지도 잊혀지지 않네요. 그 영화를 보고 몇 해 후 명배우 쥘리에트 비노슈가 같은 제목의 영화에서 같은 역으로 열연을 펼쳤지만 적어도 내게는 아자니의 뛰어난 연기와 깊은 인상을 넘어서지는 못했습니다.

다 아는 이야기이기는 하지만 로댕의 제자면서 그 자신이 뛰어난 조각가이기도 했던 끌로델은 24, 5년의 나이 차이를 넘어서 로댕을 사랑하고 결혼을 원하다가 결국에는 그에게서 버림을 받고 정신병원에서 나머지 생을 보냅니다. 내가 1980년대 말인가에 수도 워싱턴의 조그만 외곽 마을인 조지타운이라는 아름답고 오래된 마을의 조그만 극장에서 그 영화를 본 것까지 아직 기억하고 있습니다.

예술가가 주인공으로 나오는 영화는 그간 상당히 많았지만 나는 그런 영화들이 색다른 느낌으로 다가가지지는 않았습니다. 그러나 그런 영화 중에서 아쉽게 놓친 영화는 이십 대에 요절한 장 미셸 바스키아의 극영화가 있지요. 나는 아직도 기록영화가 아닌 상업영화가 어떻게 그 천재라는 반항아를 그렸는지 궁금합니다. 언젠가 80년대 후반쯤인지 자주 방문하던 뉴욕의 소호에서 우연히 이름만 들었던 어린아이 그림 같던 그 화가의 그림을 두어 개 본 적이 있고 그의 화집을 비싸게 사기도 했지요. 그러나 그 정도에서 내 관심은 끊어졌지요. 그가 젊은 나이에 약물중독으로 죽은 이유가 컸겠지요.

호세 에레라가 주연한 〈물랭루즈〉는 키가 작은 프랑스 후기 인상파 화가인 앙리 드 툴루즈 로트레크의 일대기를 그린 영화인데 상당히 인상이 깊었고 화가 반 고흐 역에 커크 더글러스가 출연한 〈Lust for Life〉라는 영화는 잘 만들어지기도 했지만 돈을 상당히 많이 벌기도 한 모양이더군요. 제목이 '열정의 랩소디'로 둔갑한 것은 아마도 일본의 영향이겠지요. 50년대, 60년대에 한국에서 상영된 영화는 대개 일본에서 먼저 상영된 것들이었고 자막을 넣을 때도 일본어 자막을 많이 참고했다고 들었습니다.

상업영화의 속성과 현실적인 재정 문제 때문에 예술가를 주인공으로 한 많은 영화가 그 특정 예술가를 정확하고 의미 있게 그리기보다 흥미 위주로 만들어서 많은 경우 섭섭한 감이 있지요. 그러나 바로 상업영화가 가질 수밖에 없는 영리성 때문에 그런 영화가 나오는 것이니 어디다 항의를 할 수도 없겠지요. 그래서 나는 오래전부터 예술가를 주인공으로 한 영화를 보면 그 예술가가 어떤 일생을 살았을까, 하는 자서전적인 면을 찾는 일은 포기를 했지요.

아름다움, 그 숨은 숨결

우리가 좋아하는 시인 파블로 네루다 역이 나오는 우편배달부 〈일 포스티노〉라는 영화도 그 영화의 대사부터 연기와 화면과 영상까지 모든 면에서 참으로 아름답고 인상적이었지요. 거기 나오는 젊은 우편배달부는 영화를 마치고 곧 지병으로 죽었지만 그래서 아카데미주연상은 그가 죽은 뒤에 받았지요. 그 영화에 나오는 네루다는 그가 민중을 위한 아름다운 시를 썼다는 것, 여러 유럽 국가에서 망명생활을 한 것 말고는 스토리 전체가 완전히 허구이지요. 그러나 어느 누가 이 영화를 보고 왜 네루다가 살지도 않은 이탈리아 '깡촌'에서 한 번도 만나보지도 않은 바보 같은 우편배달부와 시간을 보내도록 영화를 만들었느냐고 항의하지는 않지요.

최근에 네루다의 고국인 칠레에서 칠레의 제작자, 감독, 배우가 총출동해서 만든 〈네루다〉란 영화도 그가 공산당원이어서 남미의 몇 나라를 도망 다니던 이야기일 뿐 그의 문학과는 아무런 상관이 없어서 무슨 영화상을 받았다고는 하지만 내게는 별로 인상적이지 못했습니다. 그저 영화라는 예술의 한 장르는 문학이나 미술과는 다른 변별점이 존재하고 그런 변별점의 자리에서 우리가 영화를 감상하고 즐기기 위해 언제나 빈 마음으로 영화를 대면해야 하지 않을까 싶습니다.

무용 1

– Pauline Koner 씨에게

나도 당신의 무용 같은

사랑을 한 적이 있었다.

하나의 동작이

깊이 가슴에 남아

그 무게로 고개를 숙여버리던

그때는 봄이던가, 가을이던가.

당신이 존경하는 화가의

그 무리한 표정으로

아름다움, 그 숨은 숨결

나도 층층대를 올라가

방문을 한 적이 있었다.

움직이지 않는 당신의 무용,

소리 없는 음악,

그래도 충만한 당신의 무용만큼

안부 없는 사랑을 한 적이 있었다.

이 시의 배경에는 미국의 현대무용가 폴린 코너Pauline Koner
와 우리가 잘 아는 유대계 화가 마르크 샤갈Marc Chagall이 위치
해 있습니다. 이 무용가는 신산한 1960년대 초에 한국을 방문
해 난방장치도 없는 무대에서 현대무용이라는 상당히 충격적인
새로운 장르를 선보여 우리에게 놀라움을 선사했습니다. 공연
후 세미나에서는 당대의 화가 샤갈과 친분이 두텁고 그의 그림
에서 무용의 영감을 많이 받았다고 해서 그 당시 샤갈의 그림을
겨우 알아볼 정도였던 우리를 숙연케 했지요. 그리고 몇 해 후
미국 수련의 시절, 외로움을 이겨나가고 있을 때 이 시가 천천히
내게 모습을 드러내 보였습니다. 외로움은 때때로 사랑의 다른
모습이 되기도 하니까요.

예술적 영감이란 그가 의사든 철학자든 혹은 회사원이든 학

생이든 꿈꾸고 사는 자에게만 방문합니다. 정신이 풍요로운 삶은 오로지 꿈꾸는 자만의 것입니다. 나도 한때는 좋은 시 한 편으로 인생을 끝내려고 하던 때가 있었습니다. 인생의 시작부터 끝까지를 시 한 편에서 보여주려고 땀 흘리던 때가 있었지요. 그때 나에게 세상은 언제나 죽기 아니면 살기를 요구하고 있었으니까요. 그런데 이제 그 계절도 지나고 조용한 시간을 갖게 되었습니다. 그래서 지금은 삶의 향기와 여유가 보이는 시를 쓰고 싶습니다.

아름다움, 그 숨은 숨결

예술가들의
울력에 관하여

　　　　　　예술가와 화가에 대한 영화 이야기를 끝내
기 전에 내가 작년엔가 본 영화 한 편에 대해 이야기하고 싶습니
다. 영화 제목은 〈러빙 빈센트Loving Vincent〉이고 애니메이션 영
화지요. 물론 반 고흐에 대한 영화고요. 그런데 그게 그냥 만화
영화가 아니라 좀 색다르게 만든 것이지요. 화가 반 고흐를 많
이 사랑한 화가 출신의 여성 영화감독이 고흐의 마지막 시간, 그
러니까 오베르 시절에 그가 어떻게 죽었는지를 추적한 스토리이
고 결론은 자살이 아니고 타살이라는 추론을 보여준 영화인데
영화의 스토리가 흥미의 초점이 아니고 바로 그 한 시간 반짜리
영화가 만들어진 과정이 흥미롭기 때문입니다.

　우선 그 영화를 만들기 위해 제작자와 두 명의 감독과 전문

화가들이 수천 명의 화가 지망생 내지 애니메이터들을 만나고 추려내서 그중에서 100여 명이 오디션에 합격을 했지요. 그리고 그 100여 명의 화가들은 한동안 다 같이 모여 고흐 그림의 색과 표현법과 화풍, 기법 등을 함께 공부하고 연습을 했지요. 그리고 수년간 폴란드와 그리스의 스튜디오에서 하나하나 유화를 그립니다. 그리고 그들이 그린 유화 펜화 등 6만 5천여 점으로 최초의 유화를 곁들인 애니메이션 영화를 만들었습니다. 전문가들은 어떻게 이 영화를 평가하는지 몰라도 나는 많이 즐겼습니다. 특히 내가 기억하고 있는 그의 잘 알려진 그림들을 보여주고 있으니 흥미가 배가되는 느낌을 받을 수밖에 없지요.

화가 장욱진 선생님이 1960년 가을에 출간된 내 첫 시집 『조용한 개선』에 네 장의 컷, 혹은 삽화를 그려주셨다는 이야기를 할까 합니다. 장욱진 화백이 명륜동에 계실 때 우리도 같은 동네에 살았고 그 시절에 장 선생님과 내 선친이 상당히 가깝게 지내셨지요.

그즈음 내가 이른 나이에 문단에 등단을 했는데 같이 의대에 다니던 친구가 자기 집에서 출판사를 하니 내 시집을 출판해주겠다고 나서더라고요. 그때는 문단 등단이 흔하지도 않았고 시집 출간도 흔하지 않았지만 내가 아직은 자격이 없는 것 같아

아름다움, 그 숨은 숨결

거절을 하고 자꾸 머뭇대니까 유명하지 않은 출판사라 내가 꺼리는 줄 알았는지 상당히 호화판으로 출간해주겠다며 인세는 책으로 주겠다고 졸라대서 부끄러운 것도 모르고 본과 1학년 때 금박의 양장판 시집을 출간하게 되었지요.

서문은 은사이신 박두진 선생님이 써주셨고 표지의 제자題字는 아버지의 글을 받았고요. 그리고 언감생심 내가 아버지를 졸랐어요. '거절하시겠지만 한 번만 장욱진 선생님에게 내 시집을 위해 한 장이라도 삽화를 그려주십사 부탁 좀 드려주십사'고요. 그런데 정말 기대하지도 않았는데 장욱진 선생님이 어느 날 아버지를 통해 나를 불러주시고 시집 제목부터 몇 편의 시를 가져오라고 하셨지요. 그리고 그 며칠 후 선생님이 다시 부르셔서 댁을 방문했더니 어느 쪽에 어떤 펜화를 넣으라고 작은 목소리로 차근차근 하나씩 설명해주시며 네 장의 펜화를 내게 전해주셨어요. 그때 내 기분은 정말 하늘을 날 것만 같았지요. 물론 내 선친의 부탁을 들어주신 것이긴 하지만 그 삽화는 누가 보아도 너무나 아름답게 몇 편의 내 시의 내용에 완전히 잘 어울렸지요. 그리고 지금도 말하기 부끄럽지만 그 좋은 선생님의 펜화를 내 선친의 이름으로 내가 완전히 공짜로 받았었네요.

내가 갑자기 장욱진 선생님과의 에피소드를 꺼낸 이유를 여기서 설명하고 싶습니다. 그즈음, 그러니까 1960년경에 나는 거창한 화가 파블로 피카소가 프랑스 시인 아폴리네르의 시집『야수』에 삽화를 그렸다는 것과 그와 평생 앙숙이면서 서로를 존경했다고 알려진 앙리 마티스가 역시 프랑스 시인 말라르메의 시집에 좋은 삽화를 그려 넣었다는 가슴 뭉클한 글을 읽었었지요. 그랬던 터라 그때 터무니없게도 내가 한국의 시집 구성에 새 역사를 만들었다고 혼자 숨어서 자부하며 지냈었어요. 앞에서 말한 화가나 시인들 말고도 서양의 많은 나라에서는 여러 시인들이 자신의 시집에 화가의 삽화를 넣어서 시집을 출간한 예가 많다고 합니다.

그래서이기도 하지만 혹시 그때 장욱진 선생님이 우리나라에서도 그런 풍습이 이어지기를 희망하셔서 내 시집에 삽화를 그려주신 것은 아닐까 하는 엉뚱한 생각을 하기도 했습니다. 이런 철 지나고 낡은 이야기를 새삼스레 꺼내는 이유는 우리나라에서도 이제라도 좋은 화가의 삽화를 시집에 넣을 수 있는 풍토가 이루어졌으면 하는 바람이 있어서입니다. 돈을 많이 버는 화가도 좋지만 가끔은 시와 문학을 이해하는 화가가 있어 돈을 내기 힘든 시인의 시집을 위해 피카소나 마티스같이 정성을 들여 좋은 삽화를 공짜로 그려주는 그런 예술계의 색다르고 아름다운 풍토를 바라는 것은 공연한 꿈일까요? 돈을 내라, 그러면 좋은 그림을 그려주겠다는 화가만 이 시대 우리 사회에 존재하는 것

아름다움, 그 숨은 숨결

일까요? 아직 살아 있는지 모르겠지만 독일 표현주의 화가 안젤름 키퍼는 유대인 시인 파울 첼란의 시에서 받은 영감으로 훌륭한 연작시의 그림을 그리기도 했지요. 문학과 미술의 울력이 바로 이런 것이라고 나는 믿습니다. 그러기 위해서 화가도 문인도 그리고 올바른 생각을 가진 다른 분야의 예술가도 자기와 다른 분야의 예술을 겸손한 마음으로 공부하고 받아들이고 이해하도록 애써야 한다고 믿습니다. 모든 깊이 있는 예술은 종국에는 서로가 통합니다.

우화의 강 1

사람이 사람을 만나 서로 좋아하면
두 사람 사이에 물길이 튼다.
한쪽이 슬퍼지면 친구도 가슴이 메이고
기뻐서 출렁거리면 그 물살은 밝게 빛나서
친구의 웃음소리가 강물의 끝에서도 들린다.

처음 열린 물길은 짧고 어색해서
서로 물을 보내고 자주 섞여야겠지만
한세상 유장한 정성의 물길이 흔할 수야 없겠지.
넘치지도 마르지도 않는 수려한 강물이 흔할 수야 없겠지.

긴말 전하지 않아도 미리 물살로 알아듣고
몇 해쯤 만나지 못해도 밤잠이 어렵지 않은 강,
아무려면 큰 강이 아무 의미도 없이 흐르고 있으랴.
세상에서 사람을 만나 오래 좋아하는 것이
죽고 사는 일처럼 쉽고 가벼울 수 있으랴.

아름다움, 그 숨은 숨결

큰 강의 시작과 끝은 어차피 알 수 없는 일이지만
물길을 항상 맑게 고집하는 사람과 친하고 싶다.
내 혼이 잠잘 때 그대가 나를 지켜보아 주고
그대를 생각할 때면 언제나 싱싱한 강물이 보이는
시원하고 고운 사람을 친하고 싶다.

시간을 거슬러
만난 감성

당신 있기에

인간은 지상에 내려온 별빛이란 말,
인간은 나무가 부르는 노래라는 말,
모두 나를 들뜨고 황홀하게 하지만, 단지
당신 있기에, 당신이 나와 함께 있기에.

  잎이 무성한 가을 나무를 보면 그 찬란한 색깔이 아름답기 그지
없습니다. 나무 잎사귀 하나를 들고 볼 때, 피할 수 없이 보이는
찢어진 더러움이나 주름살이나 피곤한 색깔이, 몇 발짝 뒤에서
무더기로 보는 것과는 엄청 다릅니다. 그러나 그것도 아예 한참

떨어져 건너편 산등성이에 있는 수백 수천의 가을 나무를 한꺼번에 보면 그 온갖 색깔의 조화와 아름다움이 훨씬 더 선명하고 강하게 몰려옵니다. 그렇습니다. 아주 멀리 인공위성에서 지구를 통째로 보면 그 많은 굶주림도, 살인도, 시기심도 지워진 채 영롱하게 아름다운 옥색 구슬로 보인다 하였지요. 그래서 외국에 떨어져 나와 사는 내가 보는 먼 고국은 아름답기만 한 것인가요. 하지만 이제는 아름답게 보이는 것만이 사랑의 전체가 아닌 것 같습니다. 같이 살결을 맞대고, 냄새를 맡고, 눈과 눈이 만나고, 말을 나누고 또 기쁘고 슬픈 속사정을 서로 털어 보이는 그런 끈끈함이, 그것이 좀 칙칙하고 거추장스러울지라도 내게는 더욱 아쉽고 값지게 느껴지는 까닭입니다.

내 선친은 동화작가셨고 그보다는 우리의 윗세대에서는 모든 면에서 상당히 앞서갔던 분이셨던 것 같아요. 당신의 친구들은 하나같이 '앞서가던'이라고 부르셨고 소파 방정환과의 어린이 운동도 그 맥락의 하나고 한국 최초의 창작동화를 쓰신 것도 그렇지요. 당신은 연애 사건으로 일본으로 도망가셔서 고학으로 공부하다가 결핵으로 고생을 하시기도 했지만 일본 굴지의 잡지사에 창간 편집인으로 일하시다가 방계 잡지를 하나 들고 나와 큰 성공을 거둔 것도 자신과 조선인으로서의 자부심의 결과였지요. 아버지는 그 당시 훌륭한 화집을 많이 가지고 계셨고

아름다움, 그 숨은 숨결

고전음악도 상당한 수준으로 좋아하셨지요. 그리고 중·고등학교나 대학생 시절에 바쁘다고 설쳐대는 나를 잡고 문학이나 음악이나 그림을 자주 접해서 앞으로 무슨 직업을 가지고 살더라도 예술에 대한 취미와 관심을 가지라고 늘 귀찮도록 권하셨어요. 절대로 후회하지 않는다면서요. 그래서 나는 어릴 때부터 초보자의 취미 정도로나마 여러 장르의 예술을 접할 기회가 많았어요. 거기다가 어머니는 한국 최초의 현대무용가로 일본에서 공부하셨고 그분이 필요로 하는 음악과 무용, 또 그와 관련된 전공서적을 어깨 너머로 듣고 볼 수가 있었지요.

같은 혜화초등학교를 나오고 소년문사로도 제법 이름을 날리던 이중한이란 친구가 같은 동네에 살았는데 그 친구는 귀한 책을 많이 가지고 있었어요. 그 친구의 아버지가 책을 많이 가지고 계셨는지 오래된 책도 많았지요. 그러면서 자기는 자라면 출판인이 되겠다면서 어릴 때부터 동네 책방, 그러니까 장욱진 화백의 부인께서 운영하시던 혜화동 로터리에 있던 '동양서림'이라는 큼지막한 서점에서 책을 많이 샀어요. (지금도 동양서림은 그 이름을 간직한 채 장화백의 집안분이 운영하고 있지요. 그리고 그 2층에는 유희경 시인이 운영하는 시집 전문 서점 '위트 앤 시니컬'이 많은 시 독자의 사랑을 받고 있어요.) 중한이는 그 책방의 최고 단골이었고 나는 몇 해에 걸쳐 그 친구의 책을 많이 빌려보았지요. 그중에서 인상에 남아 있는 책들은 그때까지 금서로 되어 있던 홍명희나 박태원의 소설 또 최신판 일본의 월간 미술잡지 등이었어요. 그런데 얼마 전 우연한 기회에 그 엄청난 양의 책들이 모두 이기웅 선생의 열화당에 기증되어 그 출판사 도서실에 소장되어 있더군요. 얼마나 다행으로 생각되었는지요. 친구가 뇌졸중으로 죽은 뒤에 가족분들이 기증을 한 것이고 그 인연으로 친구의 유분은 조그만 기념비와 함께 파주출판단지 내 선친의 기념비 근처에 봉정되어 있지요.

또 한 가지 특기할 것은 고등학교 때와 대학교 초년생 시절 인사동 좁은 골목길에 있던 '르네상스'라는 음악실, 고전음악만 틀어주던 그 침침한 다방입니다. 나는 시간만 나면 그곳에 갔고 거기서 시를 끄적거렸고 그 당시 유일한 문예지였던 《현대문학》에 실린 내 첫 추천작인 「나도 꽃으로 서서」도 바로 그 침침한 다방에서 썼습니다.

1960년 가을, 의과대학의 본과 1학년 때 《현대문학》의 3회 추천을 끝내고 아직 어린 나이에 기고만장한 기분으로 내가 다니던 대학의 신문에 2회에 걸쳐 내 문학에 대한 글을 기고했는데 그 글의 제목이 '현대시를 진단한다'였지요. 그 글은 물론 치기만만한 글이기는 하지만 3부로 나누어진 글의 소제목은 일부가 현대시의 난해성, 2부가 현대예술의 위치, 3부가 현대시와 신인상주의인데 여기에 등장하는 인상파와 그 이후 서양의 시인과 작곡가와 화가의 이름만도 100여 명을 넘습니다. 그리고 글의 핵심은 현대시를 난해에서 구하는 방법은 바로 미술과 음악과 손을 잡는 것이고 같이 어울려 인상주의 시절에서부터 다시 시작하자는 것이었습니다. 좀 치기만만한 생각이긴 했지만 그 당시로는 제법 새롭고 엉뚱하기도 한 주장이었지요. 그 글을 부끄러움도 없이 내 첫 시집에 넣었던 것입니다.

그 첫 시집을 출간해준 친구의 출판사는 아마도 큰 손해를 보았겠지만 나는 그로 인해 뜻밖의 기쁨을 여러 번 느낄 수 있었습니다. 몇 주일 전 버펄로에 사시는 신장내과 의사 민인기 선생 내외가 나를 찾아와 당신이 오래 소장해온 내 첫 시집을 조심스레 내보이며 사인을 부탁해왔습니다. 60년 전에 출간된 다 헐어진 그 시집에 사인을 해드리면서 그분들만큼이나 나도 감동을 받았습니다. 그러고 보니 뉴욕주에 사는 암 전공 의사 부부인 한승신, 이정아 두 분이 몇 해 전, 내 문학 강연회에 참석해서 오래 소장하고 계시던 같은 시집에 사인을 해드린 적도 있었고 몇 해 전 충청도 천안에 있는 단국대학교 의과대학에 갔을 때는 외과 교수라는 분이 역시 같은 시집을 보이시며 사인을 부탁해오기도 했지요. 한참 전에는 「산정묘지」의 시인 故 조정권 시인이 오래 소장하고 있었다며 시집을 내보여 사인을 해드렸는데 몇 해 전에 안타깝게 돌아가셨다는 소식을 들었습니다.

내 첫 시집에 대한 에피소드 중에서 내게 가장 감동스러웠던 것은 한 달 전 이곳 미국에서 있었던 일입니다. 코로나19 때문에 우리 의과대학 동기들은 한 달에 한 번씩 집에서 화상회의 프로그램인 줌zoom을 통해 영상으로 인사를 나누어왔는데 지난달에는 우리에게 병리학을 가르친 최병호 선생님의 특강을 들을 기회가 있었습니다. 최 선생님은 우리와 비슷한 시기에 다시 미국에 오셔서 캘리포니아대학교에서 신경병리학을 가르치시다가 은퇴하셨는데 학구적이신 90세의 우리 선생님은 올해 노벨생리학상을 받은 유전자 변화에 대해 특강을 해주셨지요. 그리고 그 끝에 갑자기 내 첫 시집 『조용한 개선』을 영상으로 보여주시며 이 시집을 아직까지 댁에 잘 가지고 계시다면서 가끔 읽는다고 하셨습니다. 우리는 너무 놀라서 말을 잇지 못하고 얼어붙었습니다. 한 제자의 첫 시집을 미국에까지 가져오시고 거기에 여러 번 이사도 하셨을 텐데 그 볼품없는 시집을 제자 생각을 하시며 60년 동안이나 버리지 않고 간직해오신 스승이라니요.

그때의 놀라움과 감동은 내 남은 생애 동안 잊혀지지 않고 내 가슴에 남겠지요. 장욱진 화백의 펜화가 4장이나 들어 있는 내 첫 시집은 나도 이제는 누더기가 돼버린 단 한 권밖에 갖고 있지 않지만 초짜배기 시인 시절부터 내 문학은 다른 장르의 예술, 음악이나 미술이나 무용이나 연극이나 영화와 함께 서로 연계해 살면서 감동으로 피어나는 감성의 물건이라는 생각에는 변함이 없습니다.

멜로디 멜로디

나는 어릴 때부터 음악을 좋아했습니다. 동요도 좋아했고 유행가도 좋아했고 고전음악도 좋아했지요. 어머니가 무용가이셔서 일상에서 음악을 많이 듣고 살기도 했지만 한편으로는 당신께서 태교를 하신다고 임신 중에 음악을 많이 들으셨다고 하는데 그 때문인지도 모르겠습니다.

어머니는 또 옛일을 회상하시면서 말씀하셨지요. 내가 어릴 때에 낮잠을 재우려고 나를 업고 자장가를 부르시면 자라는 낮잠은 자지 않고 자장가가 너무 슬프다며 어머니의 등에 업힌 채 자주 울었다고요. 몇 살 때쯤이었을까요? 나는 아직도 그 자장가의 멜로디를 선명하게 외우고 있습니다. 내 동생이 두 살 아래이니 어머니의 등을 내가 그리 오랫동안 차지하지는 못했겠지

아름다움, 그 숨은 숨결

만요. 초등학교 시절에 우리는 가난한 형편에도 어머니 덕분에
SP판 축음기의 고전음악, 특히나 무용 조곡 같은 것을 많이 들
을 수 있었습니다. 그리고 〈장미의 요정〉, 〈아를의 여인〉 등의 무
용곡들. 이런 판들은 대부분 일본에 오래 사셨던 아버지가 모은
것이지만 또 몇 개는 무용을 하시던 어머니의 취향도 섞여 있었
어요. 그런 음악들을 나는 부모님 어깨너머로 들으면서 그냥 멋
모르고 즐겨왔었습니다.

어머니는 내가 초등학생이 될 때까지도 교향악단의 지휘자가
되어주기를 바랐다고 하십니다. 그래서인지 어릴 때부터 나는
피아노 교습이나 바이올린 교습을 많이 받았지요. 물론 모두 중
도에 그만두고 말았지만요.

내 중·고등학교의 생활은 전쟁의 폐허 위에서 어지러웠지요.
그러나 피난의 궁핍한 생활 중에서도 나는 몇 번의 신선한 감동
의 기억을 갖고 있습니다. 북새통 같았던 대구 피난 시절 중 아
버지를 따라 '르네상스'라는 음악 감상실에 들어갔던 일, 우유
한 잔을 황송하게 탁자 앞에 놓고 베토벤을 듣던 그 몇 번의 황
홀감을 아직도 잊을 수가 없습니다. 방 한 칸에서 다섯 식구가
먹고 자고 하는 생활 중에 베토벤의 음악을 듣는다는 그 자체
가 엄청난 호강이기도 했지만, 그때를 생각하면 새삼 아버지가
고맙기도 합니다.

그렇다고 내가 심각하게 고전음악에 심취한 것은 아니었습니다. 그냥 귀에 즐거워 들어왔던 터라 내 취향의 폭은 좁았고, 다른 사람들처럼 바흐, 모차르트, 베토벤, 브람스, 차이콥스키, 등등에 매달려 있었지요. 어쨌든 고등학교 때부터 나는 다른 반 친구들과는 좀 다르게 고전음악 다방 같은 곳에 자주 가서 음악 듣기를 했고 특히 아버지의 권유로 음악회에 가서 생음악을 많이 듣는 편이었습니다.

그즈음 내가 다니던 고등학교에 새 밴드부가 생겼지요. 나는 클라리넷부에 들어가 열심히 클라리넷을 불었습니다. 그러다가 밴드부 지도 선생님이 나를 클라리넷부의 책임 학생으로 지목해주는 바람에 나는 아버지를 졸라 중고품 클라리넷까지 구입해 연습을 더 열심히 하곤 했습니다. 그러던 어느 날 한 친구가 우리 집에 놀러왔다가 내 악기를 훔쳐가는 바람에 나는 너무나 상심한 나머지 밴드부를 그만두고 말았습니다. 하지만 거기서 내 음악 듣기가 끝난 것은 아니었지요. 악기 다루기는 그만두었지만 음악 듣기는 계속되었지요. 그즈음이었던 것 같습니다. 나는 시 쓰기와 더 관계가 있다고 느낀 인상파나 낭만파 음악에 관심을 더 쏟기 시작했습니다. 그리고 그런 취향은 대학생이 되어서도 계속되었지요. 그러니까 19세기의 낭만파 음악가 중에서도 특히 슈만의 음악에 자주 빠져들었고 인상파 음악으로는 프

아름다움, 그 숨은 숨결

랑스 작곡가 드뷔시나 에릭 사티가 마음에 들었습니다(에릭 사티의 음악은 특히 그의 피아노곡에 매료되었는데 몇 해 전 노르망디 여행 중에 작고 아름다운 도시 옹플뢰르에서 그가 어릴 때 살던 집을 찾아서 감격했던 적이 있습니다).

대학에 들어가자마자 벼락같이 문단 추천을 마친 친구 황동규 시인이 등단 잡지인 《현대문학》의 소감 글에서 난데없이, 종기야, 요즘도 너는 드뷔시에 젖어 있느냐, 나는 스트라빈스키가 무척 좋아졌다, 운운하며 쓴 글을 읽은 기억도 납니다. 그만큼 우리는 좋은 시인이 되는 첩경이 좋은 음악을 많이 듣는 것이라고 믿고 있었지요. 그다음 해에 나도 같은 잡지에 시 추천을 완료하고 그에게 무슨 음악에 대한 나름의 이야기를 했습니다. 그러면서 천천히 지쳐가는 내 의대생 생활에 음악은 큰 위로가 되어주었고 가까운 친구가 되어주었지요.

사실 이런 음악을 듣는 시간들은 내 의학 수업의 6년간, 고통과 허탈과 혼돈으로 둘러싸인 내 정신을 자주 일깨워주었습니다. 그래서인지 그때의 내 시들을 들춰보면 학생 시절의 아픔이나 고달픔을 어루만져 주던 음악에 무척이나 많이 기대어 살아왔다는 것을 알 수 있습니다. 그즈음 우연히 알게 된 한 친구와 나눈 이야기는 내게 충격 그 자체였습니다.

당신이 음악을 많이 알고 무척 즐기는 것은 알겠는데, 당신이 정말로 고전음악을 즐긴다면 우선 매일 레코드판이나 듣는 것에서 벗어나야 한다. 대신에 자주 음악회에 가서 생음악을 많이 들어야 한다. 그래서 작곡가의 아름다운 의도와 마찬가지로 그 곡을 재현하는 연주가의 고통과 기쁨 같은 것도 느낄 수 있어야 한다. 오선지 위의 악보가 음악의 전부가 아니다. 음악은 화가의 그림이나, 책으로 많이 찍어낼 수 있는 문학과 다르다. 오선지 위의 음악이 소리가 되어 생명을 얻는 자리에 동참해야 음악을 정말 이해하는 것이다. 연주가가 음악을 만들어 청중에게 권할 때 그 순간의 정서의 교감이 바로 음악의 얼굴이다. 거기에서 어차피 일회적일 수밖에 없는 음악을 위해 몸을 던지는 연주가의 긴장과 초조와 집중의 노력과 환희 같은 것을 보고 느낄 때 진정한 의미로 음악을 알고 즐긴다고 할 수 있다. 레코드판에서는 그런 교감이 적다. 연주가의 인간적 긴장과 감정 파고가 떨어진다. 레코드판을 위해 녹음할 때는 연주가 잘 안 되면 다시 할 수 있고 한 부분이 좋지 않으면 그 부분만 고칠 수도 있는 것이니까. 생음악을 즐겨야 한다는 말이 이상하다면 레코드판만 많이 듣는 귀는 잔인하고 표피적인 취향이라고 할 수 있다…….

아름다움, 그 숨은 숨결

그래서 나는 그맘때부터 음악의 다른 얼굴, 일회적이고 찰나
적인 면을 이해하기 시작했습니다. 그것은 모차르트의 레코드
판을 들으면서 홍차를 즐기던 편안함이나 안온함이라는 내 음
악의 통상적인 개념을 깨기에 충분한 경험이었습니다.

그 후부터 음악을 즐기는 나의 태도는 조금씩 달라진 것 같습
니다. 되도록 연주회에 참석하려고 하는 태도가 그것일 테고, 그
리고 그 연주자가 음악을 통해서 무슨 말을 하려는지 그 곡절을
애써 찾아보려 하는 것이 그것입니다.

의과대학을 졸업하고 미국 땅에 온 것이 엊그제 같은데 나는
벌써 오랜 세월 이렇게 외지의 땅에 살고 있는 신세가 되었습니
다. 아무리 잘 살고 존경받는다는 의사니 교수니 하는 직업에도
불구하고 이국땅은 어차피 이국땅일 수밖에 없고 해가 지날수
록 고향을 잃고 사는 외로움 같은 것이 때도 없이 몰려옵니다.
그래도 이 떠돌이 같은 생활 중에서도 몇 가지 즐거움이 있다면
내게는 단연 좋은 음악회와 좋은 미술관에 자주 갈 수 있다는
것입니다.

그중에서도 1960년대 수련의 시절에 엉성한 차를 몰고 몇 시
간을 달려 하룻저녁 혼자 듣고 온, 조지 셀 지휘의 클리블랜드
오케스트라의 연주나(그다음 해인가에 지휘자가 죽었기 때문에 더
인상에 남는 것인지 몰라도) 아르투르 루빈스타인의 노년기의 연주

회 등은 돈이 없어 말석에서 숨죽여 들었기 때문인지 아직도 생생한 기억으로 살아 있습니다. 고전음악 취향은 변하지 않았지만 외국살이의 햇수가 점점 늘어가니 고국에서는 잘 듣지도 않고 가까이 가지도 않았던 유행가요나 가곡들이 듣고 싶어져서 2년에 한 번 귀국을 할 때면 한 뭉치의 책과 함께 수십 장의 가곡과 가요 음반을 사들고 왔습니다. 그런 음악들은 두말할 이유 없이 내 가슴에 파고들었고 수십 년 길게 늘어진 내 향수를 지워주고 달래주었습니다.

그러면서 전에는 쳐다보지도 않았던 국악까지 관심이 가게 되었고 나중에는 꽤 즐겨 듣는 정도가 되었습니다. 가야금 산조, 판소리나 거문고 연주, 또 대금이니 아쟁이니 해금 연주도 많이 즐기며 자주 들었습니다. 아내는 그즈음 가야금을 정식으로 배우기 시작했고 같이 시작한 소설가 우애령 선생과 바깥어른인 철학가 엄정식 교수와 같이 매해 국악 연주회를 찾아서 참석하는 것이 우리들의 정규 행사가 되었고 그 행사는 수십 년이 지난 지금도 변하지 않았습니다.

음악의 얼굴 1

돌이켜 생각해보면 나는 외국에 오래 사는 게 힘들어서 시를 썼듯이 외로워서 더 음악을 많이 들었고 미술관에도 자주 갔던 것 같습니다. 그리고 이왕이면 연주회장에 직접 찾아가서 생음악 듣는 기회를 만들려고 일부러 애를 썼고 거기에 시간과 돈을 기쁘게 할애했습니다. 물론 내가 이름으로만 듣던 유명한 연주자의 연주를 직접 가서 보고 듣는다는 것은 음반으로 듣는 음악과는 그 감동의 정도가 판이하게 다르고 어느 때는 살아 있는 음악과 죽은 음악의 차이처럼 가슴에 와닿는 느낌부터가 엄청 달랐습니다.

그런 노력은 가끔 절대로 놓치고 싶지 않은 연주자의 음악회에 표를 예매한 뒤 먼 도시에 있는 공연장까지 시간을 맞추느라 자동차를 타고 가든가 몇 해 안에 기회가 없을 것 같은 때는 비행기를 이용하기도 했습니다(뉴욕의 카네기홀에서 있었던 마우리치오 폴리니와 아르투로 미켈란젤리의 피아노 독주회 등). 물론 내가 사는 도시나 근처 도시의 정기 연주회에도 시즌 티켓을 매해 구매했기 때문에 수십 년 동안 어지간한 심포니나 세계적인 연주자들의 활동을 지켜보아 왔다고 하겠네요.

내가 살던 도시의 심포니 오케스트라에는 나도 중요한 후원자 중의 한 명으로 참여하고 있어서 연주회 후에 모이는 파티에서 자주 연주자를 직접 만나 인사도 나누고 술도 한잔 같이할 기회가 많이 있었습니다. 그중에서도 아직까지 잊지 못하는 연주자는 요요마Yo-Yo Ma라는 세계적인 첼리스트입니다. 어느 해였던지 연주회 후의 파티에서 집주인이 나를 그에게 같은 성을 가진 의사라고 소개했습니다. 그러자 첼리스트는 갑자기 내 손을 잡더니 자기는 세상에서 많은 음악 애호가를 만났지만 같은 성씨는 처음 만난다면서 최근에 나온 자기 음반에 자신의 본명이라며 사인을 해서 내게 선물로 주었습니다. 그렇게 선물 받은 음반을 보니 馬友友. 요요마의 이름이 한문으로 '마우우'라는 것을 나는 그때 처음으로 알게 되었습니다.

나는 매해 수십 시간의 공식적인 공부 모임에 참석해야만 의사면허증을 연장해주는 미국의 의사법 때문에 남들같이 의사

아름다움, 그 숨은 숨결

모임에 참석하곤 했는데 그럴 때면 뉴욕이나 보스턴 같은 큰 도시를 선택해서 낮에는 공부 모임에 가고 저녁에는 음악회에 즐겨 다녔습니다. 그러면서 곁다리로 LP 레코드판도 많이 사 모았는데 언제부턴가 천천히 CD가 그 자리를 메우기 시작했습니다. 그래서 나는 다시 CD를 사 모으기 시작하면서 그간 모아놓은 LP판을 모두 내가 사는 도시의 공영방송국과 도서관에 기증했습니다. 한 100여 장만은 차마 보낼 수 없어 그런 것은 뒤로 빼고 대략 2천여 장이 넘는 음반을 눈 딱 감고 모두 기증을 했지요. 그때 처음으로 생각했습니다. 내가 음반을 사 모으는 대신 그 돈과 그 시간과 정성으로 채권이나 주식을 사 모았다면 틀림없이 상당한 부자가 되었겠구나, 하고요.

한편으로는 내가 정신없이 이토록 많은 음반을 사 모으는 걸 그냥 지켜봐 주고 아무런 불평도 하지 않은 아내가 너무도 고맙고 한편 미안했지요(그런 미안한 생각은 내가 아직도 갖고 있는 수천 장의 CD가 이제는 그 수명을 다해서 곧 필요 없는 존재가 될 것을 알았기 때문입니다). 그래도 한 가지 변명을 하자면 혹 내가 이런 것에 정신을 팔지 않았다면 신통찮은 의사가 되어 눈치를 받았거나 마약 중독자가 되었을지 누가 알겠습니까. 그런 정도의 핑계로 아직까지 아내에게 미안한 마음을 덮어두고 있습니다.

음악의 얼굴 2

　　　　　음악을 내가 상당히 많이 알고 즐긴다고 생각했던 것이 내 시건방진 허영이고 무식의 소치라는 것을 알게 된 것은 그리 오래전이 아니었지요. 아주 귀한 인연으로 10여 년 전에 루시드폴을 알게 되었어요. 많은 분들에게 큰 사랑을 받고 있는 싱어송라이터, 음유시인 음악인이라고 불리는 분이지요.

　2007년인가 내 시를 좋아하는 프리랜서 에디터 한 분이 루시드폴이란 내게는 생소한 이름을 알려주면서 이분이 유럽에서 공학을 공부하면서 1년에 한 번 귀국해서는 콘서트를 여는데 그 인기가 엄청나다고 해요. 그런데 이 젊은 분이 내 시를 좋아한다고 하네요. 이분이 지금은 몇 년째 박사학위 때문에 스웨덴

　　　　　　　　　　　아름다움, 그 숨은 숨결

을 거쳐 스위스의 로잔공대에서 공부를 하고 있는데 예술을 하면서 과학을 전공한 것이 두 사람이 똑같지 않느냐, 혹시 그분이 내게 메일로 인사를 하면 답신을 해줄 수 있겠느냐 혹시라도 그 메일이 길어지면 그걸 모아 책으로 출간하겠다고 하더라고요. 알고 보니 내 막내아들보다 한 살이 아래여서 처음에는 어떻게 대해야 하는지 어색했지만 몇 번 메일이 대서양을 건너다니기 시작하면서 내가 오히려 그 음악인에게 매료되었지요.

그래서 1년 후인가에 우리 둘의 서간집이 출간되었고 책은 루시드폴의 인기에 힘입어 상당히 많이 팔렸습니다. 2년 후에는 제2집의 서간집이 출간되기까지 했지요.

그런데 내게는 큰 문제가 있었습니다. 루시드폴은 메일을 줄 때마다 시를 정확하게 알고 해석하고 내 시에 대한 이야기를 전해오는데 나는 그의 음악을 잘 이해하지 못하고 있었지요. 그래서 음악을 많이 알고 있는 친구나 서울대학교 음악대학 학장을 지내신 서우석 교수에게도 물어보았지요. 그러던 어느 해 드물게도 우리 집의 세 아이들이 다 모여서 지낸 적이 있어서 그 아이들에게 루시드폴의 음악을 들려주었어요. 그랬더니 모두들 이구동성으로 아주 좋은 음악이라며 많이 즐기더라고요. 아이들은 노래의 가사를 이해하지 못하고도 좋은 음악이라고 한다면 내가 무엇인가 모자란 것이구나. 아니면 내가 세대 차이를 넘어서지 못하는구나, 하는 자괴감이 오더라구요. 그래서 그때부터는 마음을 모아 열심히 들었지요. 그렇게 해서 이제는 그의 음악을 그 아름다운 가사와 함께 많이 즐기고 있지요.

좀 다른 얘기는 하지만 기왕에 시작한 이야기니 마저 하도록 할게요. 몇 해 전이었어요. 명동성당의 주임이셨던 고찬근 신부님이 나를 부르셨어요. 그리고 은총 안에서 같은 식구같이 지내라고 이병우 기타리스트를 소개해주셨지요. 작곡가로도 유명하신 이분을 나는 그때까지 알지 못하고 있었지요. 처음 인사를 나눈 그 며칠 후, 고 신부님의 청으로 명동성당에서 이병우 선생의 기타연주회가 열렸어요. 그리고 나는 그의 여러 종류의 기타로 신들린 듯한 연주를 큰 감동으로 시종 즐겼습니다. 그리고 이런 분과 가까운 관계를 가지게 된 것이 얼마나 큰 행운인지 신부님께 새삼 고마운 마음이 들었지요.

몇 번째의 만남이었는지는 잊었지만 한번은 자기는 리하르트 슈트라우스의 음악을 많이 좋아한다고 해서 나도 멋모르고 그 작곡가의 오페라를 좋아한다고 했지요. 리하르트 슈트라우스의 〈장미의 기사〉 그리고 불협화음을 처음으로 오페라에 가미한 그의 〈엘렉트라〉나 〈살로메〉도 좋다고 하니 자기는 그 작곡가의 가곡을 특히 더 좋아한다고 하면서 〈네 개의 마지막 노래〉를 언급하더라구요. 나는 그 근처도 가본 적이 없어서 아무 소리도 못

아름다움, 그 숨은 숨결

했지요. 집에 돌아와서는 나는 급하게 안나 네트렙코가 부르는 작곡가의 마지막 작품이 된 그 가곡을 구해서 듣기 시작했어요. 그리고 그 감상으로 나는 시를 한편 발표했지요.

「마지막 / 시차 적응」이라는 좀 긴 시입니다. 그가 세계적인 기타 연주가이면서 한국과 외국의 영화음악을 많이 작곡해서 가끔은 그런 음악도 듣고 있어요. 리하르트 슈트라우스가 오래전 독일의 올림픽 음악을 작곡해서인지 이병우 선생도 지난 평창 동계올림픽 때 작곡을 한 것으로 압니다. 그 곡도 나는 참 좋아했어요.

대하 장편소설 『전쟁과 평화』의 저자이고 세상의 소설가 몇의 이름을 꼽아보라고 하면 그 안에 들어갈 러시아의 문호 레프 톨스토이가 그런 말을 했대요. "예술의 목적은 '유니티', 즉 하나 됨이고 통합되기 위한 것"이라고요. 예술은 특별한 감염 능력을 발휘해서 사람과 사회의 통합을 이루어낸다고요. 좋은 예술일수록 감염력이 막강하다고 했습니다. 예술 중에서도 특히나 음악은 인간의 감성 감염에 강하고 빠르답니다. 그의 소설 중에서도 널리 알려진 『크로이처 소나타』에 나오는 말로 음악의 감성 영향 아래서는 나 자신이 느끼지 않았던 것을 느끼고 나 자신이 이해할 수 없었던 것을 이해할 수 있게 된다고 했습니다.

잘 아시지요? 그 아름다운 선율의 베토벤 바이올린 소나타를 바이올리니스트와 피아니스트가 함께 연주하면서 사랑으로 발전하고 비극적인 결말을 겪게 되는 그 소설. 물론 소설에서는 정신병 환자인 남편이 불륜을 저지른 아내를 죽인 후에 음악이나 미술 등 모든 예술은 인간을 부도덕하게 만드는 더럽고 무서운 대상으로 이야기합니다. 그러나 그 소설을 읽은 후 몇 해 후에 본 동명의 영화에서 베토벤의 '크로이처 소나타'를 연주하는 두 남녀와 격정적이고 감미로운 멜로디, 그 다가감, 그 유혹, 그 포옹, 그 섞임만 머리에 남고 불륜이나 살인이 내 기억에 남지 않은 이유는 바로 음악의 거칠 것 없는 아름다움, 그 아름다움의 감성 감염 때문이겠지요?

크로이처 소나타의 1악장을 혼자 몸을 흔들어가며 흥얼대다가 그리고 다시 반복해가면서 흥얼대다가 갑자기 그 소나타의 멜로디와는 반대쪽이 사는 감성, 아주 조용한 시가 한 편 생각이 납니다. 베토벤의 소나타와는 완전히 반대의 톤으로 다가오는 시입니다. 내가 어느 일간 신문에서 '나를 흔드는 시 한 줄'이란 연재 칼럼에 초대받아서 평소에 좋아했던 이 시를 골라서 썼던 것입니다. 내가 굉장히 좋아하는 시인이지요. 나보다는 물경 40년이나 나이 차이가 나는, 내게는 아주 젊은 유희경이라는 시인의 시입니다. 제목은 「느릅나무가 있는 풍경」입니다.

아주아주 오래전 나도 당신도 없고, 그러니 어떤 단어도 추억할 수 없는 골목에서 모두 잠들어 아무도 깨우지 않게 생활이 돌아눕는 느릅나무가 있는 골목에서 여태 어린 부부는 서로를 꼭 끌어안았을 것이다 고요가 잎보다 꽃을 먼저 흔든다

이것이 시의 전문입니다. 짧기도 하지만 전문은 그냥 줄을 바꾸지 않고 나갑니다. 시작 부분에 쉼표가 하나 있을 뿐 끝까지 쉼표 하나 마침표 하나 없습니다. 시인들에게는 상식이긴 하지만 나 역시 '내 마음을 흔드는 시 한 줄'은 시의 주제나 내용보다 그 표현에서 옵니다. 나에게 좋은 시는 운율 좋고 짧고 교훈적인 잠언이나 경구나 인생관의 표출이기보다 신선하고 새로운 은유의 전개나 표현이 먼저입니다. 그래서 나는 시가 철학이 되고 설교가 되고 관념의 도구가 되는 것에 반대하고 시란 것이 좋은 소설이나 훌륭한 산문의 최종 목표와 전혀 다른 방향이라는 것에 만족합니다. 내가 문청 시절에 배우고 외웠던 선배 시인들의 시는 내게는 어차피 내 피와 살이 되어버렸기에 이제는 젊고 싱싱한 시인들의 새로운 표현방법을 즐기고 그 신선함에 자주 흔들려 깨어나는 축복을 누립니다.

이 시는 느릅나무가 서 있는 골목을 그려놓은 짧은 시입니다.

'우선 골목이 좀 길구나' 하는 느낌. 가다가 보면 시제까지 뒤바 뀌고 있습니다. 색다른 전개에 잠시 당황합니다. 그렇게 시간의 차이나 현재나 과거가 함께 뒤섞여 사는 골목. 거기 느릅나무가 하나 있고 어린 부부가 끌어안고 있고, 고요가 꽃을 건드리는 조용한 풍경을 봅니다. 그 아름다움의 뒤에는 외로움 같은, 슬픔 같은 것이 시의 끝에서 우리를 감싸 안아줍니다. 우리는 다시 한번 예술의 보이지 않는 힘과 불꽃의 축제에 우리의 몸을 던지 고 맙니다.

지난 몇 해 동안 또 한 분 내가 가까이 알게 된 분은 스스로 소리꾼이라고 하는 가수 장사익 선생이십니다. 이분이 얼마 전 김형영 시인을 통해서 내 시 「상처」에 자신이 곡을 붙여서 노래 를 하고 싶은데 허락을 해달라는 말을 전해왔습니다. 물론 나는 허락을 해드렸고 그분은 곧 노래로 만들어서 그분의 여러 연주 회에서 노래를 하셨지요. 그 기념으로 장 선생님 내외분이 우리 와 몇 친구를 댁으로 초대해주시고 좋은 식사 대접을 해주시기 도 했지요. 그리고 식사 후에는 그 댁 2층에서 우리만을 위해 작 은 음악회를 베풀어주셨고요.

그 후 가끔 만나면 식사도 함께하고 음악회 티켓도 주시고 해 서 더 가까워졌는데 언젠가 한번은 내 시 「우화의 강」을 노래로 만들고 싶다며 그 시를 자신이 직접 큰 종이에 달필의 붓글씨로

아름다움, 그 숨은 숨결

크게 써서 그분 집 현관에 크게 붙여놓았더라구요. 매일 아침저녁 드나들면서 그 시를 읽고 있다고 하시더군요. 그렇게 장장 1년 동안 그 시를 읽고 다시 읽고 하시더니 드디어 작곡을 하셨다고 하데요. 지난 크리스마스에 그 곡을 처음 발표할 음악회를 광화문에 있는 세종문화회관에서 하기로 예약이 되었는데 코로나19 때문에 무기한 연기가 되었다고 하네요.

그분과의 인연으로 사귀게 된 분이 김녕만 선생님이란 사진작가입니다. 이분은 장사익 선생과 절친으로 장사익 선생의 사진은 전부 그분을 통하는 모양입니다. 그렇게 자주 만나다가 그분이 주신 그분의 사진집을 한 권 받았는데 무심히 그 사진집을 들추다가 나는 너무 기쁘고 또 놀랐어요. 내가 감동했던 이유는 내가 세상에서 제일 좋아하는 프랑스의 사진작가 앙리 카르티에 브레송의 사진같이 사진마다 긴 이야기가 천연덕스럽게 앉아 있는 것을 본 때문입니다. 작가의 수법도 내가 그렇게 보아서 그런지 인물 중심이고 그 움직임의 포착이고 그 움직임이 너무나 간절해서 보도사진이 예술로 인정받는 자리에 우뚝 서 있는 느낌을 받았어요.

거기다가 자세히 살펴보니 내가 좋아하는 브레송처럼 아주 작은 카메라로만 사진을 찍으시더라고요. 그분에게 말은 안 했지만 찰나의 순간을 잡아내는 눈은 인간의 눈높이를 벗어나지 않아야 리얼리티를 잡아내고 우리의 눈이 한순간에 잡을 수 있는 범위는 그리 넓은 게 아니기에 아주 작은 카메라를 선호하는 브레송을 연상시켜서 더 반가웠지요.

　사진예술에 대해서도 하고 싶은 이야기가 좀 있지만 공연히 아는 척하다가 탈이 날까 봐 조심하게 됩니다. 단지 뉴스의 보조 역으로 혹은 다른 산업이나 학문이나 사업의 실용품 단계로서의 사진이 아니라 그 단계를 지나서 이제는 독특한 예술의 한 장르로 발전, 정착한 것은 우리가 다 아는 사실이지요. 세계적으로 많은 나라에 훌륭한 사진작가도 많지만 우리나라에도 수많은 사진작가가 나름대로 훌륭한 작품을 생산해내고 오늘도 그들의 작품들이 세계로 뻗어나가고 주목을 계속 받고 있지요. 특히나 전에 없이 초스피드로 발전해가는 사진예술은 많은 경우 컴퓨터와 IT 산업의 발전과 크게 관계가 되고 있어서 그 발전이 상당히 빠르게 진행되어가는 것은 모두가 알고 있는 사실이지요.

　　　　　　　　　　　아름다움, 그 숨은 숨결

오페라의 황홀

미국의 의사생활이 차츰 안정되어가면서 나는 내 욕심을 채운다고 1년에 일주일은 무작정 뉴욕의 맨해튼에서 휴가를 보내기로 결심했습니다. 우선 다른 도시에는 드문 한국식당에서 좋은 한국음식도 마음껏 사 먹고 저녁에는 음악회나 브로드웨이 쇼나 무용 관람이나 오프 브로드웨이의 연극도 즐겼습니다. 낮에는 미술관에도 가고 영화도 보고 남쪽의 소호 거리를 거닐며 갤러리를 구경하면서 지냈지요.

나는 그 일주일을 위해 미리 《뉴욕타임스》의 문화 연예면을 구석구석 읽었고 어지간한 공연의 티켓은 모두 예매를 해두고 뉴욕행을 택했습니다. 그렇게 한 해도 빠지지 않고 즐긴 일주일은 내게는 가장 신나고 아름다운 일주일이 되어주었고 그 기간은 내가 고국을 떠나 타향에 살고 있는 외로움과 스트레스를 많이 해소해주었습니다. 그리고 그런 막무가내식 결정을 나는 내가 평생에 한 결정 중에서 가장 잘한 일 중 하나로 꼽고 있습니다.

그러다가 어느 해였는지 뉴욕에 사는 1년 선배가 자기들은 오페라를 자주 가는데 뉴욕 메트로폴리탄 오페라의 표를 사놓았으니 같이 가자고 초청해주어 오페라를 보러 가게 되었습니다. 나도 그 옛날 고국에서 〈춘희〉니 〈라 보엠〉 등의 오페라를 관람했었고 많이 즐겼던 기억이 있습니다. 컴퓨터도 없고 별 신통한 취미거리가 없었던 척박한 시절이어서 우리는 어디서 듣고 배운 칸초네를 소리 질러 불렀고 오페라의 아리아를 부르기도 했지요.

미국에 와서도 드물지만 내가 사는 도시에서 열리는 오페라에 가끔 갔었습니다. 그러나 언제나 좀 망설여졌던 이유는 가끔 일부 백인 부자 족속들의 눈꼴사나운 행태 때문이었지요. 그들은 자기과시를 하느라 멋도 모르고 음악도 모르면서 화려한 옷을 입고 화려한 무대만을 찾아 모인 것 같아서 공연히 싫었어요. 그리고 그다음 이유는 한 오페라를 다 지켜보려면 시간이 너무 걸리고 어떤 오페라는 지겨워지기도 했기 때문입니다. 하여튼 우리는 모처럼의 초대를 고마워하면서 링컨센터의 세 개의 주 건물 중 가장 아름답고 마르크 샤갈의 큰 그림들이 유리

벽에 그려져 있는 메트로폴리탄 오페라하우스에서 푸치니의 오페라 〈라 보엠〉을 즐겼습니다. 유명한 프랑코 제피렐리가 무대감독을 맡아서인지 첫 막부터 입을 다물지 못하게 아름다운 무대장치와 조명, 그 무대에서 노래하는 가수들의 노래는 말할 것도 없고 무대 전체가 완전히 하나가 되어 신들린 듯 흘러가는 오페라에 우리는 완전히 몰입되어서 황홀한 몇 시간을 보냈습니다.

이렇게 오페라 하나에 완전히 감전되어서 그 후부터는 1년에 한 번이나 두 번 뉴욕에 갈 때마다 오페라 티켓을 미리 예약해서 관람했고 그런 날들은 내가 은퇴하기 전까지 거의 30년 세월 동안 반복되었습니다(메트로폴리탄 오페라단 말고 내가 지켜본 오페라 극장은 단 하나, 오스트리아의 비엔나 오페라하우스로 마이어베어의 '예언자'라는 오페라였지요. 내가 꼭 그 오페라하우스에 들어가고 싶었던 이유는 뉴욕의 메트로폴리탄 오페라 극장이 유럽서 가장 아름답다고 알려진 바로 이 오페라 극장을 본떠서 만들었다고 들었고 무척 좋아하는 작곡가 구스타프 말러가 그 오페라단의 지휘자로 19세기 말부터 10여 년 동안 맡아 오페라단의 수준을 최고급으로 만들어놓았다고 해서 그의 숨소리는 어떤지 그의 땀방울은 어디에 떨어졌는지를 보고 듣고 싶어서였습니다).

이렇게 세계적인 오페라 하우스에서 엄청난 예산으로 최고의 프리마돈나들이 경쟁적으로 공연하는 오페라를 즐기기 시작하니까 지방에서 올리는 오페라는 자연스럽게 발길이 닿지 않았습니다. 나는 첫 10여 년 동안에는 아리아라도 좀 들어본 오페라를 선호해서 벨리니, 로시니, 도니체티 등의 벨칸토 음악부터 잘 알려진 푸치니, 베르디, 모차르트, 그리고 생상스, 구노, 비제, 베를리오즈나 러시아의 차이콥스키, 보로딘 등의 오페라에 더 쏠려서 표를 구했습니다. 그러다가 나도 모르는 사이에 천천히 리하르트 바그너의 네 편의 〈니벨룽의 반지〉 시리즈를 중심으로 스케일이 크고 톤이 중후하고 신화적인 분위기의 오페라에 눈과 귀와 머리가 쏠리기 시작했습니다. 천상과 지상과 지하의 전설적 인물이 서로 소통하는 광경에 압도를 당한다고 할 수 있었지요.

　〈니벨룽의 반지〉 시리즈는 모두 보통 오페라의 길이보다 길어서 휴식 시간을 빼고도 세 시간에서 네 시간 이상이 걸리고 이야기까지 복잡해서 미리 스토리를 알고 감상을 해야 그나마 앞뒤를 종잡을 수 있지요. 친한 친구 하나는 오래전 아예 일주일 휴가를 받아서 바그너 오페라 해석에 최고 권위자라는 제임스 레바인J. LEVINE이 지휘하는 그의 〈니벨룽의 반지〉 시리즈, 공연 자체만도 15시간이 넘게 걸린다는 네 편의 그 긴 오페라를 공부하듯 모두 관람해서 내가 참 부러워했었지요. 나는 그러지는 못했지만 하나씩 따로 관람을 할 기회가 있었고 그의 다른 작품들 〈탄호이저〉, 〈로엔그린〉, 〈트리스탄과 이졸데〉, 〈파르시팔〉 등 하나같이 길고 웅장한 오페라를 운 좋게 섭렵할 수 있었지요. 이탈리아식의 오페라와 독일식 오페라는 그 개념부터가 상당히 다른데 거기다가 어딘가 비극적인 바그녀식 오페라는 다른 오페라가 표피적이고 감성 자극 중심이란 말을 은연중에 수긍하게 만들기도 했습니다.

그러나 그렇게 한쪽으로 쏠리기 시작하는 내 취향이 별로 바람직한 것이 못 되는 것 같아서 최근 10여 년에는 일부러 내가 많이 접해보지 않은 작곡가의 오페라를 찾기 시작했습니다. 그 중 하나가 현대음악 중심의 오페라입니다. 그리고 특히 기억에 남은 훌륭한 오페라로는 영국의 벤저민 브리튼의 〈피터 그라임스〉, 가난한 어촌을 배경으로 벌어지는 비극적 상황이나 리하르트 슈트라우스의 〈살로메〉, 〈엘렉트라〉, 또 미국 오페라 작곡가인 필립 글래스의 무대장치가 돋보이는 〈아크나텐〉, 옛 이집트의 왕족에게 일어난 사건을 기발한 무대와 조명만으로도 관객의 감동을 불러일으키는 작품, 알반 베르크의 〈루루〉, 쇼스타코비치의 〈코〉, 현대사회를 풍자하는 훌륭한 오페라 등도 즐기게 되었습니다.

그렇게 오페라를 즐기게 되면서부터 언제부턴가 같은 오페라라면 가급적 내가 좋아하는 오페라 가수가 출연하는 오페라를 관람하려는 버릇이 생겨났지요. 많은 오페라에서 프리마돈나 prima donna의 경우 두 가수가 번갈아가며 출연하기 때문에 예매를 하는 경우에는 기왕이면 내가 듣고 싶은 가수의 표를 사려고 했습니다. 그 때문에 오래전이기는 하지만 한국의 홍혜경이 푸치니의 〈라 보엠〉에서 프리마돈나인 '미미' 역으로 나오는 날의 표를 사서 기분 좋게 그의 노래를 들었던 기억이 있습니다. 그 비슷한 경우로 지난 15년 전쯤에 우연히 듣게 된 러시아 출신의 안나 네트렙코Anna Netrebko에 감탄한 이후로 그녀의 프로그램에 집요한 관심을 두곤 했지요. 그녀는 정말 하루가 다르게 폭발적인 인기로 뉴욕 메트로폴리탄 오페라단을 휘어잡았습니다.

지난 10여 년 그녀가 적어도 메트로폴리탄의 최고 인기 프리마돈나라는 것을 부정할 오페라 애호가는 아마도 없을 것이라고 단언합니다. 그의 성량은 물론 음색이나 기교도 따를 사람이 없고 거기에 곁들여 연기력도 최고라고 찬사가 이어졌지요. 금상첨화로 미모까지 겸해서 인기가 엄청 있었지만 최근에는 서서히 나이가 들어가는 것인지 다른 오페라 가수들처럼 몸이 부해지는 것 같아서 좀 안타까운 마음도 듭니다. 그러다가 지난 4, 5년 전부터 새로운 프리마돈나를 메트로폴리탄 오페라에서 만났는데 그게 불가리아 출신의 소냐 욘체바Sonya Yoncheva였지

아름다움, 그 숨은 숨결

요. 많은 이들의 의견이 분분하겠지만 최근 몇 해 동안 내게는 어쩐지 그녀가 가장 아름답게 노래를 부르는 가수처럼 보입니다. 물론 이것도 개인의 취향 문제겠지만요. 욘체바가 네트렙코에 비해 거의 열 살이나 나이가 아래인 것도 내 판단의 공정성을 방해했을 수 있겠지요.

최근 10여 년 동안에는 뉴욕에 가지 않고 고화질 영상 중계로 극장에 자주 가서 듣고 보고 즐기고 있지요. 1년에 10편 정도를 골라 정기 프로그램 중 토요일 오후의 공연을 전 세계에 중계를 해주는데 그것을 각 도시의 극장에서 고화질 화면으로 상영해주지요. 물론 상영해주는 오페라 중에는 기왕에 뉴욕서 관람한 것도 많이 있지만 무대장치가 다르고 가수가 다르고 제작자와 지휘자가 달라서 전에 관람한 것은 그런대로 다르게 즐기게 되지요. 특히나 내 혈압을 잘 치료해준 의사 김재석 선생 부부도 우리 비슷하게 굉장히 즐기는 분들이라 거의 언제나 극장에서 만나고 오페라 관람 후 근처 이탈리아 식당에서 가지 요리를 함께 즐기던 그런 소소한 재미도 코로나19 팬데믹 때문에 잃은 지도 1년이 넘었네요. 그간에 오페라 최고의 지휘자로 알려져 있던 제임스 레바인은 숨겨온 파킨슨 병력과 여러 번의 미투 사건이 불거져서 3년 전에 메트로의 상임지휘자 자리에서 해임되었는데 그가 몇 주 전, 2021년 3월 초에 77세의 나이로 사망했다는 소식이 들렸습니다. 유명한 테너 플라시도 도밍고 역시 미투 사건에 연루되어 다시는 오페라 무대에서 만나보지 못하게 되었지요.

내가 어쩔 수 없이 관심을 두게 되는 게 한국인 가수들의 노래도 자주 들으려고 늘 눈여겨보곤 하지요. 오래전 오페라 가수로서 세계에 이름을 날린 세 명의 프리마돈나 홍혜경, 신영옥 그리고 조수미의 시대는 한참 지나갔지만 요즘은 심심치 않게 캐슬린 김Kathleen Kim이라는 프리마돈나의 활동이 눈에 띕니다. 남자 가수로는 베르디의 〈일 트로바토레〉에서 주인공 만리코로 나온 테너 이용훈, 그리고 모차르트의 〈돈 조반니〉나 바그너의 〈트리스탄과 이졸데〉에서 시원한 동굴 베이스의 음색으로 노래한 연광철이란 가수도 반갑고 자랑스러웠습니다.

나도 그렇기는 하지만 많은 음악 애호가들이 음악 중에서도 왜 오페라에 집착하는지 궁금했습니다. 그리고 내 결론은 다른 이들과 비슷하게 현악기나 목관, 금관 악기에서 나오는 소리에 비해 인간의 목소리가 내는 소리가 우선 가장 최고급이라는 것, 그리고 목소리는 그 순도나 소리의 영역도 넓어 인간의 심금을 더 깊이 울리는 게 아닐까 하고 이해하게 되었습니다. 거기다가 오페라에서는 전체 스토리에서 오는 극적 분위기 때문에 최상의 소리인 인간의 목소리에 감정이 스며들고 그와 함께 스토리

아름다움, 그 속은 숨결

와 연기와 무대와 조명 등이 합쳐진 종합예술로서 음악 이상의 것을 보여주고 들려주기 때문일 것이라고 믿게 되었습니다.

음악 듣기와
시 쓰기

나도 남들과 마찬가지로 대체로 혼자서 음악을 듣는 편을 좋아합니다. 남에게 신경 쓰지 않고 혼자 음악에 몰입되는 시간이 좋기 때문입니다. 그러나 남들과 같이 듣는 것도 싫어하지는 않습니다. 그리고 특히나 서로 좋아하는 레코드판이나 음악회나 연주자에 대해서 이러쿵저러쿵 이야기하는 것도 좋아합니다. 남이야 뭐라고 하건 내가 좋아하는 음악을 같이 좋아하는 사람을 만나, 얼마나 그 음악이 서로 좋은지 이야기하다 보면 처음 만난 사람도 갑자기 옛 친구 같은 사이가 되어버립니다. 음악을 통한 그런 격의 없는 가까워짐이 얼마나 신선하고 기분 좋은 일인지 모릅니다.

내가 미국에 온 후에, 고등학교 때부터 비슷하게 서울에서 자

아름다움, 그 숨은 숨결

라 다시 비슷한 시기에 문단에 나온 화가 김영태와 영문학자 황동규와 셋이서 3인 시집을 펴낸 적이 있습니다. 1968년과 1972년에 펴낸 『평균율』과 『평균율2』가 그것인데 해가 지날수록 제법 평판이 좋아, 지금은 절판된 그 시집을 구하고 싶다는 분의 편지를 가끔 미국에서까지 받곤 합니다.

그 당시 시집 제목을 '평균율'로 정한 것이 영태였는지 동규였는지 확실치는 않지만, 서로 성격이 판이하게 다르고 전공도 다르고, 그때만 해도 서로가 시인으로서는 일가견을 가졌다고 젊은 목울대에 힘을 주던 때, 우리가 한마디의 잡음도 없이 요상하기까지 한 제목으로 두 번씩이나 공동 시집을 낼 수 있었던 것은 아마도 우리 모두가 고전음악을 좋아했다는 공통점 때문이 아니었을까 생각됩니다. 그렇지 않고서야 시집 제목으로는 상당히 현학적이기도 한 바흐의 '평균율'이란 제목을 한결같이 찬성했을 리가 없었을 것이기 때문입니다.

여담이기는 하지만 며칠 전에 중고품이라도 '평균율' 시집을 혹시나 살 수 있을까, 하고 인터넷으로 중고책들을 파는 곳을 찾아 알게 되었고 우리들의 시집 '평균율'을 찾아본 적이 있습니다. 특별히 사고 싶었던 이유는 창피하게도 내게 한 권씩 있는 그 시집이 제대로 된 것이 아니고 찢겨져서 몇 장이 없기도 하고 겉표지까지 없는 것이어서 구색을 좀 갖추어보려고 생각했던 것이지요. 한데 그 인터넷에 나온 중고품 시집의 값을 보고 포기하고 말았습니다. 한 권에 70만 원이라네요. 생각했던 것보다 내게는 너무 비쌌어요.

어머니는 태교를 하신다고 음악을 많이 들었다고 하시니 나는 세상에 나기 전부터 고전음악을 많이 들은 모양이지만 기왕이면 죽을 때도 음악을 들으면서 죽었으면 하는 생각을 해봅니다. 무슨 곡을 들으면 편하고 기쁜 마음으로 나를 채울까요? 항상 기도같이 말하는 바흐의 〈골드베르크 변주곡〉을 들을까, 아니면 모차르트의 가볍고 기분 좋은 콘체르토들은 어떨까, 베토벤은 어떨까. 아, 아무것이라도 좋을 것 같습니다. 내 생활 한복판에 좋아하는 음악이 있어주고 그리고 내 생활의 끝막음에 음악이 있어준다면! 그저 어디선가 힘겹다고 느꼈을 때 내게 힘을 주고 미소를 주고 흥을 주었던 것이기만 한다면 무엇이든 좋습니다.

감미로운 음악을 들으면 젖소도 우유를 많이 내고 닭들도 알을 잘 낳고 심지어 집 안의 화초도 싱싱하게 더 잘 자란다지 않습니까. 나는 음악을 좋아하는 것을 내게 주어진 축복으로 생각하면서 살고 있습니다. 그래서 나는 좋아하는 음악을 들을 때 행복합니다. 슬퍼져서 행복하고 안 슬퍼져서도 행복합니다. 그리고 이런 행복을 내게 끝없이 주고 또 주는 음악에 더할 수 없는

아름다움, 그 숨은 숨결

고마움을 느끼며 살고 있습니다. 동요도 좋고 유행가도 때때로 가슴을 울리는 한국의 가곡도, 국악도, 외국의 고전음악도, 딕시랜드 재즈도, 또 그 연주가 피아노든 첼로든 혹은 사람의 목소리든 모두가 내게 힘을 주고 위로를 준 귀하고 살갑고 고마운 친구들입니다. 나머지의 내 삶도 늘 음악에게 감사하고 즐기며 살아가리라는 것에는 의심의 여지가 없습니다.

3

문학과 ─ 의학

그리고 ─ 종교

행복한 의사를 위한
인문학

강원도의 돌

나는 수석을 전연 모르지만

참 이쁘더군,

강원도의 돌,

골짜기마다 안개 같은 물냄새

매일을 그 물소리로 귀를 닦는

강원도의 그 돌들,

참, 이쁘더군.

세상의 멀고 가까움이 무슨 상관이리.

아름다움, 그 숨은 숨결

물속에 누워서 한 백 년,

하늘이나 보면서 구름이나 배우고

돌 같은 눈으로

세상을 보고 싶더군.

참, 이쁘더군,

말끔한 고국의 고운 이마,

십일월에 떠난 강원도의 돌.

몇 해 전 모교 의과대학을 일등으로 졸업하면서 명예의 '세브란스상'을 받은 한 학생이 그의 수상 소감에서 이 시 「강원도의 돌」을 언급했지요. 힘든 의대생 시절의 외롭고 불안한 시간을 잘 이겨내고 피와 신음에 시들어가는 척박한 과학의 땅에서 자신의 소중한 감정을 지켜낼 수 있는 힘을 이 시가 주었다고 했습니다. 그 후배 의사가 의과대학을 졸업하고 무슨 과를 전공했는지, 어디에 사는지, 지금쯤은 교수생활을 하고 있는지 나는 알지 못합니다.

그러나 어디에 살던 또 어떤 전공의 의사가 되었건 한 가지 믿음만은 앞으로도 모쪼록 잃지 말고 살기를 바랍니다. 과학자인 의사가 환자라는 인간을 이해하는 따뜻한 심성의 전인적 의사가 되는 첨경은, 바로 예술을 즐기고 이해하는 감성이라는 것을요.

2002년에 37년간의 미국의 의사생활을 마치고 좀 이른 은퇴를 했는데 마침 서울의 모교에서 나를 초빙교수로 불러주었지요. 정신 차리고 시를 써보고 싶은 마음에 벅차서 늦기는 했지만 고국에서 1년에 반 정도는 여유를 부리며 글쟁이 생활을 하려는 계획을 하던 터라 시기도 잘 맞는 듯해서 기쁘게 은퇴한 지 석 달 후인 9월 초에 모교의 강단에 서게 되었지요.

의과대학 2학년 학생, 그러니까 보통 대학이면 4학년 학생들에게 '문학과 의학'이라는 완전히 새로운 학과목을 일주일에 세 시간씩 한 학기 동안 가르쳤습니다. 그리고 그 이후 5년 동안 매해 귀국해서 같은 과목을 몇몇 조교 분들과 함께 열심히 가르쳤지요. 글쎄 가르쳤다기보다 같이 이야기 나누고 충고 같은 말을 해주면서 많이 즐겼지요. 조금은 어색하고 이가 맞지 않는 듯한 '문학과 의학'이라는 학과목을 의대 학생들에게 가르치는 일에 내가 적극적으로 나선 데는 내 나름 이유가 있었습니다. 그 첫째는 미국을 비롯한 선진국 의과대학에서는 1970년대 후반부터 의대에 문학 강의가 생기기 시작했고 이제는 대부분 미국 의대에서 실시하는데 그것을 이제 한국에서도 시작하겠다는 의욕

아름다움, 그 숨은 숨결

에 감동하고 그 당위성에 동의했기 때문입니다.

특히나 외국에 나와 의사생활을 이어가던 내게는 주위의 한 국계 의사들의 빈번한 자살, 정신 질환, 가정 파탄이나 의업 실패가 조화롭지 못한 환경과 과학 일변도의 균형이 깨어진 의사 생활에서 오는 결과라는 것을 알게 된 것도 강의를 맡게 된 중요한 이유 중의 하나였지요. 큰 강의실 뒤쪽으로 의대교수, 간호사 또 병원 직원들도 청강을 많이 하셨습니다. 어떤 학생은 나중에 전문의가 된 뒤 내 강의를 들었던 학생이라며 결혼 주례를 서달라고 해서 흰 장갑을 끼고 주례를 서주기도 했네요. 이렇게 몇해를 보내고는 나도 계속해서 몇 달씩 날짜를 맞추어 귀국하는 것이 힘들어지고 학교도 마침 예산이 달려서 그 학과목은 다른 교수에게 전해졌고 아직까지도 명맥은 유지하고 있는 것으로 압니다.

어쨌든 내가 시작했던 처음 수년 동안 고국에서는 열광적인 반응을 보였지요. 일간 신문들은 일제히 의과대학에서 문학 강의를 시작했다고 놀라면서 인정사정없는 과학자로서의 의사가 아니고 문학이나 예술을 이해하고 배운 전인적이고 인간을 이해하려는 훌륭한 의사를 만들게 되었다고 대서특필을 했지요. 나는 그 바람에 고국의 여러 의과대학이나 종합병원에서 강연을 부탁해 이곳저곳 돌아다니느라고 정신없이 바빴었고요.

바로 그즈음, 그러니까 20세기의 마지막 해쯤에 미국의 하버드대학교 교수이고 세계적인 사회생물학자이자 퓰리처상을 2회나 수상한 현대과학의 대표지성 에드워드 윌슨Edward O. Wilson의 저서 『통섭Consilience: The Unity of Knowledge』(융합)이 출간되었고 수년 뒤인 2005년에 그의 제자에 의해 한국에서도 이 책이 번역 출간되었습니다. 바로 이 책이야말로 내가 학생들에게 '문학과 의학'이라는 과목을 가르치는데 그 이론적 배경이 되어주었고 축이 되어준 책이라고 할 수 있지요.

이 책을 옮긴 최재천 교수는 그의 서문에서 일반적 지식은 대체로 16세기를 기점으로 쪼개지기 시작하고 쪼가리가 된 지식이 21세기에 들어서며 모든 학문이 통합의 바람을 거세게 받고 있고 이렇게 분석과 종합을 모두 포괄한 통섭이라는 이론이 상호 상조적이기를 희망한다고 했습니다. 윌슨은 이 책에서 인간 정신의 가장 위대한 과업은 인문학과 과학의 만남이라고 하면서 인문학적 소양이 결여된 과학은 한발 앞선 학문이 될 수 없고 학문의 융합을 이룰 수 없다고 했습니다.

과학은 16세기 이후 끊임없이 확대되고 기하급수적 속도로 성장했기 때문에 연구자들은 그 지식을 따라가느라 지식의 통일에는 별 관심이 없었습니다. 또 그런 큰일을 할 만한 에너지나 의욕도 없었고 장인 수준의 편협한 사고로는 전체의 큰 틀을 볼

아름다움, 그 숨은 숨결

수조차 없었습니다. 그러나 20세기부터 등장하는 과학의 성공은 매우 통합적이고 창의적이어서 예술의 경지라고 설명하고, 이상적인 과학자는 시인의 상상력으로 생각하고 회계사처럼 일하고 저널리스트처럼 훌륭한 글쓰기를 해야 한다고 설명하고 있습니다. 그는 생물학과 인문학의 지식의 통합을 주축으로 설명하지만 그의 발표 이후, 세계의 각 분야 전문가들은 통섭의 이론을 각계에 적용하여 21세기의 학문은 가히 이 통섭의 이론이 지배하는 느낌을 주고 있습니다.

세계적 미래학자이고 얼마 전 타계한 앨빈 토플러Alvin Toffler는 『제3의 물결』이나 『미래의 충격』 등의 명저를 통해서 한 분야만 깊이 파고든 전문가의 벽이나 기존에 존재한 막강한 과학적 사고의 틀을 깨고 분야를 넘나드는 인재, 더 열려 있고 신축성 있는 자유로운 인문학적 사고의 주인공이 이 시대를 실질적으로 이끌어가야 한다고 했습니다. 지난 2009년에 한국을 방문한 미래경제학자인 다니엘 핑크Daniel Pink와 또 다른 미래학자인 리처드 왓슨Richard Watson은 이구동성으로 '글로벌 금융위기를 불러온 2000년대 초의 상황은 한 분야만 깊이 파고들던 좌뇌형 인간들의 결정적 잘못이다, 이제는 감성과 예술까지 통틀어 전체를 조망하고 아우르면서 통섭과 총체적 능력을 지닌 우뇌형의 인간이 세계를 경영해야 한다'고 주장했습니다. 그들은 거기

서 한발 더 나아가 앞으로의 교육제도도 완전히 뜯어고쳐서 경
주마같이 눈을 가리고 한 곳으로 달리기를 하는 전문인만 양성
하기보다 하이콘셉트의 시대, 통섭의 시대, 우뇌의 시대에 맞는
인간을 길러내어 평형감각을 잃지 않는 미래를 건설해야 한다
고 했습니다.

의사들을 위한
문학 수업이 필요한 이유

내가 미국에서 의과대학 교수로 봉직하던 70년대 중반의 어
느 해, 미국의 유명 의대교수 몇이 우리 의과대학을 방문하고 문
학과 의학에 대해 강연을 한 적이 있습니다. 그들은 하버드, 존
스홉킨스, 노스웨스턴 의대의 세 교수였습니다. 그들은 3시간
정도에 걸쳐 의대에서 문학을 학과목으로 넣어 학생들에게 문
학을 접촉하는 시간을 만들어주고, 과학자이면서 환자의 희로
애락도 이해할 수 있는 전인적이고 온전한 의사를 만들어야 한
다고 열변을 토했지요. 그날 감동적인 강연을 들으면서 나는 의
대생 시절인 1961년 대학신문에 의학과 문학에 대한 글을 몇 회
에 걸쳐 발표했던 일을 즐겁게 회상했습니다.

그 교수들이 가고 난 뒤 얼마 후부터, 미국의학협회가 발간하

는 주간 잡지 《JAMA》에 서서히 의사들의 수필이나 시가 등장했습니다. 처음에는 일반 의사들에게 큰 반응을 얻지 못했지만, 계속되는 발표를 보면서 천천히 대부분에게 인정을 받았지요. 그 후 지난 수십 년간 의사들의 시나 산문, 문인들의 의학 관련 산문이 미국의사협회의 중요하고 유일한 주간지에 계속 등장하고 있습니다. 그렇게 미국의학협회지에 시와 산문이 지속적으로 게재되고 미국의 수많은 의과대학 커리큘럼에 인문학 강의가 생기기 시작하면서 1982년에 드디어 존스홉킨스 의과대학이 주축이 되어 《문학과 의학Literature and Medicine》이라는 잡지를 출간했습니다. 이 잡지는 관심 있는 의사와 인문학자들의 성의로 시작되었지만 처음에는 잡지 자체가 방향을 잡지 못했고 독자의 폭도 좁아서 첫 10년은 연간지로 발행되었습니다.

그러나 1992년부터는 반 연간지로 발전해 오늘에 이르고 있지요. 30년이 조금 넘은 이 잡지는 처음에는 의과대학의 문학 교육을 지지하는 데 관심을 보이다가, 많은 의대에서 문학이 학과목으로 지정되자 이번에는 그 강의 내용에 관심을 집중시켰습니다. 그리고 의사들은 잡지 편집진에서 완전히 물러나고 의학문학과 의대에서 문학 강의를 담당하는 문학인이나 인문학자들이 잡지의 중심에 자리를 잡게 되었습니다. 잡지에 실리는 논문도 대부분 의학과 문학의 연계에 관심을 보이는 글들이었습니다.

'문학과 의학'이라는 새로운 학과목의 강의는 이러한 모든 내용을 총망라해 나 혼자 처음부터 끝까지 모으고 정리한 것이었습니다. 나는 〈문학과 의학〉의 많은 논문들을 읽었습니다. 그리고 그다음으로는 의사를 전업으로 살았던 의사 작가의 작품 소개, 예를 들어 소설가로는 『가르강튀아』를 쓴 프랑스의 프랑수아 라블레, 『의사 뵈르거의 운명』을 쓴 독일의 한스 카로사, 희곡 『갈매기』를 쓴 러시아의 안톤 체호프, 『아큐정전』을 쓴 중국의 루쉰, 오스트리아의 소설가 아르투어 슈니츨러, 영국의 코넌 도일, 일본의 모리 오가이 등의 작품과 의사로서의 생애를 산 의사시인으로 영국의 존 키츠, 독일의 시인 고트프리트 벤, 미국의 윌리엄 칼로스 윌리엄스의 작품 읽기 등이 과제였지요.

다음으로 의사작가는 아니지만 의사나 의료사회를 소재로 한 작품들, 예로 보리스 파스테르나크의 『닥터 지바고』, 부정망상증에 시달리는 인물이 등장하는 세르반테스의 『돈키호테』, 폐결핵 요양원 생활이 나오는 토마스 만의 『마의 산』, 알베르 카뮈의 『페스트』, 솔제니친의 『암병동』, 한센병 환자의 국립 소록도병원이 무대인 이청준의 『당신들의 천국』 등을 읽고 학생들과 토론하는 것이 또 다른 과제였습니다.

그러나 내 강의 중에서 제일 중요하게 다룬 것은 40년간의 내

아름다움, 그 숨은 숨결

의사 경험으로 어떻게 하면 불행한 의사나 실패한 의사가 되지 않고 과학자이면서도 인문학의 영향을 받아 인간의 감성을 이해하려는 전인적 의사가 되느냐의 문제를 토론하는 것이었습니다. 거기에 정확성이 최고의 미덕인 과학자로서의 의사는 어차피 좌뇌파의 성향을 가져야 하므로 의사와 환자의 관계, 또 의사 자신의 균형과 자유를 위해 인생 조망에까지 신경을 쓰는 우뇌파적 판단을 어떻게 적용하는가를 토론하려고 했습니다. 내가 강의에서 이야기하고 학생들에게 열거한 사례들은 꼭 외국에서 외롭게 사는 의사에게만 해당되는 것은 아니었습니다.

A라는 의사는 한국에서 의과대학을 좋은 성적으로 졸업하고 유명한 병원에서 수련을 받은 실력 있는 의사였는데 누구나 몇 번은 경험할 수 있는 환자 시술에서 실수를 하고 의료사고로 재판에 계류 중이었습니다. 그러던 중 그는 주위에서 보내오는 조소의 시선을 이기지 못하고 앞뒤 생각 없이 자살이라는 극단적인 선택을 내리고 말았지요. 물론 의사의 자살이 이상한 것은 아닙니다. 의사의 자살은 누구나 짐작할 수 있는 확률의 숫자보다 훨씬 더 그 빈도가 높습니다. 이것은 비단 외국의 사례뿐만이 아니지요. 한국에서도 소리 소문 없이 아마 지금도 일어나고 있습니다. 오죽하면 직업별 평균 수명이 다른 직업에 비해 의사가 제일 낮을 정도이니까요.

내가 아는 B라는 의사는 자기의 전공과에서 다른 의사보다 자기의 외과적 실력이 모자라는 것을 혼자 비관하며 자주 술을 마시더니 환자 시술에서 크고 작은 실수를 몇 번 저질렀지요. 그런데 문제는 그 이후부터였습니다. 그는 워낙 자존심이 세서 자신의 실수를 용납할 수 없었던 거지요. 그 수치심을 지우려다가 결국 알코올 중독자가 되어 의사직을 그만두고 말았습니다.

C라는 의사는 매일 계속되는 의업에서 오는 긴장감과 스트레스를 씻기 위해 가장 쉬운 방법으로 외도를 선택했지요. 그는 결국 자기 부인과 이혼을 하게 되고 집안이 한순간에 무너지고 말았습니다. 어떤 의사는 시도 때도 없는 의사의 과도한 업무에 지쳐 손쉽게 구할 수 있는 마약에 손을 댔다가 마약 중독자가 되어 집안을 풍비박산에 이르게 하고 대대로 가업으로 이어오던 의업을 포기해야 했습니다. 심지어 죽음을 자주 대면해야 하는 불안을 안고 살아가는 의사라는 생업을 한탄하다가 자기를 이해해준다고 믿은 여자들에게 빠져 에이즈라는 무서운 병에 감염돼 죽은 의사도, 나는 알고 있습니다. 왜 이런 일이 의사에게 이토록 자주 일어나는 것일까요?

이유는 다양합니다. 순간의 실수가 사람을 죽일 수도 있고 평생 장애를 입힐 수도 있다는 불안감과 긴장감으로 일생 동안 병과 고통에 신음하는 환자를 돌봐야 하는 삶을 사는 사람들이기

아름다움, 그 숨은 숨결

때문입니다. 그런데 이런 긴장과 불안 그리고 우울증을 약화시키고 순화시키면서 삶의 평형감각을 유지시키는 것이 있습니다. 바로 인문학과 예술에서 전파되어 오는 우뇌파적 사고와 판단력입니다.

다시 히포크라테스를 생각하다

앞서 열거한 내가 알고 있던 그 불행한 의사들은 우선 인문학이나 예술에 대한 흥미가 없었어요. 음악회나 전람회를 찾지도 않았고 좋은 고전을 읽는다는 것은 완전히 남의 일이었지요. 그저 좌뇌파적 단순 계산으로 손쉽게 남은 시간을 즐길 수 있고 모든 것을 잊게 해주는 간단한 쾌락, 최소의 시간으로 최고의 위로를 받을 수 있는 유흥가의 여자와 술과 마약과 도박에 빠졌지요. 그것은 어쩌면 그들이 자라온 환경과도 밀접하게 관계가 있는 것 같았습니다.

그들은 초등학교 시절부터 주위에서 똑똑하다는 말을 듣고 학교에서도 부러움을 받으며 자랐을 겁니다. 중·고등학교도 비슷한 경로를 밟았겠지요. 부모는 아이를 부추겨서 좋은 성적을 얻게 하고 경주마처럼 좌우의 시야를 가리고 오직 앞만 보며 뛰게 했을 겁니다. 그들은 불행하게도 자기의 일생과 중대한 선택을 인문학적 지혜로 사고하고 따져볼 실력을 갖추지 못한 채로 자란 겁니다. 의과에 가기 위해 매일 수학과 과학을 공부하고 사지선다형 문제의 해답에는 귀재가 되었겠지요. 모든 것은 간추려서 요점 정리만 하고 골자를 암기하고 늘 시간에 쫓기며 삶에 대한 토론이나 철학은 그 해답이 맞느냐 틀리느냐만으로 따지는 과목에 밀려 뒷전이 되었을 겁니다. 높은 점수만이 성공의 길이고 최고의 엘리트가 되는 길이라고 배웠습니다. 그 후 수능시험에서는 상위 1퍼센트에 들어도 힘든 의과에 당당하게 합격합니다. 그런데 이제 모든 게 자기 마음대로 되어야 하는데 예상과 다른 인생이 펼쳐지는 겁니다.

정작 의사생활은 매일 혹독한 수련과 인내를 요구하고 거기에 더해 죽음의 공포와 고통의 신음 속에 빠져서 하루하루를 살아야 하는 날들이 기다리고 있었던 게지요. 그로 인해 이들은 점차 자신의 앞길에 불만이 쌓이고 뒤틀린 성격이 형성되기 시작합니다. 꽃이 아름답다는 간단한 표현도 자신에게는 어색하고 대신 '꽃이 노랑이냐 빨강이냐'라는 질문이 편안하게 와닿습니다. 괴테의 『파우스트』를 읽는 사람은 시간 낭비자로 보이고 베토벤의 교향악은 시끄러운 소음으로 들립니다. 천천히 즐기며 예술을 배우는 시간을 가진 적이 없고 감성 훈련이 되어 있지 않

아름다움, 그 숨은 숨결

아서 예술이 주는 진정한 쾌락을 알지 못하는 거지요.

그들은 차츰 자신을 최고로 생각해주고 자신의 말만 믿는, 자신보다 낮은 수준의 인간과 환경만이 안락하고 편하게 느껴집니다. 그러다가 원하는 바 목적이 성사되지 않으면 판단력이 떨어져 앞뒤 생각을 못하고 충동적으로 자살의 유혹에 쉽게 빠지고 맙니다. 이것이 A의 경우이고 모든 것을 잊겠다고 술이나 여자나 마약에서 헤어나지 못하는 자가 B형이나 C형의 의사이지요.

원래 의학은 철학이나 인문학에 속한 학문이었습니다. 의학이 다루는 상대가 인간이었기 때문이겠지요. 그러다가 17세기 산업혁명 이후 과학은 모든 학문을 지배하게 되고 과학이 곧 진리라는 공식이 생길 정도로 과학만능주의 세상이 되었습니다. 그런 판세에 힘입어 의학도 진리가 되기 위해 스스로 과학이라는 학문에 속하게 되고 그래서 의사는 인간이라는 매개체를 천천히 잊어가면서 직립 동물을 위한 분석과학자가 되기에 이릅니다. 의사는 여러 가지 의료기기의 수치를 해석해서 진단하고 치료하는 과학자가 되고 감성의 인간은 의사 앞에서 자취를 감추고 말았지요. 이런 잘못 진행된 관계를 재정립하기 위해서는 의사에게 인문학과 예술을 가르쳐 인간의 복잡한 감성을 이해하도록 도와주어야 합니다.

의학은 확실히 과학만이 아닙니다. 기계의 수치를 분석하기 전에 환자를 인간으로 보는 것이 우선입니다. 인간의 감성과 특수성을 이해하는 것이 우선입니다. 그래서 대화의 관계를 성립하는 것이 최우선입니다. 그런 관계 정립을 위해 미국에서는 70년 대 말부터 의대 학생들에게 문학 강의가 시작되었습니다. 의대 입학전형시험(Medical College Admission Test, M.C.A.T)에도 물리, 화학, 생물학 등 과학 분야 과목에 문학과 인문학 독서에 대한 질문이 들어가기 시작하고 그 숫자는 점점 늘어가는 추세입니다. 의대의 전형위원들도 의예과 출신이나 과학 전공자보다 M.C.A.T 점수가 비슷하다면 문과대학 졸업생을 의학전문대학원에 입학시키고 싶어 하는 실정이지요.

구미 선진국의 이런 사정과는 달리 우리나라는 아직도 자기 학교의 이름을 달고 양산되는 의사의 숫자만이 중요하고 그들이 어떤 유형의 의사가 되는지 또 얼마나 자기의 의업에 만족하고 사는 것에는 관심이 없습니다. 이런 형편에 애써 학제 변경이라는 골치 아픈 과제는 예산이 드는 일거리 같아 망설이고만 있습니다. 오랜 세월 경직된 과학적 사고는 겨우 한 학기 동안 두세 시간의 인문학 과정의 편입을 큰 변화인 것처럼 귀찮아하고 있습니다. 내가 가르치던 학과목도 학생들에게는 관심과 인기가 지속되는데도 6년이 지나자 예산 부족과 전공 시간 부족을 핑계로 학과목이 줄게 되었습니다.

우리는 그런 학교의 속 좁은 태도에 실망하면서 우리 스스로 의과대학과 보건 당국자의 관심을 끌기 위해 100여 명의 인문학자들과 의사들이 뜻을 모아 2010년 의사협회 강당에서 한국 문학 의학학회를 결성하고 학회지를 발간하기로 했습니다. 반연간지인 잡지는 회원들의 희생과 열성으로 통권 15호가 얼마 전에 출간되었습니다. 상당한 출판 경비는 몇 제약회사의 도움으로 채워졌지만 원고료 지불은 회원들의 기부에 기대고 있어나 역시 몇몇 문학상을 받았을 때 잊지 않고 상당 부분을 기부했지요. 어떤 부류의 의사가 이 나라의 의료 시스템을 책임져야 하는지를 생각할 시간이 없는 정부 보건 당국자나 대형 병원과 의과대학들은 메르스가 나라를 휩쓸고 사망자가 늘어날 때에도 효율적이고 포괄적인 관리 방법을 생각해내지 못했고 엉뚱한 전문가의 터널 비전에만 매달리기도 했습니다.

심지어는 우리 학회가 학술대회 때 발표했던 글을 모아 만든 『감염병과 인문학』이란 책이 갑작스레 많이 팔리기도 하고 언론은 그 책의 편저자인 인문학자 정과리 교수와 이일학 교수에게 감염병에 대해 문의를 해오는 웃지 못할 사태까지 벌어졌습니다. 작금의 코로나19 팬데믹 사태도 그 시작점과 전체적인 관리에서 의학자와 정부의 관리들이 서로 다른 의견으로 다가감으로써 단기적 조절과 장기적 안목이 서로 연계되지 않아서 효율적인 관리에는 상당히 부족한 결과를 나타내고 있습니다.

거기다 더해서 정부와 의사 단체와의 불협화음도 누구의 잘못을 따지기 전에 팬데믹의 전체적인 관리에 큰 차질을 초래하고 있다고 믿습니다. 이제는 누가 앞장 서느냐의 문제를 잠시 벗어나서 양자가 함께 머리를 맞대고 이 전대미문의 살인자를 함께 소탕해가야 할 것입니다. 당장에 해결해야 할 문제점과 완전한 해결책을 위한 장기 대책을 함께 세워나가도록 서둘러야 할 것입니다.

우리나라의 의료시스템도 선진 외국같이 외골수 전문가만 양산하지 않고 인문학을 배우고 몸에 익혀 질병을 전체로 조망하고 융합할 수 있는 거시적 시야를 가진 의사로 만든다면, 질병관리나 재난에 대항하는 다른 해결책도 나올 수 있지 않을까 상상해봅니다. 돈만 아는 의사, 무섭고 바쁜 의사, 시간이 없다며 환자의 사정을 들으려 하지 않는 의사를 탓하기 전에 의대생 시절에 인문학 교육을 맛보아서 인간을 우선 이해하려는 선진국의 따뜻한 의사, 행복한 의사, 환자를 마음으로 위로하는 의사가 과연 어떻게 만들어졌는지를 되새겨보는 계기가 있기를 간절히 바랍니다. 동시에 의사 자신도 환자의 감성을 중요시하고 환자와 소통을 잘 할 수 있는 성실한 의사가 되도록 인문학을

아름다움, 그 숨은 숨결

가까이 하려는 노력을 해야 합니다. 일직선적인 인간군의 심성을 순화시키는 역할로서의 문학이나 예술은, 그 인간의 성격 형성이나 생활태도는 물론 생사관에까지 깊이 영향을 미치기 때문입니다.

내 평생의 생업이 의사였던 것은 나로서는 큰 행운이었습니다. 인간의 생명을 살리고 질병의 고통으로 아파하는 사람이나 사고와 불상사로 피 흘리며 신음하는 사람을 고치고 치유하는 숭고한 자리의 말석에서, 나도 작은 도움과 위로를 주며 살았다는 것은 소중한 경험이 아닐 수가 없습니다. 나는 그런 경험 안에서 진정한 생의 의미를 찾으려고 했습니다. 그리고 그런 탐구의 자리에 내 문학과 시 쓰기의 목표도 있었지요. 그 목표는 나에게 언제나 아름답고 자유로운 정신을 선물해주었습니다.

우리가 의과대학을 졸업할 때 다른 의대의 졸업식과 마찬가지로 소위 '히포크라테스의 선서'라는 것을 졸업식장에서 다 함께 일어나 소리 크게 선서를 했지요. 언제부터 이런 풍습이 이어온 것인지는 나도 모르겠지만 의사라면 누구나 자주 상기하게 되는 이름이 히포크라테스입니다. 바로 이 고대 그리스의 의사이고 의사의 아버지로 통칭되는 히포크라테스는 이 유명한 선서에 '나는 내 생애를 인류를 위한 봉사에 바칠 것을 엄숙히 선언한다'로 시작해서 '나는 환자의 건강과 생명을 첫째로 생각하

겠습니다', '환자로부터 알게 된 모든 비밀을 지키겠습니다' 등등
의 10여 개의 선서가 들어 있지요. 그런데 기원전부터 의학에
많은 공헌을 한 이 의사의 아버지는 선서 이외에도 많은 가르침
을 주었는데 예를 들어 '지나친 모든 것은 자연을 거스르는 행
위다', '적지도 않고 많지도 않은 음식과 운동은 건강을 위한 가
장 훌륭한 처방이다' 등등 그리고 우리가 익히 알고 있는 '인생
은 짧고 예술은 길다'라는 명언도 바로 이 의사 출신 히포크라
테스가 우리에게 전해준 말이지요. 문득 기원전 그 까마득한 옛
날, 간곡하게 우리에게 말해준 사람이 바로 의사였다는 사실이
우연한 게 아니었다고 생각되지는 않나요.

아름다움, 그 숨은 숨결

의학이 문학의
숨결을 만나면

내눈

내 눈이 왜 열리지 않았다 하는지
이제는 무엇인가 알 듯도 하네, 그대
보이는 곳에서만 내가 의미를 가지고
그대에게 엎드려야 한없이 편안한 것을.

   나는 평생을 의사로 살았습니다. 그러나 나는 부끄럽게도 중
년이 되어서야 내 시력이 얼마나 부정확한 것인지, 내 오관의 판
단이 얼마나 불완전한 것인지 알게 되었습니다. 나는 늘 더 배우
고 느끼고 믿음으로써 부족한 내 시력을 보완시키고 오관의 기

능을 진실에 가깝게 발전시킬 수 있음을 알게 되었습니다. 인체 과학을 잘 배우지 못한 사람이 자기의 한정된 시력과 오관의 느낌만을 모두 사실처럼 잘못 판단하는 것이 얼마나 바보스러운 것인지 하루라도 빨리 알려주고 싶어졌습니다.

기억하시나요? 2016년, 한국의 출판계는 폴 칼라니티의 『숨결이 바람 될 때』가 선풍적인 인기를 끌었지요. 그해 4개월 동안 이 책은 12만 권 이상이 팔린 최고의 베스트셀러였고 일간 신문의 출판계 결산 기사에서도 또 50여 명의 출판인, 출판 편집인, 출판 전문 기자들의 비밀 투표에서도 한국에서 발간된 그해의 가장 훌륭하고 감명 깊었던 책으로 최고의 득표수를 얻었습니다. 나는 그해 1월에 《뉴욕타임스》의 책 소개 섹션에서 일찍이 이 책이 베스트셀러라는 기사를 접했던 터라 저자가 서른여섯 살의 젊은 의사라는 것도 알고 있었지요. 그러나 시간적 여유가 없어 미처 책을 구입해 읽지는 못했었답니다. 3월에는 파리의 국제도서전에 내가 한국의 시인 중 한 사람으로 참석하게 되어서 가고 오고 하느라 공연히 앞뒤로 바빴지요.

그다음 몇 달은 고국에 체류하면서 다른 일로 분주한 나날을 보내느라 시나브로 그 책에 대한 기억이 희미해지고 있었습니다. 긴 여행 끝에 7월이 되어서야 집에 돌아와 겨우 숨을 돌리려

아름다움, 그 속은 숨결

던 차에 서울서 소식이 날아왔지요. 바로 그 문제의 책『숨결이 바람 될 때』를 고국에서 번역해 출간하겠다며 내게 추천사를 써 달라는 부탁이었습니다. 책을 출간하겠다는 출판사의 편집장은 내게 메일을 보내면서 자기는 내 시의 오랜 팬이라며 정중하고 간곡한 어조로 내게 문학을 하는 의사 출신으로서 이 책의 추천사를 써달라고 했습니다. 그런데 그가 함께 보내온 번역본 초본의 파일을 열어본 순간 나는 크게 실망하지 않을 수 없었습니다. 다른 부분은 상당히 좋은 번역인 듯싶은데 책에 나오는 의학용어들은 너무 서툴러서 편안하게 책을 읽을 수가 없었지요.

그래서 미안하지만 내 팬이라는 편집인에게 답신을 보내 추천사를 쓸 수 없다, 그러나 만약에 의학용어를 잘 아는 의사에게 자문을 받아 엉터리 의학용어를 다 고쳐서 다시 보내온다면 그때 그걸 보고 추천사 쓰는 것을 고려해보겠다고 했습니다. 그런데 편집장은 예상외로 순순히 그러겠다고 대답을 했지요. 얼마 후 그는 약속대로 의학용어를 다 수정한 버전을 다시 보내왔습니다. 그래서 나는 기꺼이 짧지만 진심 어린 추천사를 써주었고 책은 곧 출간되었지요. 책은 출간되자마자 기대보다 큰 엄청난 호황을 누렸습니다.

이 놀랄 만한 책은 서른여섯의 나이로 생을 마감한 미국의 한 젊은 신경외과 의사의 이야기입니다. 저자는 작가가 되고 싶어 명문 스탠퍼드대학교에서 영문학을 전공하고 석사 학위를 받았습니다. 그래도 문학을 하기에 부족한 것 같아 영국의 케임브리지대학교에 가서 과학과 의학의 역사 과정을 이수한 후 철학석사 학위를 받습니다.

그런데 이번에는 인간의 육체적인 조건을 더 알아야 할 것 같아 미국으로 돌아와 예일대학교에서 의과대학원에 진학해 의사의 길을 선택합니다. 전공의 수련은 신경외과를 택했지요. 스탠퍼드대학교 병원에서 신경외과 수련의 생활 7년을 마감하는 그 마지막 해, 36세의 나이에 이 아까운 청년은 자신이 폐암 말기에 걸린 사실을 알게 됩니다. 그 후 바쁜 수련의 생활을 그래도 계속하면서 자신의 일생 마지막이며 첫 작품인 이 에세이를 쓰기 시작합니다. 안타깝게도 글은 끝을 맺지 못했지요. 저자는 죽고 인공수정으로 아기를 가진 그의 부인이자 동료 내과의사가 아기를 돌보면서 책의 에필로그를 집필합니다. 마지막 장에는 그들 부부가 딸 케이티를 안고 있는 세 가족의 사진이 실려 있는데 그 사진은 그가 죽기 몇 달 전의 것이랍니다.

이 책이 많은 이들에게 깊은 인상을 주고 큰 감동을 주어 한국에서는 물론 미국이나 전 세계 독서계에 커다란 충격을 주었지요. 이 책이 세계의 출판계를 강타한 마지막 이유는 저자가

아름다움, 그 숨은 숨결

죽음을 앞두고 썼기 때문도 아니고 그가 의사여서도 아닐 것입니다. 무엇이 인간의 삶을 의미 있게 하는지, 그리고 생사의 경계에서 자신을 완전히 연소시켰던 한 구도자의 기록이 담겨 있기 때문일 것입니다. 죽음을 응시한 장면들이 참으로 감동적이지요. 이 회고록은 죽어가는 사람들이야말로 우리 삶에 대하여 가장 많은 것을 가르쳐준다는 것을 증명한 책입니다.

이야기의 시작은 저자인 의사가 폐암 말기 상태에서 암이 척추와 간까지 넓게 전이된 CT를 보면서 시작하지요. 그가 의과대학에 다닐 때 만나서 함께 의과대학에 다닌 그의 아내 루시의 이야기나 그가 그 시절 흥미롭게 읽었던 의사이자 철학자인 셔윈 뉼랜드의 『사람은 어떻게 죽음을 맞이하는가How We Die』에 대한 이야기도 나오지만 내가 정말 이 책에서 감동하고 충격을 받은 대목은 시작 부분에 있습니다. 바로 이 책이 영국 시인 그레빌 남작의 서시로 시작하는 것이고 그 시가 이렇게 끝이 나기 때문입니다.

세월은 육신을 쓰러뜨리지만
영혼은 죽지 않는다.
독자여, 생전에 서둘러서
영원으로 발길을 들여놓으라.

그는 부모를 따라 교회에 나가던 어린 시절 이후 고등학교 학생 때부터 대학생으로 오래 공부하면서 누구 못지않게 철저한 무신론자였습니다. 경험적 근거가 없다는 논리로 기독교 신앙을 공격하던 그가 그의 구시대적 개념을 배제한 완벽한 형이상학을 완성해줄 궁극의 과학적 세계관, 즉 물질적 개념의 현실이 가능하다고 믿었던 세월을 이기고 다른 반전을 보여주고 있습니다.

과학이 신에 대해 어떤 근거도 제공할 수 없고 인생의 의미에 대해 어떤 근거도 마련해주지 못하면 이 생 자체가 아무런 의미도 주지 못하고 실존적 주장은 아무런 무게도 지니지 못하게 되지요. 과학의 능력은 역설적으로 인생의 가장 중심적인 측면들 즉 희망, 두려움, 사랑, 증오, 아름다움, 노력, 고통, 미덕을 하나도 포착하지 못하는 미완의 학문이고 완전하지 못하다고 설파한 점, 기독교의 핵심적인 가치 즉 희생, 구원, 용서 등 예수가 전하려던 메시지에서 사랑과 용서가 정의를 이긴다는 것을 믿게 되었다는 말이 너무나 감동적이었습니다. 그리고 나는 이 말이 이 책의 가장 핵심적인 메시지라고 생각하였습니다.

아름다움, 그 숨은 숨결

문학작품과
의학상식

　　　　　독일의 유명한 의사이자 소설가인 한스 카
로사의 장편소설 『루마니아 일기』는 작가 자신의 군의관 시절
을 일기체 형식으로 쓴 작품이지요. 이 소설을 읽어보면 누구나
전쟁의 가혹성과 함께 드러나는 따뜻한 휴머니티에 감동하게
됩니다.

　하루는 전쟁 때문에 굶주리고 있는 한 가족을 방문하는데, 마
침 그들이 기르는 고양이가 새끼를 많이 낳았는데도 줄 먹이가
하나도 없자 안락사를 시키기 위해 모르핀을 주사해서 죽이는
장면이 있습니다. '고양이에게 대량의 모르핀 주사를 주었더니
조용히 잠들어버리고 그리고 죽었다'고 기술되어 있지요.

　만약 그 책을 지금 읽었다면 좀 안됐군, 하면서 심드렁하게 그

낭 내처 읽었겠지만, 그때는 의과대학생 시절로 약리학에 열중하던 때라 속으로 혀를 차면서 무릎을 친 기억이 있습니다. 이야기인즉, 사람을 비롯해서 개, 소, 말, 돼지 등 대부분의 포유류는 모두 카로사가 기술한 것처럼 대량의 모르핀에 '조용히 잠들어서' 죽지만 모르핀은 고양이에게만 발작·경련을 일으키고 죽게 한다는 사실입니다. 물론 이런 시시한 의학상식 하나로 내가 존경해 마지않는 한스 카로사의 작품 전체를 평가하자는 것은 아니지만 그때만 해도 나는 이건 대단한 발견이라고 생각했습니다.

오래전 흥행에 크게 성공한 한국영화를 보러 간 적이 있습니다. 거기에는 비련의 여주인공이 위암에 걸려 수술을 하고 죽어가는 장면이 나옵니다. 그런데 영화에는 의사라는 몇 사람이 가슴을 찍은 엑스레이 필름을 한 장 쥐고, 위암이라고 탄식을 하니까 그 옆의 한 의사도 심각하게 고개를 끄덕이며 동의하는 것이었습니다. 어지간한 상식을 가진 사람이라면 의사가 아니더라도 흉곽 엑스레이 필름으로는 폐나 심장이나 갈비뼈가 보일지언정 위는 보이지 않는다는 것을 알 수 있지요. 그러니 한참 심각한 장면에서 웃음이 터질 수밖에요.

기왕에 흉곽 엑스레이 필름 이야기가 났으니 한마디만 더 하지요. 내가 좋아하는 한국의 어느 소설가의 작품에서 주요 플롯이 될 만한 중요한 장면에 병에 관한 것이 있었습니다. 방사선

아름다움, 그 숨은 숨결

과 의사가 주인공의 흉곽 엑스레이 필름을 열심히 살펴보더니 동료 의사에게, 이건 폐암이 아니고 육종肉腫이라는 걸세, 상당히 위험한 병이지, 하는 장면이 있습니다. 육종이라면 학명으로는 'sarcoma' 혹은 'myoma'라고 부르는 것인데 우선 엑스레이 필름을 가지고 폐암인지 육종인지를 감별하는 것은 불가능할 뿐만 아니라, 너무 희귀해서 수십 년, 의사 노릇을 해도 한 번 보기 힘든 폐육종 이야기가 왜 거기에 나와야 하는지 알 수가 없었습니다.

나는 의사라는 직업 때문인지 여러 사람의 문학작품을 읽으면서 의학에 대한 이야기가 나오면 더 관심을 기울여 읽곤 합니다. 그리고 솔직히 말해 한국에서 의사가 '허가받은 도둑놈'이란 별명을 듣고, 병원장이 목재상에 들어가 도둑질을 하는 정도가 되고, 해부학 교실에 해부용 시체도 없는 의과대학이 마구 생기고 있다는 이 즈음, 소설가가 한 작품을 쓸 때 의사를 어떻게 묘사하건 그건 소설가 마음이고, 혹시 나쁘게 썼다면 그건 그 나라 의사의 책임이지 소설가의 책임이 아니라는 것을 절실히 느끼고 있습니다. 그러나 한 소설가가 의학이라는 학문을 자기 작품에 넣고 싶다면 하다못해 요즈음 출간되는 가정 의학사전 정도는 읽어볼 만한, 그리고 의사에게 몇 마디 참고로 물어볼 만한 성의는 가져야 할 것이라고 생각합니다.

방사선과(엑스레이과)는 어느 나라, 어느 종합병원을 막론하고 병원 1층이나 지하층에 위치해 있습니다. 아주 희귀하게 2층에 있다는 이야기는 의학사전에 있을 리 없지만, 지나가는 의사에게 한마디만 물어보면, 엑스레이를 찍기 위해 엘리베이터를 타고 5층에 올라갔다 운운하는 간단한 난센스는 피할 수 있을 것입니다.

염상섭의 「표본실의 청개구리」에서 청개구리의 배를 갈랐더니 냉혈동물인 청개구리 배 속에서 "김이 모락모락 나더라"는 비관찰적인 사실주의 문장은 이미 널리 알려진 오류지만, 배편으로 받아 본 《현대문학》에는 오류로 보기에는 좀 정도가 심한 이야기가 있었습니다.

그 소설에서는 가정부가 수면제인 세코날을 먹고 자살을 기도합니다. 의식불명인 가정부를 병원에 데리고 가니, '젊은 나이에 이마가 훌렁 벗겨져서 매우 속된 인상을 주는' 의사가 치료실에서 환자를 보고 나와 득의만만한 태도로 '아직 생명은 붙어 있습니다. 위세척을 해보죠' 하더니 위세척을 하러 치료실로 들어가는 게 아니라 엉뚱하게도 '그 가정부는 임신을 했습니다. 벌써 4개월쯤 되어 보이던데요' 하면서 테이블에 앉아 카드에 뭔가 끄적이기 시작합니다. 도대체 환자가 세코날 중독으로 의식불명이 되어 들어왔는데 이 소설처럼 늑장을 부리는 것이 말이

아름다움, 그 숨은 숨결

되는 것인지, 그 의사는 대체 치료실에 들어가서 죽어가는 환자의 위세척을 하지 않고 대뜸 내진부터 했다는 말인지? 하긴 가정부가 임신했다는 사실이 이 소설의 중요한 부분이 되기는 하지만, 의식불명의 위급 환자를 내진부터 하고 임신 4개월 어쩌고 하는 것은 설령 의사가 아니더라도 작가의 상식부터 문제가 될 수 있는 것이지요(이 소설은 초음파 검사가 유행하지 않던 시절의 것입니다).

고양이가 미쳐 발광하다가 죽든 조용히 죽든, 죽은 것은 죽은 것이고, 청개구리 배에서 김이 나든 말든, 배를 가른 것은 가른 것이고, 환자가 폐육종이건 뭐건 죽을병이라고 설명했으면 됐고, 환자가 세코날 중독으로 죽건 말건, 임신 4개월이 중요해서 그걸 설명했으면 됐지, 도대체 무슨 상관이냐는 것은 작가로서의 태도가 아닌 것 같습니다. 설사 한국에 가짜 의사가 들끓고 그 가짜 의사 때문에 화를 당한 기억이 있더라도, 자기 작품을 그런 식으로 만드는 것은 의사나 병원에 화풀이를 하는 것이 아니라 바로 자기 작품을 가짜로 만드는 일이라는 것을 작가는 알고 있어야 할 것입니다.

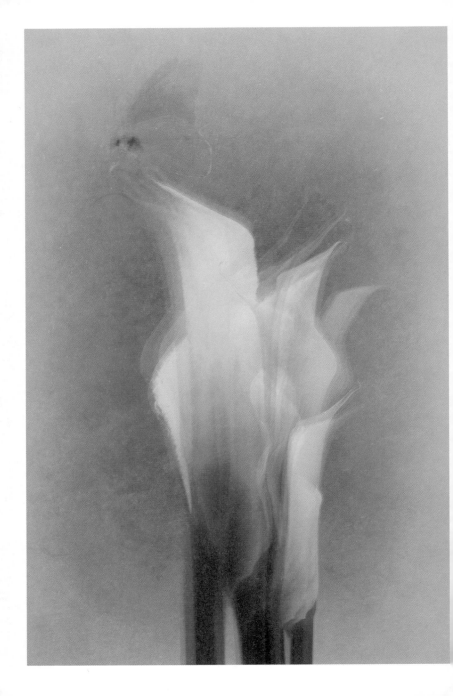

죽음에 대한 명상

비 오시는 날

평생을 다하지 못하고 먼저 떠난 이,
그리워 가슴 아파지는 그 사람 목소리를
한밤의 빗소리로 만나는 이 고운 순간이여,
이것도 당신의 진정인가, 내 몸 깨어 있음이여.

나는 한 해 중 사순절 시기를 가장 좋아합니다. 사순절이란
예수가 부활하기 40일 전, 재의 수요일에서 시작해 성 토요일에
끝나는 시기를 말하지요. 약 4세기경부터 시작되었는데, 예수가
세례를 받은 뒤 40일 동안 황야에서 금식을 하고 사탄의 유혹

을 받으며 보낸 기간을 기념해 생긴 관습이라고 해요. 많은 분들도 나와 같은 생각이겠지만 사순절 기간은 새 생명이 움트고 자라나는 봄철이어서 기도하기도 좋고 성당에서는 부활을 준비하기 위해 재의 수요일을 기념하고 죽음에 대한 명상의 시간을 갖기도 하는 시간입니다. 그 후 40일간, 특별한 기도와 희생을 생각하고 성당 벽에 걸린 예수의 고통의 길이 명확하게 보이는 14처를 돌면서 기도하는 것도 좋지요.

지난 수십 년 동안 나도 세상을 떠돌며 여행을 많이 한 편인데 그렇게 세상 처음 가보는 도시나 마을에서 나는 꼭 시간을 내어 성당을 찾아보았고 성당에 들어서면 언제부터인가 성당 벽에 돌아가면서 걸려 있는 조각이나 여러 형태의 재료를 써서 만든 예수님의 14처의 그림을 보곤 합니다. 예수가 재판에서 사형선고를 받고 십자가를 지고 골고다의 돌산을 오르고 있는 장면이지요. 오르다가 세 번 쓰러지고 드디어 십자가에 못 박혀 돌아가시고 묻히시는 그림들인데 대부분에 여러 형태의 실사 같은 그림이지만 요즈음에는 자주 추상화 형태, 그리고 많은 성당에는 조각품으로도 만들어져 있기도 하지요. 가끔 그런 예수님의 14처 그림을 보며 나도 모르게 무릎을 꿇기도 합니다.

몇 해 전 우리 성당에서 내 시와 믿음에 대한 이야기를 사순절 기간에 들려드리기 시작했는데 여러 성당에서 비슷한 내용

아름다움, 그 숨은 숨결

으로 되풀이했기에 여기에 그때 낭독했던 졸시 몇 편과 관련된
이야기를 간단히 줄여서 적어볼까 합니다.

두렵고 떨리는 마음으로

봄밤에 혼자 낮은 산에 올라
넓은 하늘을 올려보는 시간에는
두렵고 떨리는 마음으로
별들의 뜨거운 눈물을 볼 일이다.
상식과 가식과 수식으로 가득 찬
내 일상의 남루한 옷을 벗고
두렵고 떨리는 마음으로, 오늘 밤,
별들의 애잔한 미소를 볼 일이다.

땅은 벌써 어두운 빗장을 닫아걸어
몇 개의 세상이 더 가깝게 보이고
눈을 떴다 감았다 하며 느린 춤을 추는
별 밭의 노래를 듣는 침묵의 몸,
멀리 있는 줄만 알았던 당신,
맨발에 두렵고 떨리는 마음으로.

이 시는 신약 빌립보서 2장 12절에는 '두렵고 떨리는 마음으로 자신의 구원을 위해 힘쓰십시오'에서 영감을 얻은 시입니다. 건방진 생각을 하느님 앞에서는 다 털어버리고 아무것도 없는 빈 몸으로 기도하면 멀리에만 계신 줄 알았던 당신이 바로 내 옆에 나를 위해 계신다는 믿음을 다시 확인하면서.

보이는 것을 바라는 것은 희망이 아니므로

경상도 하회마을을 방문하러 강둑을 건너고
강진의 초당에서는 고운 햇살 안주 삼아 한잔 한다는
친구의 편지에 몇 해 동안 입맛만 다시다가
보이는 것을 바라는 것은 희망이 아니므로
향기 진한 이탈리아 들꽃을 눈에서 지우고
해 뜨고 해 지는 광활한 고원의 비밀도 지우고
돌침대에서 일어나 길 떠나는 작은 성인의 발.
보이는 것을 바라는 것은 희망이 아니므로
피붙이 같은 새들과 이승의 인연을 오래 나누고
성도 이름도 포기해버린 야산을 다독거린 후
신들린 듯 엇싸엇싸 몸의 모든 문을 열어버린다.
머리 위로는 여러 개의 하늘이 모여 손을 잡는다.

아름다움, 그 숨은 숨결

보이는 것을 바라는 것은 희망이 아니므로

보이지 않는 나라의 숨, 들리지 않는 목소리의 말,

먼 곳 어렵게 찾아온 아늑한 시간 속을 가면서.

신약의 로마서 8장 24절에 있는 '우리는 희망으로 구원을 받았습니다. 보이는 것을 바라는 것은 희망이 아닙니다. 우리는 보이지 않는 것을 희망하기에 인내심을 가지고 기다립니다'라는 말씀이 이 시의 근간이지요.

시가 좀 복잡하지만 경치가 좋다는 한국의 여러 곳이 외국에 사는 내게는 보이지 않으니 그곳을 가보고 싶다고 희망해도 된다는 역설. 시가 진전되면서 장소가 이탈리아로 바뀌면서 움부리아 고원의 아시시Assisi, 거기도 내게는 보이지 않으니 성 프란시스코 성인의 발자취를 따르고 싶어 하는 희망. 그래서 신들린 듯 몸의 모든 문을 연다고 한 것은 몸에 문이 있어서가 아니라 몸과 마음이 자유롭게 된다는 의미. 바로 그 자유가 착한 마음의 근원이라고 말한 어느 수사님의 말을 기억한 표현이기도 하고요. '여러 개의 하늘이 모여 손을 잡는다'는 표현도 화해와 평화를 다른 자연 현상을 이용해 다르게 말하고자 한 것입니다. 우리의 구원도 눈에는 보이지 않지요.

예루살렘의 발

숨쉬기도 힘들어 그늘만 찾아다니는 내 발,
살아 움직이는 것은 먼지 쓴 모래와 돌.
밤새도록 눈을 붉힌 채 골목을 누비고
시끄러운 장터가 되어버린 골고다 언덕.
그 뒷길로 나무 십자가를 무겁게 끌고 가는 자,
피의 상처는 땅에 흘러 새 한 마리 목을 축이고
눈치 보이고 더위에 지쳐 길옆에 쭈그려 앉으니
나를 지나쳐 혼자 걸어가는 저 상처 깊은 맨발.
2천 년 전의 일을 기억해 무엇에 쓰냐며 그간
옆 골목에서는 자동소총 소리 불꽃이 튄다.
몸을 움츠리고 눈치 마냥 보며 골목길을 뛴다.
지나가는 것은 가게 하고 돌아오는 비명의 무거움,
쓰러지고 일어나는 피의 순명, 상처 깊은 내 발.

   몇 해 전 예루살렘에 여행 갔을 때 쓴 시입니다. 특히나 예수
가 사형선고를 받고 십자가를 지고 골고다 언덕을 오른 그 길로
나도 땀깨나 흘리며 기도하며 걸어본 적이 있지요. 그날은 엄청
무더웠는데 기온이 무려 섭씨 43도까지 나간다고 했습니다. 너

아름다움, 그 숨은 숨결

무 더워 분심이 생겼지만 한동안 걸으니 몸이 전혀 무겁게 느껴지지 않고 갑자기 마구 눈물이 나오기 시작했습니다.

완만한 바위 언덕을 오르기 전에는 사형선고를 받았던 곳에서부터 복잡한 시장통을 지나야 했고 바위 언덕을 한동안 올라 마침내 십자가가 박혔다던 곳에 세운 성당 앞에 섰습니다. 그런데 그때도 세상은 험악했던 때라 난데없이 기관단총 소리가 옆의 언덕 쪽에서부터 들려왔습니다. 많은 사람들은 놀라서 갑자기 이리저리 뛰는데 나 역시 구석에 몸을 숨기고 눈치를 보았지요.

바로 그 '눈치 본다'는 말이 이 시에 두 번이나 나오는데 그것은 나의 불안하고 의심쩍은 신심, 앞서서 나가지 못하고 남의 눈치나 보면서 믿음이 자주 흔들리는 상태를 표현하려고 한 것입니다. 그 바위산을 오르며 나는 계속 그와 함께 앞서거니 뒤서거니 하며 걷고 있다고 느꼈고 그의 거동을 계속 환시로 보았는데 자세히 다시 보니 그는 벌써부터 나를 위해 발에서 피를 흘리고 있더군요.

하필이면 더러워진 발에서(나는 그것보다 더 더럽다는 것을 상기시키려고) 무거운 십자가를 지고 하느님을 따르는 예수의 순명, 그 예수를 따르고 싶어 땀 흘리고, 눈물 흘리며 허우적대는 우리들의 순명이 시의 마지막 줄에 나옵니다.

갈릴레아 호수

바다같이 넓고 조용한 호숫가에 섰다.
무능하고 허기진 사람들은 언덕 쪽으로 숨고
그 새벽녘 예수가 그물을 던지라고 한 기슭은
여명의 빛에 얼굴만 붉히고 있었다.
사람을 낚는 어부가 되려고 베드로는
오래전 배낭을 지고 호수를 떠나고
틸라피아 물고기 두 마리와 빵 몇 개 손에 들고
호수 건너 언덕에서 두 손 들고 하늘만 보는 이.
땀에 젖은 가슴과 지친 소명 때문에
어질고 순한 목소리가 호수에 물살을 만든다.
그 담수어 두 마리로 그는 수천 명을 먹였다는데
나는 두 마리를 다 구워 그 저녁,
혼자 돌아서서 배불리 먹어버렸다.

그때는 무리가 다 먹고도 남은 것이 또
몇 광주리에 차고도 남았다는데
내가 먹고 일어난 자리에는 생선 뼈와 비린내만 남고
비린 침을 뱉으며 배부른 숙소를 찾아가는 내게

아름다움, 그 숨은 숨결

예수가 쉬던 곳에 아직 남아 있는 사람들,
들꽃이 되어버린 자기들을 씹으며 가라 하네.
입 냄새와 집 찾기가 무슨 관계인지는 아직 모르지만
들꽃이 저녁을 흔들며 불러주던 고운 노래는
나를 떠나지 않고 불면의 밤을 다독여주었네.

다음 날 아침에도
호수 위를 걸어가는 사람은 아무도 없었다.
수면 위에는 어수룩한 언덕만 보였다 지워지고
그 물 위에 편안히 앉아 있는 갈매기 몇 마리,
보이는 물상만 움켜쥐고 살아온 내 뼈에게
눈에 안 보이는 것들은 담백하고 겸손하구나.
진정한 기쁨을 아는 떠돌이 순례자는
누더기 옷에 빵 한 조각 들고 웃으며 가고
두려워 말라는 소리가 햇살 눈부신 쪽,
호수의 깊은 곳에서 소중하게 들려왔다.

　이 시 역시 이스라엘 여행 중에 얻은 시입니다. 호수라고 부르
기에는 엄청 큰 물이지만 예수가 처음으로 베드로와 그 동생 안
드레아, 또 제베대오의 아들 야고보와 그 동생 요한을 제자로

만든 곳이었고 예수 부활 후 물고기로 식사를 하신 곳도 그 호수 근처여서 자연스레 관심이 가는 곳이었습니다. 내가 갔던 그 언덕 쪽으로 '오병이어 성당'이 있는 것을 보면 아마도 그 근처에서 5천 명을 먹이신 기적이 일어났겠지요. 나는 근처 식당에서 구워주는 물고기 두 마리를 혼자서 맛있게 다 먹어서 입에서 비린내가 났는데 그 언덕에 앉아 예수의 기적을 경험했던 사람들은 모두 언덕의 풀과 꽃들이 된 것일까요. 탐욕으로 비린내가 나는 내 입 냄새를 그들의 몸, 믿음의 꽃으로 씻으라니 얼마나 고맙던지요.

5천 명을 먹이시고 또 물 위를 걸으신 예수를 보고 베드로가 나섰다가 겁에 질려 물에 빠진 곳도 이 호수였지요. 부실한 내 믿음도 물에 빠지는구나, 했지요. 그러나 그런 중에도 나는 들었습니다. 호수의 깊은 곳에서 두려워하지 말라는 소리. 아무것도 두려워하지 말라며 나를 다시 일으켜 세워주는 따뜻하고 순정한 목소리.

비슷한 시들을 가지고 위에 열거한 몇 군데 미주 한인 성당을 다니면서 시를 읽고 모인 분들과 이야기를 나누곤 했습니다. 보스턴에서는 내 친구 안드레아의 부인이 당신이 제일 좋아하는 믿음의 시를 꼭 모임 중에 읽고 싶다고 해서 읽은 시를 아래에 적어봅니다. 그때 나는 엉거주춤 단상에서 듣고 있었는데 천천

아름다움, 그 숨은 숨결

히 그 시를 쓰던 때가 생각나고 내가 기도하며 감사해했던 시간을 혼자서 기억해내고 있었습니다.

이 시는 두 부분으로 나누어지는데 1번의 '너'가 2번에서는 '당신'으로 변합니다. 1번의 너는 믿음을 가지기 전의 상태, 혹은 세상적인 관계로서의 너, 혹은 세상을 만든 상대방, 2번의 '당신'은 '예수' 혹은 하느님이라고 부르는 절대의 존재를 인지할 수 있다면 이 시는 성공작이라고 하겠습니다. 아래의 시는 제목이 말해주듯이 알래스카의 내륙지방을 여행하면서 얻은 시입니다.

알래스카 시편

1.
네가 올 때까지는
물소리밖에 없었다.
높은 빙산이 녹아 흐르는
연둣빛 물소리밖에 없었다.
네가 오고 나서야 비로소
분홍빛의 밝고 진한 잡초 꽃들이
산과 골을 덮으면서 피어났다.

그리고 바람이 늦게 도착했다.
분홍 꽃들이 바람과 춤추고
가문비나무들은 그늘 쪽에 서서
장단에 맞추어 몸을 흔들었다.
왁자하던 꽃들이 잠잠해지자
저녁이 왔다. 정말이다.
네가 여기 올 때까지는
물소리밖에 없었다.

2.
당신은 머리를 잠시 들어
주위를 살폈을 뿐이라고 하지만
당신이 와서야 파란 하늘이 생겼다.
정말이다. 지난날의 솜덩어리들,
하늘 밑에 구름도 생겼다.
잡초 꽃들이 고개 한번 숙인 것 같은데
양쪽으로 분홍빛 길이 만들어졌다.

저 높은 끝에서 여기까지 오는 길,
누구도 걸어보지 않은 길로

아름다움, 그 숨은 숨결

당신이 화해를 하자며 다가왔다.
정말이다. 잡은 당신의 손이
따뜻하고 편안하게 느껴졌다.
내가 걸어가야 할 남은 길이
옛날같이 다정하고 확실하게 보였다.

　이별을 하면서 나는 그것을 사랑이라고 생각했었습니다. 싱겁게 서로 만나 반기는 것이 아니라 이별이 동반되어야 아름다운 사랑이 완성된다고 믿었습니다. 그래서 나는 내 동생을 이 세상에서 잃었던 것일까요?

　나도 한때 무척 힘이 들었습니다. 지금 몇몇 친구가 같은 처지에서 고통받고 있습니다. 프랑스의 조르주 베르나노스는 고통 중인 사람들이 신비의 한가운데 있고, 하느님의 비밀, 바로 그 자리에 서 있다고 했습니다. 자기 운명을 받아들이는 순간 창조의 신비는 겸허하게 그 안에서 완성되고 그리스도의 사랑이 가득히 채워진 자신을 발견한다고 합니다.

　벌써 10년이 지났습니다. 어릴 때부터 나를 잘 따르던 착한 남동생이 갑작스런 총기사고로 죽었습니다. 동생의 기도가 유독 내 가슴을 아리게 하던 그다음 날에 벌어진 일이었습니다. 오늘도 그때처럼 비가 오래 내립니다. 어두워서 비는 보이지 않고 빗소리만 들립니다. 반갑게도 동생이 어두운 창밖에서 손을 흔들며 웃고 있습니다. 아니, 나 부르는 소리를 방금 들은 것 같습니다, 내 동생이!

이해하기 힘든

내가 들은 그 음성 때문에 울음 그쳤습니다.
용서해다오, 언젠가 너도 알 날이 올 것이다.
지성·감성보다, 정신보다, 영혼의 음성으로
언젠가 이 외로움조차 당신 뜻임을 알게 하소서.

아름다움, 그 숨은 숨결

세상의 끝에서

2층 서재의 창문 앞에 서서 망연히 바깥을 내다봅니다. 깊어가는 가을이어야 할 요즘에도 내 시야에는 싱싱한 야자수 사이로 갖가지 원색의 꽃들이 만발해 있습니다. 먼 쪽으로는 작은 호수를 둘러싸고 있는 물풀과 연보라의 꽃이 무더기로 보입니다. 그리고 자세히 보면 물가의 물풀 사이에 서서 물을 응시하며 지나가는 물고기를 잡으려는 흰 물새들이 여러 곳에서 부동의 자세로 목을 빼고 있습니다. 구름 한 점 없이 청명한 하늘에서 쏟아지는 햇살은 너무 맑고 따뜻하고 건조해서 그 하늘을 가로질러 천천히 날아가는 날개 큰 물새들까지 모두가 커다란 투명 유리 속에 들어 있는 느낌입니다.

10년 전까지만 해도 북쪽에서 봄, 여름, 가을, 겨울의 사계절을 두루 즐기기도 하고 불평도 하며 살았던 때문인지 은퇴를 하고 더운 곳을 찾아 이사 온 이곳을 서울 친구들은 '세상의 끝'이라고 놀립니다. 매일 기온의 차이도 없이 덥기만 한 미국의 동남쪽 끝, 플로리다 반도로 이사 온 후에는 여름에 속하는 몇 달간은 엄청난 더위와 습도 때문에 바깥출입을 하지 못하거나 북쪽을 여행하며 지내고 있습니다. 아무도 찾아오지 않는 이 남쪽으로 이사를 온 것은 아내가 추위를 싫어한 이유 때문이었지만 이렇게 살다가 어느 날 예고 없이 세상을 하직할 수도 있게 된 나이가 되니 가끔 지나온 날들이 주마등같이 스쳐 지나가면서 내가 남들과는 너무나 다르게 이상한 삶을 살아왔다는 느낌이 들기도 합니다.

나는 일제강점기에 일본에 유학 와서 공부하셨던 부모님이 그곳에 정착하시고 결혼하셨기 때문에 두 분의 큰 아들로 일본에서 태어났습니다. 그리고 고국이 해방되기 1년 전에 아버지의 고향인 경기도 개성에 돌아와서 몇 해 동안 가난하게 그러나 재미있게 살았던 기억을 갖고 있습니다. 초등학교 3학년 즈음에 우리는 서울로 이사를 왔고 종로구 명륜동의 13평짜리 아주 작은 집에서 부모님과 두 동생과 함께 살았습니다. 그러다가 몇 해 후 초등학교 6학년 때 1950년에 한국전쟁이란 어마어마한 비극

아름다움, 그 삶은 숨결

을 맞았습니다.

그리고 피난지에서 겪은 몇 해 동안의 가난과 배고픔의 고달 픈 생활. 아버지는 종군 작가라는 이름으로 몇 해째 딴 도시에서 힘들게 사시고 우리 세 형제는 어머니와 함께 방 한 칸의 남도 피난지에서 대부분 하루 두 끼의 죽과 멸치만으로 연명해야 했습니다. 피난생활 마지막 해에는 드디어 다섯 식구가 함께 대구에서 방 한 칸에 모여 살기는 했지만 허기진 배를 잡고 긴 여름 해를 미워하며 겨울의 모진 추위를 견뎌내야 했습니다. 그러다 먼지투성이의 텐트 교실인 피난 학교에 다니고 신문팔이도 하며 근근이 생활을 하다가 서울로 돌아왔습니다.

환도 후의 북새통에서 겨우 정신을 차리고 보니 전쟁의 상처가 몇 번씩 지나간 서울은 거칠고 더럽고 황폐한 풍경뿐이었습니다. 몇 해 전의 평화로운 서울이 아니었지요. 나는 그 당시 국내의 유일한 중·고등학교 학생잡지였던 《학원》에 자주 글을 발표해서 학교 안팎에서는 글 잘 쓰는 학생으로 알려지게 되었지요. 그러면서 나는 고등학교 학생이 되었고 선생님들의 추천으로 문예반과 신문반에 들어가 신나게 과외활동을 하며 교내신문과 잡지 편집에 정성을 쏟기도 했습니다. 덕분에 대학을 지망할 때쯤 자연스레 나는 주위의 모두가 기대했던 것처럼 신문기자가 되어 문학을 하는 사람이 되어야겠다는 생각을 갖게 되었습니다. 문학만 해서는 아버지같이 당장의 가난을 면할 수 없는 신세가 될 테니 먼저 신문기자나 교수 같은 직업을 갖자고 마음먹었습니다.

대학 입시가 눈앞으로 다가온 그해 내 생일날이었습니다. 나는 이웃에 사시는 존경하는 교수님을 찾아가 장래에 대한 계획을 말씀드리고 조심스레 조언을 구했습니다. 그런데 평소에도 나를 잘 알고 계시던 교수님은 놀랍게도 뜻밖의 이야기를 해주셨습니다. "무슨 문과니 정치학과를 전공해 신문기자가 되는 것은 가난한 이 나라에는 아무런 도움도 되지 않는다. 과학자가 되어라. 과학을 배워서 가난한 이 나라를 잘 사는 나라로 이끌어가는 데 한몫을 하도록 해라, 하시며 가난한 나라의 젊은이는 대체로 과학 공부를 싫어한다. 너는 그런 사람 중의 하나가 되지 말고 힘이 들어도 나라에 도움이 되는 인간이 돼라"고 강경하게 말씀하셨습니다.

이 말씀은 그간의 내 계획을 완전히 뒤엎은 격이었지만 그만큼 나를 압도하기에 충분했습니다. 감사 인사를 드리고 집에 돌아온 후에 나는 아버지께 교수님의 말씀을 전해드렸고 아버지는 조용히 다 들으신 뒤에 내가 만나 뵙지 못하고 일찍이 돌아가신 고모님이 훌륭한 의사이셨다는 말씀을 하시며 내가 의과를 선택하는 것은 어떨까 의중을 물었습니다. 그래서 나는 그날 얼

아름다움, 그 숨은 숨결

결에 의과에 가기로 결정하고 며칠 후 대학의 의예과에 원서를 제출하였지요. 나는 주사 바늘만 보아도 무서워서 도망부터 치던 아이였습니다. 흰 가운을 입은 의사라는 존재는 그때까지만 해도 내 상상 속의 어디에도 없던 완전한 외계인이었기에 의예과에 들어가 공부를 하면서도 나는 늘 엉뚱한 곳에 잘못 도착한 희극 배우 같은 느낌으로 학교생활을 이어갔습니다.

예과 2년을 별 재미도 없이 마치고 본과에 왔더니 해부학, 생리학을 하면서 본격적인 의학 입문의 학문이 시작되었습니다. 특히나 사람의 시체를 매일 껴안다시피 하며 밤샘 공부를 하고 두 손과 가슴으로 인간의 육체를 찢고 자르며 공부를 해야 했던 해부학은 충격 자체였습니다. 그런 와중에 친하게 지내던 한 친구와 어느 날 우연히 천주교에 대한 대화를 나누게 되었고 그 친구의 인도로 교리 공부를 시작하게 되었습니다. 그 후 1년 뒤 순탄하게 나는 천주교에 입교하게 되었지요. 돌이켜보니 그때의 천주교 입교는 내 생애에 커다란 전환점이 되었습니다. 우선 그때까지 인생에 대한 확고한 비전이 없었던 내게 자신감을 불어넣어 주었고 미래에 대한 막연한 공포심도 많이 씻어주었으니까요. 나는 천천히 내 일상의 생활과 진저리 나던 공부에서도 목표가 보이기 시작하는 것 같았고 살아가는 하루하루에도 안도감이 생기기 시작했습니다.

그 이후 내 딴에는 시간을 내어 성경을 자주 읽으려 노력했고 자주 읽기를 즐기기도 하였습니다. 신약성경에 나오는 말이지만 항상 기뻐하고 늘 감사하라는 말이 무엇보다 먼저 내게 다가왔습니다. 그래서 나는 언제부터인가 감사하는 마음이 생겼습니다. 딴짓하느라 공부를 잘 못했는데 낙제 점수를 받지 않아도 되니 감사합니다, 누가 들으면 완전히 코미디식 내 감사 기도는 그러나 내 평생을 관통하여 오늘날까지 이어지고 있습니다.

그런데 그 감사라는 것이 사람을 좀 겸손하게도 만드는 것 같습니다. 내가 좀 더 배운 사람인데 참았어야지요. 하느님을 따른다며 좀 점잖치 못한 짓을 했지요? 용서해주세요. 이 정도 손해 본 것만도 감사합니다. 그러다 보니 겸손해지려는 마음이 주위 사람들에게는 좋은 성격의 소유자같이 보이기도 하여 나를 오히려 점잖고 경우가 밝은 사람이라고 느끼게 해주어서 내가 오히려 송구스러울 때가 많았습니다. 사실 감사하는 마음은 우리를 매사에 적극적이고 건설적인 선행의 원인으로 이끌어주어서 나도 모르게 자신감을 가지고 살게 해주는 힘이 되어줍니다.

나는 꽤 친구를 좋아하는 편입니다. 우리 집은 작고 초라했지만 부모님은 우리 형제가 친구와 사귀는 것을 언제나 환영하셨고 좋은 친구를 많이 사귀는 것을 권장해주셔서 우리 집에는 언제나 친구들의 말소리가 그치지 않았습니다. 집안일을 도와주는 아이는 늘 우리 형제의 친구들을 위해 밥상을 차려주었습니다. 많은 친구를 만나다 보면 그 사람 특유의 장점이 보이기 때문에 나는 친구가 좋았지요. 내가 가지지 못한 용기, 현명함, 결단력, 흥미로운 특기나 취미, 미처 알지 못했던 친구의 명석한 두뇌, 그러나 나는 그렇게 친구를 스스럼없이 많이 사귀다가 큰 낭패를 보기도 했습니다. 이 일은 내가 장년의 나이가 되어 자식을 둔 나이였을 때 일어났지요. 가까운 친구라고 생각했던 그 사람 때문에 온갖 망신을 당하고 큰 손해를 본 것입니다. 그래서 한동안 실의에 빠져서 울적하게 지내고 있을 즈음 내가 읽은 불교서인 『법구경』에 나오는 아래와 같은 구절이 나를 흔들어 깨워주었습니다.

'나보다 나을 것이 없고 내게 알맞은 친구가 없거든 차라리 혼자서 길을 가라. 무소의 뿔처럼 혼자서 가라. 어리석은 생각을 하며 사는 사람, 헛된 욕심에 사로잡힌 사람의 친구가 되지 말라. 오히려 네가 힘든 생을 살게 된다.' 그 이후로 나는 친구를 조심해가며 가려서 사귀기 시작했습니다. 그리고 가려서 친구를 사귀는 것이 결국 옳은 방법이겠구나 하며 지내고 있습니다.

허우적거리며 많은 시험 때문에 밤샘을 밥 먹듯 하며 지내다

보니 그 길고 답답했던 세월이 슬그머니 지나고 어느덧 의과대학을 졸업하게 되었습니다. 나는 모교에서 인턴과 레지던트의 수련의 과정을 하는 대신 군의관이 되어 3년 몇 개월간의 복무를 마치고 외국에 나가 수련의 생활을 하기로 결심했습니다. 부모님에게 미안한 마음을 조금이나마 덜고 싶어서였습니다.

아버지는 동화를 쓰시면서 그 당시의 형편없던 원고료로 우리 삼형제의 학비를 감당하시느라 손가락이 구부러지실 정도이셨고 어머니는 대학교수였지만 그 월급으로는 우리 식구가 풍족하게 살 수 없었습니다. 그런데다 나는 의과대학에 다녔기 때문에 6년씩이나 그 비싼 학비를 부모님께 부담으로 안겨드려야 했었는데 고국에서 인턴이 되면 담배 열 갑 정도의 적은 월급 때문에 다시 부모님께 손을 내밀어야 하고 나이 삼십이 되어서까지 계속 무작정 부모님께 경제적 부담을 드릴 면목이 없었기 때문이었지요. 그래서 군의관을 마친 후 나는 미국의 병원에서 외상으로 보내준 편도 비행기표를 받아 생전 처음 비행기를 타고 먹고 살 정도로 월급을 준다는 낯설고 물선 미국 땅에 도착해 인턴생활을 시작했습니다.

마음 놓고 숨쉬기조차 힘든 5, 6년 동안의 수련의 시간, 그 시절은 처음부터 정신적 여유도 없고 긴장과 불안의 연속이었지요. 그래도 그런 역경 속에서 포기하지 않고 살아남을 수 있었

아름다움, 그 숨은 숨결

던 또 다른 큰 이유, 미국 의사들보다 낫다는 평을 나중에 자주 들을 수 있었던 다른 커다란 이유는 바쁜 일 사이의 쥐꼬리만 한 여가 시간을 잘 이용했기 때문이 아니었을까 생각됩니다. 그 것은 어릴 때부터 여러 예술을 제대로 감상할 수 있고 즐길 수 있는 여유로운 사람이 되도록 노력하라고 일러주신 아버지의 충 고 때문이 아니었을까 합니다. 나는 시간만 있으면 그런 예술 모 임에 참여했고 그런 열정은 내게 정서적인 안정을 선물해주었습 니다. 아름다운 것에 대한 경외심을 키우고 예술을 즐기는 것은 인생을 깨끗하고 윤택하게 해준다는 아버지의 말씀. 그런 예술 감상에 대한 내 믿음은 아직도 지속되고 있습니다.

하지만 예술을 깊이 있게 오래 즐기기 위해서는 훈련이 필요 합니다. 이제부터 피카소의 그림을 즐기자고 당장 그것을 즐길 수는 없겠지요. 또 드뷔시의 음악을 즐기겠다고 해도 그 음악이 당장 가슴에 다가오는 것은 아니니까요. 그렇기 때문에 그런 예 술 감상에 필요한 훈련을 시간이 나는 대로 미리 해두는 것이 우리의 삶이 힘들고 어려울 때 가장 쉽게 거기서 벗어날 수 있는 길을 보여줍니다. 삶의 향기를 더해주고 윤택하게 해주며 생각 을 유연하게 하고 긴장을 풀어주는 윤활유의 역할을 해주기 때 문입니다.

수련의 시절을 잘 마치고 그 과정을 열심히 해냈다고 평가한

교수님이 내게 당신이 과장으로 영전하는 의과대학에 조교수직을 줄 터이니 함께 가자고 제안했습니다. 그래서 나는 아주 운 좋게도 곧장 다른 대학의 조교수로 영전되어 옮겼고 나를 단단히 믿고 있는 과장이 조교수밖에 안 되는 신참인 나에게 학생 강의를 거의 전부 맡겨주어 학생들과 친하게 지낼 수 있었습니다.

4년째가 되던 해 졸업식장에서 나는 '올해 최고의 교수상'인 '황금사과상'을 졸업생 대표로부터 받았습니다. 정말 깜짝 놀랄 만한 사건이었지요. 이 상은 모든 교수들에게는 대단한 상이어서 그 도시에서도 큰 뉴스가 되었습니다. 외국의 의과대학 출신 의사로 조교수밖에 안 되는 신참 젊은 교수가 내과니 외과 등 다른 메이저과의 노교수들을 다 물리치고 최고 인기 교수가 되어 상을 받다니 도대체 무슨 이변이 일어난 것인가.

일간 신문사와 인터뷰도 하고 갑자기 유명해진 나는 그 후부터는 늘 의과대학 교수나 학생들의 눈에서 오는 존경의 마음을 읽을 수 있었습니다. 아마도 그런 이변의 깊은 곳에는 내 마음이 잊지 않고 간직해온 자부심 때문은 아니었을까 하는 생각을 하게 됩니다. 나 자신에 대한 자부심은 나 자신을 바르게 살게 하는 힘도 되지만 어떤 경우에는 남보다 앞서가는 명예도 안겨주는 모양입니다. 물론 세상에서 부끄러운 일을 많이 안 하면서 살고 싶다는 내 희망 역시 거의 대부분 그 자부심에서부터 시작되

아름다움, 그 숨은 숨결

었다고 고백할 수 있습니다.

그 이후 나는 그 도시에서 상당히 유명해져서 돈을 많이 주겠다는 30여 명의 개업의와 함께 개업의로도 일을 했습니다. 교수직보다 두 배나 되는 수입이 이직의 주 이유였지만 의과대학의 교수직은 그대로 유지된다는 예외적인 제의를 받고 자리를 옮긴 것입니다. 개업의 생활도 하루하루가 너무 재미있었습니다. 몇 해 후에는 그룹 의사들의 만장일치로 의사, 간호사, 기사와 경리 직원 등을 합해 100여 명이 넘는 개업그룹의 회장으로 여러 해 동안 봉사하기도 했습니다. 일찌감치 회장이 된 것은 아마도 평소에 친구를 좋아했던 성격과 내 자부심 그리고 겸손이라는 무기가 무엇보다 나를 지켜주는 큰 방패가 되어주었을 것입니다.

비록 외국이긴 했지만 이렇게 40년의 의사생활을 하고 몇 해 전 나는 주위의 모든 분들이 섭섭해하는 가운데 의사와 교수의 자리에서 은퇴를 했습니다. 아무리 뒤돌아보아도 후회될 것이 없다고 생각했던 내 의사로서의 삶에 언뜻 마음에 남는 한 가지 작은 회한은 내가 평생 의사로 봉사해온 곳이 내 조국이 아니었다는 것입니다. 그러나 내가 만약 고국에서 의사 노릇을 했다면 의사라는 한 가지 이유만으로 주위 분들의 미움을 살 수도 있고 내가 40년의 미국 의사생활에서 매일 느꼈던 정신적인 편안함을 즐기지는 못했을 것 같은 느낌도 듭니다.

창밖을 내려다보니 조용한 호수로 흰 물새들이 한가로이 날고 있습니다. 아직 밝은 오후입니다. 그런데 왠지 나는 천천히 울적해지는 느낌입니다. 아주 가끔이기는 하지만 이렇게 마음이 갑자기 울적할 때가 있습니다. 그것은 내가 돈이 없어서도 아니고 몸이 아파서도 아니고 가족 중에 누가 변을 당해서도 아닙니다. 내 이웃이나 친지나 지인들은 모두 한결같이 이구동성으로 나와 우리 식구들을 부러워합니다. 가족들은 모두 사이가 좋고 서로 돕고 형제간에는 우애가 있습니다. 그런데 내가 문득 우울해지는 것은 다름 아닌 내 고국 때문입니다. 그리고 내 조상과 내 뿌리 때문입니다.

이제 좀 있다 해가 지면 산들바람이 야자수를 조용히 흔들고 찬연한 남국의 달빛이 우리 집 수영장을 밝게 비칠 것입니다. 그렇게 해서 시간이 흐르는 것을 피부로 느낄 수 있는 때가 오면 나는 가끔 아무 이유도 없이 달을 보며 가슴이 뭉클해지고 눈물을 흘리기도 합니다. 어울려 함께 살고픈 오랜 내 친구들과 사랑하고 사랑하는 내 고국이 너무나 멀리 있기 때문입니다.

아름다움, 그 숨은 숨결

아카시아 꽃

햇빛에 눈이 부시다.
푸른 잎 속에 살짝 숨어
부끄러움을 가득 안은 아카시아 꽃.
고개를 갸우뚱 내다보다가
불어오는 바람결에 들키고 말았다.
짙은 향기가 하늘에 흩어진다.

서울중학교 2학년 마종기 (1952년)

행
복
한 ——

여
행
자

여행이 주는
감동

여행은 그 거리나 장소를 불문하고 문인에게는 글을 쓸 수 있는 자극을 주기도 하고 좋은 소재를 주기도 해서 그것만으로도 권장할 만하다고 생각합니다. 그리고 특히나 스트레스에 시달리는 현대인에게 여행은 생의 양념이 되어주고 생활의 윤활유 역할을 해줍니다. 사실 아주 극소수의 특별한 사람들을 빼고 대부분의 인간은 동서양을 막론하고 여행을 좋아하고 즐기지요. 그런데 사람들은 저마다 좋아하는 여행의 형태나 종류가 다 다른 것 같습니다.

어떤 사람은 자기 나라나 자기 지방에서만 여행하는 사람도 있고 세계를 누비며 여행을 해야 직성이 풀리는 사람도 있지요. 또 어떤 사람은 한번 여행을 하면 여러 군데 여행지를 들러서 인증샷 찍기를 좋아하고 어떤 사람은 한군데에 오래 머물기를 원하지요.

어떤 분은 한 달, 두 달 휴가를 받아서 한 나라의 한 도시, 혹은 조그만 섬에서 혼자 밥 끓여 먹고 살다가 돌아오기도 하더군요. 나는 미국에 살면서 다른 나라를 여행할 때면 대개 2주일 정도로 날짜를 잡아 비교적 잘 알려진 미국 여행사를 통해 단체 패키지여행을 하는 게 삼분의 이 정도의 경우고 나머지는 아는 분과 함께 갈 곳과 여정을 미리 정하고 나서기도 했지요.

그러나 외국 여행에서 우리가 언제나 지켜온 것은 한 번 여행에는 한 나라만 간다는 것이었어요. 공항 나들이가 싫어서였지요. 여행도 세대와 시대에 따라 변하는 것인지 요즈음에 여행을 떠나는 분들이 선호하는 곳과 80년대에 한국인들이 많이 찾아가던 곳은 차이가 나는 것 같아요. 그리고 물론 여행자들의 도덕심 같은 것도 많이 변했지요. 80년대에 유럽 여행을 하면서는 부끄러워서 내 얼굴이 붉어진 적이 많았지요. 예를 들어 이탈리아의 피렌체 근처의 유명한 피사의 사탑은 큰 구경거리였고 그즈음에는 제일 꼭대기까지 오르도록 허락해주었지요. 계단을 빙빙 돌아 끝까지 오르면 낮은 벽을 둘러싼 건물에 수백 개의 낙서가 있는데 그게 모두 한글이었지요. 그 비슷한 광경은 가는 곳마다 볼 수 있었어요. 성 안토니오 성당의 내벽에도 왔노라, 보았노라 어쨌노라, 하는 낙서들, 독일의 하이델베르크에서도 어디 빈자리만 있으면 한글 낙서를 볼 수 있을 정도였어요. 물론 이런 부끄러운 낙서들은 20여 년 지나니 다 없어졌지요. 그동안 그만큼 공중도덕심이 좋아진 것이고 공공예의를 배운 것 때문이겠지요.

사람들은 내가 여행 시를 많이 썼다고 하는데 정작 여행 시라고 하기에는 부족한 데가 많은 것 같아요. 외국의 특정 장소가 시에 등장하면 여행 시라고 할 수도 있겠지만 내 경우에는 대부분 다른 연유로 시를 시작했다가 시의 효과를 고려해서 여행한 장소가 언급되지요. 혹은 개인적인 감동으로 시를 시작하면서 특별한 장소를 언급하는 적도 많고요.

내가 가본 여러 곳 중에서 가장 인상에 남는 곳은 어딜까요? 아마도 칠레의 남쪽 파타고니아에서 안데스산맥을 넘어 아르헨티나에 갔던 그 12시간이 우선 기억나네요. 그러니까 칠레 쪽 파타고니아인 활화산이 연기를 뿜고 있는 항구 도시 푸에르토몬트에서 평탄한 길이면 두세 시간이면 갈 만한 거리를 자동차와 배를 번갈아 타며 눈 더미가 쌓인 안데스산맥을 넘어서 12시간 만에 아르헨티나의 바릴로체Bariloche라는 마을에 도착했었지요. 그때가 11월 중순, 거기 날씨로는 한창 봄철인데 안데스산의 정상 근처는 사람 키의 두 배는 됨 직하게 눈이 쌓여 있고 그

아름다움, 그 숨은 숨결

사이 좁은 길을 덜컥거리는 무개차를 타고 정상 쪽으로 오르는데 타이어에 쇠줄을 단단히 맨 무개차도 슬쩍슬쩍 미끄러지더라고요. 정상 근처에 와서는 자동차도 위험해서 엄청난 눈구덩이 속을 헤치면서 한 줄로 외길을 따라 한 시간여를 걸어서 산을 넘었지요. 그 외길을 말없이 걸으면서 나는 눈물이 날 정도로 혼자서 감동하고 있었지요.

내가 의대생 시절 가장 인상 깊게 그리고 감동적으로 읽었던 생텍쥐페리의 소설 『인간의 대지』에서 조난당한 조종사 기요메가 친구들이 기다리고 있다는, 살아서 돌아오리라는 기대를 저버리지 않으려고 바로 그 안데스산의 눈구덩이를 헤치고 기를 쓰고 살아서 돌아오고 그를 기다리던 친구의 품에 안겨 미소를 보여주는 장면을 생각해서였지요.

나는 그의 소설을 특히나 의대생 시절에 많이 좋아했고 늘 큰 위로를 받았어요. 물론 그의 동화 『어린왕자』도 다른 이들처럼 좋아했지만 그의 다른 장편소설들, 소위 행동주의 문학이라고 부르던 그의 소설에 상당히 심취되어 살았어요. 행동이 뒤따르지 않는 문학은 진짜 문학이 아니라는 믿음을 가지고 있었지요. 그의 소설들은 모두 그의 직업이었던 조종사 생활에서 얻은 소재들이고 그래서 소설 자체가 모두 살아 있지요. 『인간의 대지』라는 소설에서도 주인공 기요메는 실제로 저자인 생텍쥐페리의

좋은 친구였다지요. 소설의 첫 구절부터가 심상치 않아요. 소설
은 이렇게 시작합니다.

대지는 우리에게 온갖 책보다 더 많은 것을 가르쳐준다.
왜냐하면 대지는 우리에게 저항을 하니까. 인간은 장애물
과 더불어 겨룰 때에 비로소 자기 자신을 발견하는 법이
다. 이렇게 자연에서 조금씩 찾아내는 비밀은 바로 모든
진리가 보편적이라는 것이다.

나는 여행지의 풍경에는 그리 크게 감동하는 편이 아닌데 그
래도 뉴질랜드 남섬의 남쪽 끝인 밀퍼드 사운드의 웅장하고 별
스런 풍광은 아직도 기억에 남아 있네요. 브라질의 이구아수 폭
포, 스페인의 마요르카섬, 캐나다의 동북부 프린스 에드워드의
가을, 이집트의 남쪽, 아부심벨 근처의 먼지와 모래와 매일 섭씨
43도의 더위 때문에 피부가 찢어지던 경험도 잊혀지지 않네요.
터키의 쿠샤다시에서 배를 타고 찾아갔던 파트모스섬도 큰 충
격으로 기억에 남아 있고요. 미국에서는 아무래도 아이다호주,
로키산맥의 한 산정에서 만난 주먹만 한 별들이 가장 인상적이
었던 것 같아요. 이제 또 가보고 싶은 곳이 어디일까요?
우선 이 나이에 모험을 하면서 가고 싶은 곳은 없어요. 프랑스

아름다움, 그 숨은 숨결

와 파리는 몇 번밖에 가보지 않았지만 동행이 좋아서였는지 갈 때마다 많이 즐거서 언제고 기회만 된다면 다시 가고 싶네요. 그리고 포르투갈도 다시 가고 싶어요. 어둑한 식당에서 맛있는 생선 요리를 시켜놓고 애절한 파두 노래를 한동안 들으면서 가슴 뿌듯하게 눈물에 젖고 싶네요.

북유럽의 노르웨이라고 하면, 나는 신비하고 슬픈 〈페르귄트 모음곡〉의 작곡가 그리그E. Grieg와 『인형의 집』을 쓴 근대 희곡의 큰 별 입센H. Ibsen, 그리고 표현주의 운동으로 세계 화단의 흐름을 바꾼 〈절규〉의 뭉크E. Munch가 제일 먼저 생각납니다. 거기에 거센 파도와 싸우는 강인한 바이킹들의 후예가 내 상상의 틈새를 채우곤 하지요. 그러나 몇 해 전 노르웨이를 여행하면서 내가 보고 느낀 것은 어디를 보아도 깎아지른 듯한 높은 산과 호수와 폭포의 절경, 감탄을 금할 수 없는 아름다움과 청정함이었습니다. 그 사이사이에 오염되지 않은 작은 어촌이나 어시장에서 만난 사람들은 이웃 같은 친밀감을 보여주어 나를 행복하게 했습니다. 그렇게 곳곳을 지나며 만난 수많은 폭포와 폭포를 배경으로 번지는 큰 무지개들을 보면서 나는 매일 영성의 축복을 받고 있다는 감동으로 가슴 벅찬 여행을 마칠 수 있었습니다.

캘리포니아 드리밍

낙엽은 날려 가고

하늘은 잿빛

이런 겨울날에

나는 혼자서 걷고 있네

여기가 LA라면

나는 안전하고 따뜻할 것을

캘리포니아 드리밍

이런 겨울날…….

1970년대를 풍미하던 마마스 앤 파파스의 노래 〈캘리포니아 드리밍〉의 첫 연은 이렇게 쉽고 경쾌하게 시작됩니다. 비록 겨울

아름다움, 그 숨은 숨결

의 을씨년스러운 날씨가 어깨를 시리게 하지 않아도 캘리포니아는 언제나 따뜻하고 감미롭게 우리를 부릅니다.

LA의 화려하고 분주한 고속도로를 달리다 보면 대부분 그 끝에는 태평양 해안의 아름다운 풍경이 펼쳐지고, 샌타모니카, 말리부, 레돈도, 뉴포트 등 많은 비치에서는 넓은 모래밭을 밀었다 당겼다 하는 물살의 여유로운 소리가 아침부터 한밤중까지 지칠 줄 모릅니다. 햇살에 반사되는 찬란한 바다 빛, 안개에 덮이는 저녁 파도소리.

북쪽으로 향하면 솔뱅solvang이나 산타바바라의 동화같이 아름다운 도시가 이어지고 동쪽으로 드라이브하다 보면 잘 길들여진 골프장과 온천장의 팜스프링스. 아는 사람을 만난다고 남쪽으로 길을 잡으면 애너하임, 어바인, 칼즈배드의 밝은 낮. 시간이 남으면 오밀조밀한 미션 트레일을 타기도 하면서 지나가는 화려한 라호이아 카운티, 또 핑크 플라밍고가 많던 샌디에이고 동물원과 콜로라도 비치……

가끔 방문이나 하고 있는 내가 아름답고 산뜻한 그 수많은 남부 캘리포니아의 작고 큰 명소를 어떻게 다 호명하면서 표현할 수 있을까요. 나이가 더 들기 전에 나도 캘리포니아에 가서 의사 노릇을 해보자고 20여 년 전에 면접시험까지 다시 치고 얻어놓은 캘리포니아 의사면허증은 매해 몇백 달러씩 면허증비를 내기만 하다가 어느 틈에 은퇴를 하고 말았네요. 그래서 캘리포니아 드리밍……

남캘리포니아는 아름다운 풍광뿐 아니라 한국교포들이 많이 살고 있고 한국식당도 많아서 코리아타운에 들어서면 서울보다 더 싸고 더 맛있고 푸짐한 메뉴를 볼 수 있습니다. 나 같은 촌사람은 메뉴판만 보고도 군침이 돌곤 하지요. 그곳은 어지간한 곳에서는 아예 한국말만 하고 살아도 전연 불편을 겪지 않는 바로 미국 속의 한국입니다. 그러나 36년 동안 오대호 근처, 겨울이면 눈 속에 묻히는 오하이오의 촌에서만 살아온 나는 2주일간의 캘리포니아 여행을 다 채우기도 전에 주접스럽게도 건조한 기후에 목이 칼칼해지고 매일 비슷한 온도의 더위 때문에 머리가 땅하게 불편해지면서 결국 오하이오의 작은 도시를 그리워하게 됩니다.

봄이 채 일어나기도 전에 녹지 않은 눈 추위를 뚫고 고개를 드는 수선화. 뒤를 이어서 분주하게 꽃망울을 열려고 서두르는 개나리, 히아신스, 진달래와 튤립의 눈빛. 추위를 이겨내고 꽃을 기어이 피워냈다는 자랑스러운 눈빛의 초롱초롱한 꽃들. 그리고 천천히 봄의 황홀을 펼치는 목련과 향기만으로도 우리를 질리게 하는 라일락이 피고 지면서 여름이 오면 그 싱싱하고 무성한 초록빛의 열기를 우리는 어떻게 식혀왔던가, 생각해보곤 합니다.

아름다움, 그 숨은 숨결

과수원의 사과 향기가 진동하던 가을은 또 어떻게 와서 어떻게 저물어가던가. 가을이 깊어가면서 낙엽이 사방으로 흩어져 날리고 하늘이 잿빛으로 변하면서 긴 겨울이 오고, 그 낮은 하늘에서 하루 이틀 한정 없이 함박눈이 날리기 시작하면 나는 또 그 눈밭을 혼자 걸으면서 조용한 겨울의 입김을 얼마나 촌티나게 좋아했던지요. 아마 이런 것들로 보건대 생텍쥐페리의 동화에서처럼 내가 촌생활에 길들여졌다는 것이겠지요. 심술궂은 장미를 다시 찾아가는 어린 왕자의 마지막 포즈가 그려진 그림처럼, 조금은 어색하고 쓸쓸해 보이는 단색의 여운처럼, 나도 모르게 내가 사는 동네의 색깔에 길들여진 탓인지도 모르겠습니다. 정말 그럴는지도 모릅니다. 우리는 살아가면서 내 주위의 사람에게, 도시에게, 혹은 풍경에게 길들여져서 우리의 일생을 모두 맡겨버리기도 합니다.

　　아, 단지 그 완전한 의탁이 아름답고 바르고 영원한 길이기를. 다시 한번 캘리포니아 드리밍…….

　　캘리포니아는 고국의 남북을 다 합친 것보다 훨씬 크고 긴 주라서 그런지 북쪽과 남쪽의 캘리포니아가 내게는 무척 다르게 느껴집니다. 1970년인가, 학회일로 한 번 샌프란시스코에 간 후 오랫동안 남캘리포니아 쪽만 오가다가, 몇 해 전부터 나는 매해 일주일 정도씩 북캘리포니아를 여행할 수 있는 행운을 가졌습니다. 그래요. 너무 아름다워서 내게는 행운이라고 말해야 옳은 북캘리포니아 여행은 금문교를 비롯한 길고 많은 다리들로 이어진 미항 샌프란시스코의 아기자기한 풍광으로부터 시작되지요.

1960년대 말 베트남 전쟁의 혼돈과 히피들이 판을 치던 때, 이 도시는 버클리대학교를 중심으로 반전파와 히피들의 총본산 역할을 하고 있었습니다. 내가 오하이오주에서 5년간의 레지던트 생활을 끝내고 대학 캠퍼스를 떠날 즈음 스콧 매켄지의 노래 〈샌프란시스코에 가면〉이 낮은 기타소리와 함께 미국을 휩쓸고 있었습니다.

> 샌프란시스코에 가는 길 있으면
> 머리를 꽃으로 장식하는 것 잊지 마세요
> 샌프란시스코에 가게 되면
> 순하고 착한 사람들을 만나게 됩니다
> 여름철의 샌프란시스코 거리에서는
> 모두 함께 껴안고 춤을 추지요
> 머리에 꽃을 장식한 순한 사람들
> 온 나라를 가로지르는

아름다움, 그 숨은 숨결

이상한 진동감
살아서 움직이는 사람
새로운 해석이 필요한 세대.

태평양 연안의 길로 남쪽을 향하면 몬터레이, 카멜 같은 꿈길의 아름다운 작은 도시들과 페블 비치나 스패니시 베이의 환상적인 골프장이 해안을 감돌아 펼쳐져 있습니다.

친구 덕분에 찾아가 본 요세미티 국립공원과 레이크 타호호의 웅장한 풍경과 세쿼이아인지 레드우드인지 몇천 년 묵은 어마어마하게 높고 큰 소나무과의 나무숲. 그런 비슷한 풍경의 산속 캠프에서 북캘리포니아의 한국문인, 문인 지망생들과 2박 3일 동안 문학과 시 이야기를 나누었던 지난 시절 이맘때의 일도 새삼 그 진한 나무 냄새와 함께 그리워집니다.

북쪽으로 눈을 돌리면 나파와 소노마 등 유명한 포도원과 포도주를 만드는 와이너리가 이 골짝 저 골짝에 빼곡히 들어서 있어, 좁은 외길을 오르락내리락해도 몇 시간씩 양쪽 산언덕에 차고 넘치던 포도 넝쿨들. 그런 와이너리를 돌아다니며 한 잔씩 얻어 마신 포도주로 대낮부터 취기에 젖어 얼굴이 불콰해져서 기분 좋았던 곳입니다. 그리고 몇 달 전에 예약을 해야 겨우 차례가 오던 레스토랑 '프렌치 론드리'의 프랑스 요리와 고풍스러운 실내 장식. 미식가가 못 되는 내게도 샌프란시스코와 그 주위의 레스토랑들은 맛과 멋과 질과 다양한 전문성으로 따져서 미국에서 제일 간다고 해도 과장이 아닐 것입니다.

그러나 북캘리포니아에 가거나 그곳을 생각할 때면 언제나 내 가슴을 아리게 하는 것이 있으니, 그것은 나를 형같이 따르던 짐이라는 초음파 기사의 죽음입니다. 그는 거의 20년 동안 내가 대학병원에 있을 때부터 나를 쫓아다니던 똑똑한 백인 방사선 기사였는데 부인과의 사이에 예쁜 딸 하나를 키우면서 볼테르의 철학에 심취되어 책 읽기를 좋아하던 친구였습니다. 그런 그가 하루는 느닷없이 나와 개인 면담을 하고 싶다며 자기는 동성애자라고 대뜸 고백을 하는 것입니다. 얼마나 놀랐던지요. 그리고 그는 자기 남자친구와 함께 동성애자들이 많이 사는 샌프란시스코에 가야겠다면서 그곳 병원에 보낼 추천서를 한 장 써달라고 했습니다.

결국 짐은 샌프란시스코에 있는 큰 병원에 초음파실 기사로 자리를 옮기고 가끔 내게 연락하면서 행복하게 잘 살고 있다는 소식을 전해주곤 했습니다. 그런데……. 샌프란시스코로 옮긴 지 몇 해 지난 어느 날 밤에 걸려온 낯선 목소리의 전화는 내 가슴을 덜컹 내려앉게 하고 말았습니다.

"샌프란시스코에 살던 초음파 기사 짐을 아시지요? 내가 짐의

아름다움, 그 숨은 숨결

남편입니다. 짐이 며칠 전에 죽었습니다. 아실 만한 병으로요. 평소에 닥터 마를 좋아한다는 말을 많이 해서 사망 소식이나마 알려드립니다."

짐의 죽음도 큰 충격이었지만 짐의 남편이라고 자기를 소개하는 그 황당함이라니! 남자의 남편이라니!

동성애자의 생리학을 나는 잘 모르지만 지난 몇 해 전 그곳에서 혼자 넋 놓고 바라보던 샌프란시스코의 황혼. 그 황혼을 배경으로 유난히 흰 얼굴의 짐이 '나는 세상에 구속되지 않고 행복하고 자유롭게 살았다'며 환하게 웃는 얼굴이 보이는 것 같아 쓰린 가슴으로나마 한동안 그를 생각했습니다.

소유·무소유·여유

'무소유'하면 으레 돌아가신 법정 스님을 떠올립니다. 많이 알려진 그분의 산문집 제목이어서도 그렇지만 한 번쯤 자신을 돌아보는 화두로서 무소유라는 단어를 나름대로 새겨본 사람이 많을 것입니다. 그러나 실제 생활에서 우리같이 범속한 자가 갑자기 무소유가 된다는 것은 며칠 안에 굶어 죽을 가능성을 내포한 것이라서 비록 그 단어가 정확히 쌀 한 톨 없다는 뜻이 아니라고 하더라도 함부로 내뱉을 수 있는 단어는 아니지요.

그보다 최근에 읽은 책에서 내가 자주 되새김질하게 되는 단어는 무소유가 아니라 오히려 '소유'라는 단어입니다. 20세기의 뛰어난 사상가이자 정신분석학자인 에리히 프롬의 유명한 저서

아름다움, 그 숨은 숨결

『소유냐, 삶이냐To Have or To Be』에서는 현대사회에서 물질 만능주의나 소비 지상주의 때문에 오히려 존재감을 잃어가는 현대인의 문제를 비판하고 있습니다. 소유하고 소비함으로써 자신의 존재를 확인하려는 현대인의 어리석음을 지적하면서 탐욕의 양식에서 해방되어 창조하는 기쁨을 나누는 삶으로 존재 양식을 전환하도록 주장합니다.

소유에 대한 세계적 논쟁의 중심은 21세기로 접어들면서 사회경제학자며 정치학자인 제러미 리프킨이 맡게 되었다고 할 수 있습니다. 2001년에 출간한 『소유의 종말』은 소유에 대한 현대적 해석과 미래 지향적 모색이 그 중심에 있지요. 자본의 기본 속성은 소유에 있지만 그 원초적 욕망이 천천히 변하고 있다고 그는 말합니다. 내가 가진 것을 지키거나 소유하고자 하는 것을 얻기 위해 자신의 삶을 허비하기보다 미래 세계는 인간의 생활 방식이 변해서 소유에 대한 개념이 쇠퇴할 것이라고 주장합니다. 그래서 소유는 접속으로 바뀌고 교환가치는 공유가치로 변하는 새로운 세기가 온다고 예언합니다. 말하자면 에리히 프롬이 개인의 소유 욕망과 실제 개인의 삶을 연계해 고찰했다면, 리프킨은 소유와 사회 그리고 욕망과 미래 문명의 관계에 천착했다고 말할 수 있겠습니다.

이렇게 21세기의 화두는 단연 '소유'에 대한 개인적 의미나 병폐, 나아가 사회적 반응이 맨 앞줄에 있습니다. 그러나 이런 세계적 석학의 학문적 연구보다 우리가 느끼는 간단하고도 확실한 진리는 많이 소유할수록 오히려 여유는 그 반비례로 적어진다는 것입니다. 개인의 소유와 개인의 여유는 시소 같은 관계이면서 '여유'는 특히 오늘날 한국에서 '소유'보다 더 관심을 가져야 할 화두가 아닐는지요. 지난 10여 년간 고국에서 자주 느끼는 것 중 하나는 바로 일반인의 여유 없는 생활패턴입니다. 물론 내 관심은 내가 아는 주위 사람들의 생활이기는 하지만 모두들 나름의 이유를 가지고 여유 없는 생활을 하고 있다고 느꼈습니다. 세상을 돌아다니다 보면 꼭 경제적 조건이 개인의 여유와 직접 연관되어 있지 않다는 것을 쉽게 알 수 있습니다. 나 혼자만의 의견이 아니지만 한국사회가 미국이나 유럽보다 더 물질주의에 경도된 것 같은 인상을 줍니다.

왜 그럴까요? 이상과 꿈과 미래의 이야기보다 소비와 소유 욕망으로 더 각박하고 더 경쟁적이라는 느낌이 듭니다. 옆집 사람이 저런 옷을 입고 있으니 나도 입어야 하고, 아는 이가 이런 곳을 여행하고 자랑하니 우리도 안 갈 수 없다는 값싼 경쟁심도 여유로움을 잃게 하는 정신적 요인이 됩니다. 그런 사람은 모든 일에서 자기 위주이고 자기 우선이기 일쑤입니다. 여유가 없으니 공중도덕에도 둔감해 이웃이나 사회의 공동선에 대한 개념

아름다움, 그 숨은 숨결

이 희미해집니다. 우리 같은 평범한 인간이 소유욕을 완전히 버릴 수는 없겠지만 이런 인간의 필요악을 가끔은 여유로 돌리려 노력해보아야 하겠지요.

방문객

무거운 문을 여니까
겨울이 와 있었다.
사방에서는 반가운 눈이 내리고
눈송이 사이의 바람들은
빈 나무를 목숨처럼 감싸 안았다.
우리들의 인연도 그렇게 왔다.

눈 덮인 흰 나무들이 서로
더 가까이 다가가고 있었다.
복잡하고 질긴 길은 지워지고
모든 바다는 해안으로 돌아가고

아름다움, 그 숨은 숨결

가볍게 떠올랐던 하늘이

천천히 내려와 땅이 되었다.

방문객은 그러나, 언제나 떠난다.

그대가 전하는 평화를

빈 두 손으로 내가 받는다.

　겨울이 왔습니다. 우리에게 묵상의 시간을 건네주는 겨울, 우리에게 삶의 의미를 다시 한번 생각하도록 허락해주는 계절입니다. 사방은 침묵의 예감으로 우리를 숙연케 하고 우리는 조심스럽게 주위를 둘러봅니다. 이런 귀중한 시간에 나를 방문해준 저이는 누구인가. 나에게 저이는 무슨 의미를 주는가. 날리는 눈송이 사이에는 바람이 살고, 겨울의 바다는 모두 해안으로 돌아가 버렸습니다. 방문객은 떠나면서 내게 말해주었습니다. "내 평화를 너에게 준다. 내가 주는 평화는 세상이 주는 평화와 같지 않다(요 14:27)." 평화…… 그 평화를 두 손으로 내가 받았습니다. 내 온 몸이 천천히 치유되는 느낌을 받습니다. 그리고 나는 생각했지요.

　'나는 더 이상 혼자가 아니다.'

그리운 내 어두움

 시집 『천사의 탄식』을 출간한 후 문학과지성
사에서 주선한 서면 인터뷰를 한 적이 있습니다. 시인으로서도
인간으로서도 내가 오랫동안 좋아해온 이병률 시인과의 인터뷰
였지요. 그는 내가 쓴 일화나 시를 보면서 종종 나와 함께한 시간
들이 떠오른다고 했습니다. 특히 몇 해 전 서울의 신설동 밤길을
같이 걸으면서 그 어둑어둑한 분위기와 함께 태어난 시 「신설동
밤길」과 경북 안동에 함께 가서 1박 2일 동안의 일을 쓴 「안동
행 일지」를 언급했습니다. 그 신설동의 밤길은 지금도 생생하게
기억이 납니다. 길은 넓은 편이었는데 왜 그렇게 어두웠던지요.
 우리는 전철에서 내려서 한 15분 정도 걸어서 그 술집을 찾았
지요. 어둡구나, 생각하면서 안온한 기분도 들어 기분이 공연히

좋았는데 동행 중 한 분이 (정끝별 시인이었는지 나희덕 시인이었는지) 어두워서 겁이 난다고 했어요. 물론 그때 나는 아무 말도 안 했지만 속으로는 답을 하고 있었지요. 아니 이 따뜻한 기분은 어쩌라고, 내가 중얼거린 그 답이 바로 시가 되었지요. 누가 나보고 어두움에 더 익숙한 것 같다고 해도 할 말은 없지만 나는 그런 어두움에서 내 몸의 짐을 내려놓는 듯한 가벼움과 그래서 기대고 싶은 친근감을 느끼곤 합니다. 그러고 보니 또 하나 잊지 못할 그리움이 떠오릅니다. 그 서해 해변에서의 한 허름한 술집과 파도소리, 역시 그곳에도 이병률 시인이 함께였지요.

8층 호텔 방에 짐을 부리고 무거운 커튼을 여니 확 펼쳐진 서해가 한눈에 펼쳐졌습니다. 그 서해에 떠 있는 옹기종기 장난감 같은 자그마한 섬들과 그 뒤를 감싸고 있는 하늘은 환한 진홍빛 노을로 넓게 번져가는 중이었습니다. 너무 아름다워 아, 하는 감탄사가 나도 모르게 튀어나왔지요. 내일 아침 일찍 떠나는 인천공항의 비행기 편을 타려면 꼭두새벽에 일어나 공항행 버스를 타고 한 시간 이상을 가야 하지 않느냐, 그러지 말고 하루 전에 아예 공항 근처의 호텔에 머물면 다음 날 아침 느지막이 일어나 그 호텔의 셔틀버스를 5분쯤 타면 공항에 쉽고 빠르게 갈 수 있다, 어차피 시내에 있어도 호텔에 있어야 하니 그렇게 옮겨보는 것이 어떻냐고 하는 친구의 말을 따라 우리는 인천공항 근처의 한 호텔에 들게 되었습니다.

호텔은 조용하고 깨끗해서 마음에 들었고 방 안에서 넓은 유리창 밖으로 보이는 서해의 풍경은 가히 감동을 줄 만큼 아름다웠습니다. 고맙게도 우리를 자동차로 호텔에 데려다준 후배 이병률 시인이 근처 해변 산책을 하자는 제안을 해 우리는 잠시 걸어서 물가로 나왔습니다. 해변은 찰랑거리는 물소리만 계속 들릴 뿐인데 우리는 그 물소리를 들으면서 진홍빛 노을이 천천히 사라지고 주위에 어두움이 몰려오는 것을 느끼면서 해변을 따라 줄 서 있는 허름한 한 술집에 들어섰지요.

벽에 붙어 있는 메뉴를 보다가 조개찜과 소주를 시켰습니다. 낙지와 새우를 곁들인 오만 가지의 크고 작은 조개를 담아 자작하게 끓인 커다란 냄비가 나오고 우리는 삶은 조개를 안주 삼아 소주를 마시기 시작했지요. 이제 밖은 칠흑이 되었습니다. 파도 소리는 그칠 듯 그치지 않고 우리의 귀를 간질였지요. 마음씨 좋은 여주인은 계속해서 이런저런 야채와 이름도 재료도 모를 푸짐한 안주를 맛보게 해주었습니다. 어느덧 속이 따뜻해지고 주위가 푸근하게 느껴졌습니다. 그래, 바로 이거야. 이 따뜻하고 정겨운 어두움이야. 이것이 내가 고국을 그리워하는 이유고 이 나이에 이르러서도 허겁지겁 고국을 계속 찾아오는 이유야. 나는 주위를 돌아보며 오늘은 소주가 당기네, 조개탕이 맛이 좋네, 하며 너스레를 떨었지만 이병률 시인은 그런 너스레 속에서 내가 이유 없이 북받치는 눈물을 참고 있다는 것을 알고 있는 듯 조용히 술잔을 비우면서 너무 많이 마시지는 말라고 내게 주의를 주었습니다.

정말 아늑하고 사랑스럽고 따뜻하고 은근해서 기분이 너무 좋았지요. 거리낄 것이 없어서 좋고 눈치 볼 것도 계산을 따질 것도 없어서 편했습니다. 마음이 편하니 기분이 푸근해지고 그래서 술맛이 좋아 술이 술술 넘어갔지요. 고개를 들어 벽면에 붙은 커다란 메뉴판을 언뜻 보니 온갖 해물의 이름이 즐비했습니다. 새우구이 대·중·소, 꽃게와 낙지와 온갖 생선의 구이, 탕, 지리와 회…… 그래, 다른 나라의 해변 술집에서도 해질녘 이런 푸짐한 기분으로, 그러면서도 은근히 외로운 가슴으로 술을 즐긴 적이 여러 번 있었지요.

우선 생각나는 곳이 아주 오래전, (어머니가 돌아가시기 전에) 어머니의 생신을 축하하기 위해 갔었던 스페인의 남부 항구 말라가 근처의 해변 술집입니다. 호텔에 짐을 풀고 어두워 오는 해변을 어슬렁거리며 걸어가다가 요기도 할 겸 문도 없는 허술한 술집에 들어갔지요. 어두워서 정작 바다는 안 보였지만 그 대신 철썩이는 파도소리를 들으면서 마셨던 포도주와 튀긴 오징어 안

아름다움, 그 숨은 숨결

주. 여행 내내 한없이 어둡고 외롭던 마음을 그 해변의 파도소리
는 다정한 자장가처럼 나를 위로해주었고 따뜻한 손길이 되어
나를 다독여주었지요. 그날의 기억으로 나는 오래전 한 편의 짧
은 시를 쓴 적이 있습니다.

스페인의 비

낡은 베레모를 쓰고
오징어 튀김에 싼 술을 마신다.
부둣가에는 가는 비 저녁내 내리고
귀에 익은 유행가 되어 흔들거린다.
어두워서 더 어지럽다.
술 취한 빈 골목마다 나이 먹은 기억.
쓸쓸한 비가 되어 어깨를 두드린다.
한평생 쌓인 죄 모두 씻어질 때까지
성당에 기대어 긴 잠이나 잘 거나,
나이 들면 술 취한 어부나 될 거나,
잠 속에서 잠시 보이는 슬픔이나 될 거나.

스페인의 그 어두운 부둣가를 그려보다가 나는 20여 년 전에

갔었던 바로 그 옆 나라, 포르투갈의 수도 리스본, 거기 사람들은 '리스보아'라고 부르는 아름답고 술맛이 좋던 그곳의 밤이 연상되었습니다. 여행을 계획하던 처음부터 가톨릭 성지로 유명한 '파티마'밖에 몰랐던 포르투갈 여행이어서인지 처음 도착한 수도 리스보아에서부터 나는 놀랍게도 포르투갈이라는 나라에 완전히 매료되고 말았습니다. 예상했던 것보다 훨씬 면적이 작은 리스보아는 다른 수도와는 다르게 처음부터 가난이 엿보였고 도심은 밤이 오는데도 휘황한 네온사인도 없이 주위가 어둠침침하기만 하였습니다. 어느 자그마한 지하 식당에서 식사를 기다리며 들은 나이든 여가수의 파두 노래 가락은 난데없이 내 가슴을 외롭고 아프게 하였습니다. 여행의 피로도 탓이었을까, 노랫가락마다 슬픔의 빛이 흠뻑 물들어 있어서 나는 한숨 섞인 파두에 쉽게 취해버렸습니다.

식사를 마치고 호텔로 향하던 중에 길을 약간 잘못 들어서 어두운 해변 길을 걷게 되었는데 그 거리의 스피커에서 들리는 파두에 이끌려 다시 기웃거리며 들어간 허술한 술집. 노래에 마취되어 포트라는 달콤한 포르투갈 술과 꼬챙이에 낀 오징어 안주로 나는 상당히 취하도록 술을 마셨습니다. 세상의 모든 인간은 외롭고 슬픈 존재라고 이르는 아멜리아 로드리게스Amalia Rodrigues의 파두 가락은 어두움과 술과 눈물의 마술로 나를 녹

아름다움, 그 숨은 숨결

여놓았습니다. 그리고 맞아, 한 군데가 더 있구나. 그윽하고 어둡고 따뜻하고 허름한 술집. 그 술집은 멀리 칠레 나라의 남쪽 파타고니아의 항구, 활화산이 웅장한 모습으로 연기를 내뿜고 있는 푸에르토 바라스P. Varas에서 만난 곳. 바다 비린내 섞인 어둑한 수산시장에 이어진 그 술집은 적당히 눅눅한데 그들이 파는 것은 포도주와 유일한 안주인 성게 한 접시. 저녁식사도 할 겸 들어온 것인데 아차, 잘못 들어온 건가 엉거주춤하다가 에라 모르겠다, 날도 많이 어두웠는데 아무 데서나 요기를 하지. 주위를 둘러보다가 나도 옆 테이블의 젊은 남녀처럼 우선 백포도주 한 병과 성게 한 접시를 안주로 시켰습니다. 괜찮은 칠레산 백포도주가 한 병에 8불, 그리고 커다란 접시에 한가득 그 자리에서 직접 까서 주는 싱싱한 성게 한 접시 값이 10불. 값도 좋았지만 맛있고 싱싱한 성게는 너무 많아서 나와 아내, 둘이서도 결국 다 먹지 못하고 포도주만 두 병을 거의 비우고 저녁도 거른 채 일어났지요.

우리는 취기가 가득한 채로 어둡고 좁은 시장 길을 말없이 걸었는데 문득 그 취기 속으로 내가 좋아하는 미국의 의사시인 윌리엄 칼로스 윌리엄스가 갑자기 생각났습니다. 그는 작고하기 몇 해 전에 한 문학잡지의 기자와 인터뷰를 했지요. 기자는 물었습니다. "당신은 상당히 알려진 시인이고 당신의 동네에서는 무척 바쁜 의사로 인기가 있고 또 두 아들은 모두 좋은 대학을 나온 의사고 후덕한 부인은 당신을 지극히 사랑하고 있다. 한데 당신은 아직도 외롭다는 표현을 자주 시에 쓰고 있고 그런 느낌에 사로잡혀 있는 것 같다. 이상하지 않은가?" 그러자 윌리엄스는 단숨에 대답했습니다. "시인은 언제나 외로워야 한다. 외롭지 않으면 그는 진정한 시인이 아니다. 외롭지 않은 자는 시인이 될 자격이 없다……."

나도 시인이어서 외로운 것인지 아니면 시인이 되고 싶어서 이렇게 외로운 것인지 생각해보았습니다. 다음 날 우리는 그 항구 도시를 떠나 거의 12시간이 걸려 안데스산맥을 넘어서 모두들 무사히 바릴로체라는 작고 아름다운 아르헨티나 도시에 들어섰습니다.

그 아름다운 도시에 며칠을 체류한 다음 우리는 다시 날렵한 지프로 바꾸어 타고 아르헨티나의 남부로 계속 드라이브해서 파타고니아 지역 깊숙이 들어섰습니다. 어처구니없을 정도로 높고 넓고 아무것도 없는 하늘과 땅, 그 빈 하늘에는 독수리보다 큰 콘도르 떼가 방목하는 양의 눈을 파먹기 위해 유유히 하늘을 날고 있었습니다. 그곳에 다시 가고 싶은 용기는 내게 아직 없지만 그 무서운 하늘만 며칠씩 보다가 나는 다음의 시 한 편

아름다움, 그 숨은 숨결

을 얻기도 했습니다.

파타고니아의 양

거친 들판에 흐린 하늘 몇 개만 떠 있었어.
내가 사랑을 느끼지 못한다 해도
어딘가에 존재한다는 것만은 믿어보라고 했지?
그래도 굶주린 콘도르는 칼바람같이
살아 있는 양들의 눈을 빼먹고, 나는
장님이 된 양을 통째로 구워 며칠째 먹었다.

어금니 두 개뿐, 양들은 아예 윗니가 없다.
열 살이 넘으면 아랫니마저 차츰 닳아 없어지고
가시보다 드센 파타고니아 들풀을 먹을 수 없어
잇몸으로 피 흘리다 먹기를 포기하고 죽는 양들.
사랑이 어딘가에 존재할 것이라고 믿으면, 혹시
파타고니아의 하늘은 하루쯤 환한 몸을 열어줄까?
짐승 타는 냄새로 추운 벌판은 침묵보다 살벌해지고
올려다볼 별 하나 없어 아픈 상처만 덧나고 있다.
남미의 남쪽 변경에서 만난 양들은 계속 죽기만 해서

나는 아직도 숨겨온 내 이야기를 시작하지 못했다.

  공항 근처에서 하룻밤을 보낸 우리는 친구의 말처럼 다음 날 제법 여유롭게 호텔 버스로 공항에 도착했지요. 간밤의 숙취도 적당히 가신 채 비행기에 탑승해 뉴욕을 거쳐 비행기를 갈아타고 장장 18시간의 긴 비행 끝에 집에 돌아왔습니다. 시차는 13시간. 이곳이 아침이면 서울은 밤. 그런 시차 적응에 시달리고 있던 어느 날 가까운 서울 친구가 국제전화를 주고 내가 무슨 상을 갑자기 받게 되었으니 곧 다시 귀국을 해야 한다고 알려주었습니다. 한 보름간의 여가가 그나마 있어 나는 급히 해야 할 일을 대강 정리하고 시차 적응도 미처 다 끝내지도 못한 채 다시 귀국 비행기를 탔습니다. 그러나 물론 비행기를 타기 전에 이병률 시인에게 이메일을 급히 보내는 것도 잊지 않았지요.

    또 다시 기쁘게 귀국합니다. 이번에도 생각나는 것은 영종
    도 해변의 술집인데 갈 수 있도록 도와주겠지요?

  그러자 당장 기쁘다며 답신이 왔습니다. 헌데 선다형의 물음이 메일 끝에 있었습니다.

아름다움, 그 숨은 숨결

영종도는 가는데 가는 때가 문제입니다. 아래 세 개 중 어느 것을 택하겠습니까? 첫째는 도착 즉시 그 길로 영종도 호텔에 묵고 해변으로 간다. 둘째, 귀국한 다음 여유를 보아 어느 하루 시간이 나면 간다. 셋째, 지난번같이 마지막 날 그 호텔에 짐을 풀고 해변에 갔다가 다음 날 출국한다.

나는 곧 답장을 보냈습니다.

전과 같이 마지막 날 하루를 택하겠습니다.

그렇게 해서 귀국 후 급한 2주일간의 일정을 대강 마치고 떠나기 하루 전에 시내의 호텔을 체크아웃하고 이병률 시인의 차를 탔습니다. 그런데 시인이 벌써 연락을 해놓았는지 호텔에 지금 가기는 이르다고 하면서 기타리스트 이병우 선생과 함께 약속한 곳으로 점심으로 먹으러 가자고 했습니다. 고찬근 신부님의 주선으로 나는 이 훌륭한 음악인인 이병우 토마스를 알게 되는 영광을 안게 되었지요. 이병우 선생을 다시 만나게 주선해준 이병률 시인이 고마워 한마디 던졌습니다.

"안 그래도 이번에는 한 번밖에 만나지 못해 못내 서운했는데 참 잘되었네요."

그렇게 해서 우리는 모두에게 상당히 낯선 성동구의 어느 동네 골목길로 들어섰습니다. 나중에 알고 보니 내가 감자탕을 먹고 싶다고 해서 부산 공연 때문에 밤새 기차로 돌아온 이병우 선생이 미리 예약을 했다는 곳. 식당 이름은 벌써 잊었지만 최고의 맛은 아직 기억나는 그 유명한 감자탕집에서 다 같이 만나 점심 식사를 했습니다.

식사 후에는 그 근처 '대림창고'라는 옛날의 창고를 식당 겸 찻집으로 개조한 곳에서 차를 함께 마시고 늦은 오후에 아쉽게 헤어져서 영종도로 향했습니다. 우리는 영종도에 있는 지난날과 같은 호텔에 짐을 부리고 어두워가는 서쪽 하늘의 진홍빛 노을을 느긋이 보면서 해변으로 나왔지요. 나지막한 파도소리가 같은 박자와 음정으로 우리를 맞아주었고 아무도 지켜보지 않는 노을도 지난번과 똑같은 노을 그대로였습니다. 우리는 멍하니 서쪽 하늘의 노을을 한동안 지켜보았습니다. 노을이 점점 사위는 느낌이 오는 순간 어두워서 잘 보이지 않는 바다 쪽 어디선가 말소리가 들렸습니다.

너 잘 왔다, 여기가 특별한 곳은 아니지만 네 나라여서 아름답게 보이고 그리웠을 것이다, 이곳을 잊지 말아라, 잊지 말아야, 네가 덜 외로울 것이다.

아름다움, 그 숨은 숨결

고개를 들어 말소리의 진원지를 찾으려다가 흠칫 아무것도 보이지 않는 어둠의 온기를 느끼며 얼결에 나는 한마디를 했습니다.

"자 들어들 갑시다. 점점 어두워지네요."

술집에 들어가니 바로 지난번과 같은 그 주인아주머니가 미소 지으며 우리를 반겨 맞아주었습니다. 우리는 같은 조개찜 안주를 시키고 같은 소주를 주문했습니다. 혹시라도 다른 안주를 주문하면 전과는 다른 느낌이 올까 봐 걱정이 되어서였지요. 정말 아름답구나, 칠레보다 스페인보다 포르투갈보다 그 어디보다 아름다운 고국의 비린내 나는 해변 술집이구나. 술도 마시기 전에 내 가슴이 천천히 따뜻하게 메어오기 시작했습니다.

다시 '바람의 말'로
당신께

바람의 말

우리가 모두 떠난 뒤
내 영혼이 당신 옆을 스치면
설마라도 봄 나뭇가지 흔드는
바람이라고 생각지는 마.

나 오늘 그대 알았던
땅 그림자 한 모서리에
꽃나무 하나 심어 놓으려니
그 꽃나무 자라서 꽃 피우면

아름다움, 그 숨은 숨결

우리가 알아서 얻은 모든 괴로움이

꽃잎 되어서 날아가 버릴 거야.

꽃잎 되어서 날아가 버린다.

참을 수 없게 아득하고 헛된 일이지만

어쩌면 세상의 모든 일을

지척의 자로만 재고 살 건가.

가끔 바람 부는 쪽으로 귀 기울이면

착한 당신, 피곤해져도 잊지 마,

아득하게 멀리서 오는 바람의 말을.

졸시 「바람의 말」이란 시는 1970년대 후반에 쓰여졌지요. 정확하게 어느 해 어느 잡지에 발표되었는지는 기억하지 못해도 그시를 쓰던 때의 내 정신적 방황의 전말은 또렷하게 기억이 납니다. 나는 6년간의 의과대학을 졸업하자마자 공군 군의관이 되어 3년간 서울과 지방에서 근무했어요. 군생활 끝판에, 정치에 관여했다는 이유로 군인사법 94조를 위반해 공군본부 광장에서 체포되고 고초를 겪다가 다시는 고국 땅을 밟지 않겠다는 서약에 도장을 찍고 몇 달 후 제대를 하자마자 고국을 떠났지요. 그것이 1966년 여름. 미국에서의 첫해는 그야말로 생지옥이었습니다. 영어도 서툴고 의학 실력도 부족한데 내가 맡은 환자들은 자꾸 죽기만 했지요. 만 1년간의 말단 의사 인턴생활은 그야말로 내 생애에서 제일 긴 한 해였어요. 어디를 둘러봐도 그 당시 내게는 아무런 출구도 보이지 않았어요. 타국에서 의사로 살아가기 위해서는 오로지 실력밖에 없다는 사실을 천천히 알게 된 후, 나는 스스로를 자주 채찍질을 하며 정신을 차리려고 버둥거렸지요. 그랬더니 조금씩 앞길이 보이기 시작하더군요. 그렇게 5년이 지나고 나는 내 전공과의 미국 전문의가 되었지요.

그간 나는 돈도 없고 시간도 없고 또 군대 시절 귀국하지 않겠다고 서약서에 도장을 찍은 것도 덜미를 잡아, 고국에 갈 엄두조차 내지를 못했지요. 그래도 돌아가신 아버지의 성묘를 위해 돌아가신 지 5년 만에 잠시 귀국을 한 것이 전부였으니까요.

고국을 떠난 지 10년이 되는 해에 두 번째 귀국을 했지요. 그때 모교의 의료원장이시던 은사님이 내가 전공한 과에 마침 교수 자리가 비었다며 귀국을 종용해주셔서 나는 감사한 마음으로 그 제안을 받아드리고 미국에 돌아오자 곧 귀국 준비를 시작했습니다. 당시 고국의 의학계는 미국보다 전체적으로 수준이 떨어져 있어서 내가 환자를 위해 매일 사용하는 초음파 영상기기나 CT 기기가 고국의 대학병원에는 아직 설치되어 있지 않았을 때였어요.

그런데 세상일이란 게 내 뜻대로 되지 않았어요. 귀국 준비와

아름다움, 그 숨은 숨결

강의 준비에 들떠 있던 내게 예상치 못했던 일이 터졌지요. 서울에서 일간지의 민완기자로 활약하던 내 동생이 남북회담 취재차 판문점을 들락거리던 때, 위독하신 큰 아버지의 애걸을 거절하지 못하고 북에 산다는 사촌의 생사 여부를 알아보다가 중정에 발각돼 신문사에서 해직당하고 어디에도 취직을 할 수 없게 된 거예요. 결혼을 해서 두 어린아이까지 있던 동생은 배추장사라도 하겠으니 미국에서 살도록 초청해달라고 했지요. 덩달아 대학 교직에서 은퇴하신 어머니도 자식 하나 없는 고국에서 살기가 힘드셔서 미국으로 오시니 나는 갑자기 부양가족이 많아졌고 내 야심찬 귀국은 그렇게 아주 간단히 무산되고 말았습니다. 환히 보이던 귀국 길이 갑자기 무너지자 누구에게도 내색은 할 수 없었지만 나는 완전히 절망적인 날들을 보내면서 혼자 숨어서 울며 지냈습니다. 그러던 와중에 이 시 '바람의 말'이 태어났습니다.

'바람의 말'이란 시를 다시 읽어보면 아름다운 사랑의 끝맺음과 이별의 슬픔이 보이고 애절한 미련이 보입니다. 다른 이들은 이 시를 이승과 저승으로 헤어진 두 연인의 사별 사연으로 읽기도 한다더군요. 물론 시에 펼쳐져 보이는 표면이나 문면은 그렇습니다. 그러나 내가 정작 이 시를 쓰게 된 것은 꿈에서까지 그리던 내 나라와 내 집, 그 귀국을 포기해야 하는 힘든 심정을 그린 것이었지요.

그러나 시의 의도가 사랑과 이별이든 사별과 소통이든 아니면 나라나 어느 특정 장소와의 이별이든 그 선택은 그 시를 읽는 이의 것이고 바로 그런 것이 시가 가진 가장 큰 매력일 것입니다. 그래서 시가 발표된 뒤에는 그 시의 실소유자는 그 시를 읽는 이의 것이라고 나는 아직 믿고 있지요. 고국이나 나라라고 하면 어딘지 너무 크고 막연해서 이 시를 쓰면서 내가 계속 보고 있던 대상은 오래 살았던 명륜동의 그 자그마한 집이었습니다. 그 집은 내가 떠날 즈음에도 벌써 많이 헐어 있었어요.

그러나 그 열세 평의 작은 집에서 나는 물론 우리 가족 모두가 행복했답니다. 경제적으로는 풍족하지 못했고 여유가 별로 없었지만 아버지와 어머니와 두 동생과 함께 늘 즐겁게 살던 곳이어서 시에서처럼 나에게 '착한 당신'이 되기에는 아무 부족함이 없었지요.

이 집은 아마도 1920년대나 30년대 초에 지어졌을 것입니다. 버스가 오가는 큰 길에서 성균관대학교로 들어가는 길을 가다가 왼쪽으로 첫 번째 골목. 그 골목을 끝까지 들어가 오른쪽으로 돌아서자마자 오른쪽에 위치한 조그만 집. 이제는 그 주위의 집들이 하나의 예외도 없이 모두 증축을 해서 대부분이 2, 3층의 빌라 형태지만 어쩐 일인지 우리가 살던 그 작은 집만은 아

아름다움, 그 숨은 숨결

무도 손보지 않은 채 폭삭 늙어서 가뜩이나 작은 집이 보기가 민망할 정도로 초라해 보입니다. 거기다가 더해서 그 아담하고 고풍스럽기까지 하던 골목길은 해가 갈수록 더 헐벗은 모습으로 더러워졌고 쓰레기 더미가 널린 술집들이 하나둘 골목길을 차지하기 시작했지요. 언젠가 한번 누구에겐가 왜 우리들이 살던 옛 집은 증축은커녕 아무도 다듬지 않는지 물어보고 놀란 적이 있었습니다. 그분의 말로는 그 집의 주인이 돌아가신 선친의 기념관이 곧 들어설 것이란 소문을 듣고 되도록 그대로 보관하여 돈을 더 받고 팔려는 심산일 것이라고 했습니다.

물론 최근까지도 몇몇 아동문학가 단체나 한국에 처음으로 서양 무용을 들여온 어머니를 기리겠다는 제자분들이 정부나 공공기관에 기념관 설립을 청원하기도 했지만 골목길에 초라하게 앉아 있는 이 집이 기념관이 될 가능성은 거의 없을 것 같아요. 그런 과정을 몇 해 옆에서 지켜보면서도 내가 별로 안타깝게 생각하지 않았던 것은 아마도 부모님이 그런 것을 별로 원하지 않으실 것이라는 믿음에서였습니다. 그분들은 예술가셨지 대단한 의인이나 영웅도 아니셨고, 그분들의 예술가적 염원은 그분이 남긴 글로, 그리고 무용을 계승하는 제자들에 의해 이어진다는 간단한 진리를 믿고 있기 때문이었습니다.

이 집에서 나는 초등학교, 중·고등학교, 6년간의 의과대학교 그리고 연이은 군의관 시절을 살았고 의대생 시절에 시작된 초년병 시인의 삶도 여기서 비롯되었지요. 그래서 명륜동의 그 집은 언제나 내 고국의 대명사였고 정처 없이 외국을 떠돌며 살아온 긴 세월 동안에도 그 집은 변함없는 내 고향이었으며 내 애인이었습니다. 내가 고국에서 산 날들의 대부분이 그 집에서였기에 내 고국 추억의 시발점도 대부분 그 집에서 시작되었고 그 집에서 끝이 난다고 봐야겠지요.

갑자기 졸시 '박꽃'이 생각납니다. 그 집의 작은 마당에는 장독대가 한쪽에 있었고 바깥 벽 쪽으로는 매해 아버지가 박과 봉숭아를 심으셨지요. 어느 해였는지 내 예과 시절의 한 초가을 밤이었을 것입니다. 나는 아마도 시험공부를 한답시고 한밤 늦게까지 있다가 화장실에라도 가려고 마당으로 내려왔는데 그때 몇 발자국 거리의 건넌방에 계시던 아버지가 나를 보시더니 이리 와서 이것 좀 보라고 손짓을 하셨지요.

박꽃

그날 밤은 보름달이었다.
건넛집 지붕에는 흰 박꽃이
수없이 펼쳐져 피어 있었다.

아름다움, 그 숨은 숨결

한밤의 달빛이 푸른 아우라로
박꽃의 주위를 감싸고 있었다.
─박꽃이 저렇게 아름답구나.
─네.
아버지 방 툇마루에 앉아서 나눈 한마디.
얼마나 또 오래 서로 딴 생각을 하며
박꽃을 보고 꽃의 나머지 이야기를 들었을까.
─이제 들어가 자려무나.
─네, 아버지.
문득 돌아본 아버지는 눈물을 닦고 계셨다.

오래 잊었던 그 밤이 왜 갑자기 생각났을까.
내 아이들은 박꽃이 무엇인지 한번 보지도 못하고
하나씩 나이 차서 집을 떠났고
그분의 눈물은 이제야 가슴에 절절이 다가와
떨어져 사는 것이 하나 외롭지 않고
내게는 귀하게만 여겨지네.

　내게 눈물을 보이셨던 아버지는 오래전에 돌아가셨고 미국에
서 사시던 어머니도 돌아가셨습니다. 내 남동생도 이승을 하직

한 지가 오래되었고 누이동생만 시카고에서 살고 있어요. 내가 마지막으로 만났던 명륜동의 그 옛집은 이제 어림잡아 100세에 가깝지요. 긴 세월 아무에게서도 별 사랑을 받아보지 못한, 누추한 그 옛집은 머지않아 허물어질 수밖에 없겠지만 목이 나쁘지 않아 산뜻한 빌라로 다시 태어날지도 모르겠어요.

그러나 내 '착한 당신'이여, 허물어지든, 아니면 다른 집으로 다시 태어나든 오랜 세월 모든 질곡의 인연을 넘어서 내 행복과 기쁨은 항상 당신과 함께, 그리고 당신이 한평생 지낸 내 나라와 함께 이어져 왔다는 것은 잊지 말아다오. 그 옛날 눈비를 가려주고 단란한 우리 가정을 따뜻이 감싸주었던 당신의 사랑도 큰 고마움이지만 50년이 넘어선 내 신산한 떠돌이 신세 중 언제나 어디서나 내 버팀목이 되어준 당신. 오랜 세월 시종 내 희망이었고 믿음이었던 당신. 착한 당신, 피곤해져도 잊지 마, 아득하게 멀리서 오는 바람의 말을!

아름다움, 그 숨은 숨결

아버지 회상

세월은 흐르는 물과 같다더니 마馬자 해海자 송松자의 이름을 쓰셨던 선친께서 선종하신 지도 어느덧 40년이 넘었습니다. 돌이켜보면 나는 의학 수업을 한다는 핑계로 외국에 나와 살면서 그분의 임종에도 참석하지 못했고, 그분이 하신 일들의 뒷정리도 전혀 해드리지 못했지요. 이 불효는 누구의 큰 꾸지람으로도 씻을 수 없는 일이라 혼자서 어리석은 눈물을 감추고 다닐 뿐이었습니다. 그런데 몇 해 전에는, 돌아가신 선친이 일제강점기 때 일본군 징병 권유 유세에 앞장섰다는 터무니없는 글까지 읽게 되었고, 그런 글이 발표된 이면에는 결국 우리 가족이 고국에 살고 있지 않은 탓이 있으리라는 것에 생각이 미치게 된 후, 내 부끄러운 마음은 더욱 깊어만 갔습니다.

나는 선친이 일본의 《문예춘추》 초대 편집인 중 하나로 그리고 나중에 《모던 일본》의 사장으로 일하던 시절에도 절대로 일본인들에게 아첨하거나 비굴하지 않으셨고 언제나 한국인으로 떳떳이 가슴을 펴고 오히려 일본인들의 존경을 받으며 사셨다는 이야기를 어려서부터 들어왔습니다. 그래서인지 그분이 세상을 떠나신 지도 오래고 일본을 떠나신 지도 50년이 넘었지만 아직도 그 회사는 우리에겐 월간 《문예춘추》를 한 달도 거르지 않고 보내오고 있지요. 또 해마다 정초에는 모친에게 선물까지 보내면서 그 잡지사의 공로자로 존경하는 가운데 매해 그분의 기일忌日을 기념하고 있다는 것도 알려오고 있었습니다.

해방 전 일본생활을 청산하고 귀국한 뒤 고국에서 가난하게 살면서도 또 한국전쟁 중에는 일본에 와서 편히 지내라는 권유를 한마디로 뿌리치셨고, 전란 후에도 여러 번 고국의 신문사 사장이나 문화계의 그럴듯한 공직에 추천되셨지만, 정치권력에 아부하거나 당신의 능력에 맞지 않는 직책으로 편안한 삶을 살기를 거절해오신 것을 알고 있습니다. 그 대신 소주와 백양 담배를 벗 삼아 어린이를 위한 동화와 사회 시평時評을 쓰면서 가난하지만 떳떳이 살려고 노력하셨지요.

우리 집은 늘 가난했습니다. 그러나 그분은 모두가 어렵게 사는 어려운 시대에 가난한 것은 하나도 부끄러울 것이 없다고 말씀하곤 하셨습니다. 나는 그 가난이 싫어서 엉뚱하게 의사가 되겠다고 결심해버렸고, 대학을 졸업한 후 5년간의 의사 수업을 다시 그분의 원고료에 기대기 싫어서 돈을 많이 주겠다는 미국으로 떠나고 말았습니다. 그리고 내가 떠난 지 반년 만에 내 아버지는 갑자기 돌아가셨습니다. 생각해보면 그분의 평소의 믿음과 가난이 싫어 내가 그분의 슬하를 떠난 격이 되어 죄송한 마음으로 가슴 아프지만, 생전에 마지막으로 내게 보내신 편지에서 '가난하지만 고국에서 사는 것이 얼마나 보람되고 자랑스러운지 모른다'고 하신 글귀가 요즈음에 와서야 새롭게 내 가슴을 울립니다.

그분은 가난했지만 의연하게 사시려고 했습니다. 명륜동의 작은 한옥도 통째로 은행 담보에 들어 있어 온전한 제 집 하나 없었지만 더 가난하고 불쌍한 사람을 돕는 일에 앞장서려 하셨고, 특히나 어린이가 학대받고 고생하는 것을 보면 눈물을 흘리며 안타까워하셨습니다. 우리는 형제들이 외국에 나와 뿔뿔이 흩어져 살고 있는 처지라서 금곡金谷의 그분 산소를 잘 돌볼 수 없는 것이 현실인데도, 그분의 산소가 주위의 어느 산소보다 더 깨끗하게 잘 보존되고 있는 이유는 생전 그분에게서 조그만 도움을 받았던 한 구두닦이 소년이 이제는 장성하여 정성으로 산소를 돌보고 있기 때문이라는 것도 아닙니다. 고국을 멀리 떠난 외지에서 오늘 이 글을 쓰면서 문득 나의 방 벽에 걸린, 그분의 붓글씨 가훈을 물끄러미 쳐다봅니다. "웃는 낯으로 살자. 남을 아끼고 도울 수 있는 사람이 되자." 늦게나마 그분이 말씀하시던 가난의 뜻을 다시 마음에 새겨봅니다.

아름다움, 그 숨은 숨결

아들에게 주는
편지

　　　　　　밖에는 새벽 비가 한창이다. 나이가 들면 새
벽잠이 얕아지는 것인지 비 오는 소리에 잠이 깨어 넋 놓고 밖
을 내다보다가 줄기찬 빗소리를 들으면서 몇 자 너희들에게 이
글을 쓴다.

　너희들에게 내가 언제 편지를 쓴 적이 있었는지 모르겠다. 있
다 해도 그 모두는 편지라기보다 아주 짧고 사무적인 영어로 쓴
메모 같은 것이었겠지. 그래, 한국어로는 처음으로 이런 편지를
쓰고 있구나. 갑자기 이런 글을 쓰고 싶어진 것은 얼마 전 조선
말의 큰 학자인 다산 정약용의 일생에 관한 책을 읽다가 다산이
전라도 강진 땅에 귀양 가 혼자 오래 살면서 그의 아들 학연과
학유에게 보낸 편지들이 절절하게 내 마음에 온 것도 한 이유가

될 것이다. 물론 너희는 정약용이 누군지, 강진은커녕 전라도가 남쪽인지 북쪽인지도 모르겠구나.

　나는 너희가 태어나기 전, 좋은 환경에서 한 수 높은 의학을 공부해 더 좋은 의사가 되고 싶다는 욕심으로 젊은 나이에 고국을 떠나 미국에서 의사 수련을 받고 눈앞의 편안함만을 핑계 삼아 수십 년을 살았다. 왜 내 앞은 본다고 하면서 너희들의 앞날은 더 넓고 멀리 보지 못하고 엉거주춤 게으름을 부렸던 것인지. 너희는 그래서 너희 할아버지의 동화 한 편도 읽을 줄 모르고, 네 친척과 가문과 뿌리가 어떻게 이어졌는 줄도 모르고, 네 할아버지의 산소가 어디에 있는 줄도 모르면서 자랐구나. 친척과도 조국과도 섞이지 못하고 할아버지도 모른다면, 비록 건강하게 잘 자라는 너희들이지만 고국과는 점점 거리가 멀어지고 유대가 끊어져버릴 수밖에 없겠다는 생각에서 그간 돌아가신 너희 할아버지께 집안의 대를 끊어놓은 나를 용서해달라고 몇 번이나 비감한 마음으로 빌었는지 모른단다.

　오래전에 고국에서 너희들의 할아버지가 돌아가신 후, 그분의 유품에서 붓글씨로 쓰신 글이 담긴 세 개의 액자를 찾아냈단다. 그리고 그것이 나와 너희들 삼촌과 고모에게 주시려고 했던 가훈 같은 것인 줄 뒤늦게 알고 내 공부방 한복판에 그것을 걸어놓고 자주 읽으면서 살아왔단다. 그 후 가끔 고국을 방문해 지

　　　　　　　　　　　아름다움, 그 숨은 숨결

인들 집에 초대를 받아서 가면 그 집의 가훈이 집 한가운데에 액자로 걸려 있는 것을 많이 보았지. 그런 것은 내가 고국에 살 때는 못 보던 관습이라 신기해하며 읽어보고 그때마다 나도 언젠가는 내가 쓴 가훈을 너희들에게 읽게 해야겠다고 결심했지.

바로 그 가훈을 만들려고 글을 쓰고 지우곤 하던 나는 오래전 몇 가지 문제를 발견하고 가훈 만들기를 중도에서 씁쓸하게 포기해야 했단다. 우선은 내가 미국에 살고 있고 너희들도 영어만 알고 있으니 영어로 가훈을 만들어야 하는가, 너희들은 다른 친구들같이 대학에 들어가면서부터 집을 떠나 살고 장가를 가면서부터는 1년에 다 함께 만날 수 있는 기회가 한두 번밖에 안 되니 덩그러니 내 집 복판에 가훈을 써 붙여놓는 것이 무슨 의미가 있겠는가, 함께 살지 않는 너희들에게 무슨 소용이 있겠는가 하는 낭패감이 들었던 것이지.

너희들은 정말 잘 자라주었다. 학교에서는 언제나 모범생이었고 사고 한 번 안 치고 부모의 말을 잘 들어주어 우리를 항상 기쁘게 해주었다. 우리는 주위의 남들보다 더 자주 재미있는 여행을 함께했고 가족끼리 지내는 시간을 더 많이 가지려고 함께 노력하면서 살았다. 너희들이 한국말을 할 수 있도록 한글 학교를 만들고 유지해가느라고 시간도 많이 썼고 여름방학 때는 몇 해씩 고국에 가서 한국말을 배우도록 애썼지만, 그리고 대학교에서는 한글 과목을 택하게 해서 공부하게 했지만, 상용하지 않는 언어 능력의 퇴화가 얼마나 빠르고 무서운 것인지를 아프게 배웠을 뿐, 내 노력의 부족으로 너희들이 한국말을 잘할 수 있도록 하는 데는 실패하였구나.

내가 강요하지도 권하지도 않은 전공을 너희들은 스스로 하고 싶어서 택했고 그 전공을 열심히 갈고 닦으며 보람 있게 살고 있는 것이 자랑스럽다. 피부색이 다르고 생긴 것이 다르다고 주눅 들거나 패거리를 만들어서 살지 않고 모두의 한가운데에 함께 섞여 구김살 없이 살고 있는 것이 또 자랑스럽다. 대학 졸업 후부터는 좁은 아파트 방에 몇 명씩 모여 살면서 월세를 줄이고 며칠씩 묵은 피자 조각으로 끼니를 때우며 열심히 일하면서 나에게 용돈을 달라고 손을 벌리지 않던 너희들의 독립심도 나는 정말 자랑스럽게 생각한단다. 대학을 졸업하고도 부모에게 매달려 보조를 받고 부모에게 마냥 기대어 산다는 것은 부끄러운 일이라는 것을 알고 있는 너희들이 자랑스럽다.

그리고 여자친구를 만나 사랑 하나만으로 결혼 상대자를 자의로 결정하고 여자 집안의 내력이나 경제력이나 학력에 흔들리지 않은 배우자 선택의 용기를 나는 또 자랑스럽게 생각한다. 나는 이제, 너희 셋이 자라는 것을 지켜보면서 함께 즐겼던 그 아름다운 시간들의 추억만이 내 몫이고 하느님이 내게 주신 큰 선물이라는 것을 알게 되었다. 그 밖의 모든 것은 보너스겠지.

그리고 얘들아. 나는 최근 몇 해 동안 집안의 대를 끊는다는 무거운 죄책감에서도 천천히 벗어나고 있다는 말을 전하고 싶구나. 그 오랜 죄의식의 강박관념에서 확실히 벗어나고 있단다. 과연 질서와 선행의 면에서만 보면 좋기만 할 효도사상이 무조건적인 원칙이고 진리인지 의심이 가는구나. 그런 효도사상이 때로는 너무 가문과 문벌과 자신의 가족과 혈통에만 관심을 쏟아, 가족을 위한 희생이라는 것도 실은 너무 자기중심적이고 이기적인 것이 아닌가 하는 느낌을 가지게 되었단다. 너희가 착하고 바른 길을 살아가는 한 아무것에도 구애되지 말고 생각대로 믿는 대로 살거라. 그 어떤 것에도 크게 집착할 필요가 없다.

그간의 내 죄의식은 칙칙한 집착의 타성이었다는 것을 부끄럽게도 이제야 느끼기 시작한단다. 그렇다. 아무리 좋은 것이라도 타성이나 강박관념에서 벗어나야 드디어 사람이 자유롭게 된다는 것을, 자유로워져야 바르게 사고하고 행동할 수 있다는 것을 나는 아직까지 글로만 알아왔다는 것이 부끄럽다. 너희들의 할아버지, 할머니가 고국의 그 산기슭 땅 밑에만 계시는 것이 아니라는 생각도 해보았느냐. 너희가 진심으로 그분을 사랑하고 그분의 글이라도 읽게 되어 그분을 느낄 수 있게 된다면, 그때 너희 할아버지와 할머니는 다른 모습으로 너희들 옆에 함께 계시는 것이라고 생각해보았느냐. 너희들은 어디에 사느냐보다 어떻게 사느냐에 더 관심을 가져야 할 때인 것 같다. 세상을 넓고 깊고 또 높게 부피를 가지고 보는 연습도 해야 되겠다.

모쪼록 이런 세상에서 너희가 행복하기를 바란다. 그리고 너희 주위에도 관심을 가져서 누구에겐가, 무엇엔가 도움이 될 수 있는 여유를 항상 가지고, 더불어 같이 사는 따뜻한 사회를 만드는 데 힘을 합하게 되기를 바란다. 여기에 내 욕심을 덧붙인다면, 너희들의 뿌리가 있는 너희 부모의 모국을 사랑해달라는 부탁과 너희들의 영혼과 내면에 대해 자주 생각해보는 시간을 가져달라는 부탁이다.

너희들이 요즈음에는 교회에 나가다 말다 하는 것을 알고 있다. 나도 젊었을 때는 똑같았으니 무엇을 너희에게 강요하거나 애원하지는 않겠다. 단지 이 세상에는 절대의 행복이나 사랑이 존재하지 않는다는 것과 그것은 우리 인간이 완전하지 못하기 때문이라는 것을 생각해본 적이 있는지 묻고 싶다. 그 완전함의 충만감은 믿음에서 얻을 수 있다고 나는 알고 있다. 그 충만감을 언젠가 너희들이 느끼며 살게 되기를 바란다. 이 글을 너희가 언제쯤 읽고, 또 언제쯤 이해할 수 있을지 나는 모르는 일이다. 영영 읽어보지도 못하고 이해하지도 못하고 지나가 버린들 어떠

아름다움, 그 숨은 숨결

랴. 내가 너희들을 사랑하고 너희들의 사랑과 존경을 내가 느끼고 있으면 되는 것이지.

벌써 아침이 훌쩍 지났다. 비는 그쳤는데 창밖의 하늘은 아직도 흐리구나. 비가 또 오려는 모양이다. 문득 몇 달 동안 만나지 못한 너희들이 보고 싶구나. 너희들과 만나게 될 시간이 벌써부터 기다려진다. 나도 이제 나이가 드는 모양이다.

독수리의 ── 날개

예술 그리고 생존

얼마 전 아카데미 영화상 시상식 때, 한국영화 〈기생충〉이 각본상, 감독상, 외국영화상 그리고 작품상까지 휩쓰는 것을 보고 영화를 즐기는 한국인이라면 모두 가슴 뛰는 경험들을 했겠지요. 그런데 그 놀라운 기사는 아직까지도 미국이나 한국의 언론에 회자되면서 상당한 흥미를 끌고 있네요. 그 중에서도 미국 대통령 트럼프가 싫어서 할리우드가 작심하고 만들어낸 결과라는 말까지 나오는 것을 보면 어느 언론의 기사처럼 할리우드를 완전 정복했다거나 할리우드를 평정했다는 코멘트는 좀 너무 간 것 같은 느낌이 들기도 해요.

서울에 사는 내 친구와도 한두 번 〈기생충〉 영화로 설왕설래를 했는데 그 친구의 메일이 내게 상당히 설득력 있게 들렸어요.

아름다움, 그 숨은 숨결

〈기생충〉은 할리우드식으로 거창하지도 않고 대작도 아니고 휴머니스틱하지도 않고 또 유럽식같이 로맨틱하거나 형이상학적이지도 않지만 한국식 자본주의 사회에 대한 블랙코미디면서 특히 계층 이동의 불가능성에 대한 비판이 할리우드를 움직였을 것이라고요.

우리가 말하는 예술이란 게 도대체 무엇인지요? 사람의 감정을 순화시키고 결합시키고 감성을 전달할 수 있는 수단. 미적 형상을 칭하고 아름다움의 중심 개념이고 그 아름다움을 창조하고 표현하려는 인간의 특수한 활동이겠지요. 그러나 그런 고귀한 의미에도 불구하고 예술은 인간의 생존에 필요불가결한 행위도 아니고 대부분의 사람들에게 예술은 오히려 귀찮은 것이고 밥 먹고 살기에도 하등 관계가 없는 것이지요.

예술을 자기 생에서 최우선에 두고 예술을 하거나 즐기는 사람이 얼마나 될까요? 인구의 1퍼센트나 될까요? 예술이 속해 있다는 광범위한 의미의 문화인은 그래도 10퍼센트는 되지 않을까요? 자기가 원하든 아니든 문화인으로 사는 사람, 그 예로 언론인, 출판인, 인문학자, 건축가, 문화계의 일꾼, 교수, 고등학교, 대학교 학생들 등등 수많은 직종이나 공부하는 이들이 여기에 속하겠지요. 나는 바로 이들, 문화인이라고 자칭 타칭하는 분들이 예술가를 먹여 살리고 예술가의 위상을 정해주는 중요한 위치에 있는 사람들이라고 믿습니다. 시집을 사서 읽고 표를 사서 연주회에 참석하고…… 예술만은 돈의 노예가 되지 말고 예술을 지배하고 흐름을 주도하는 것이 돈이 아니기를 바라는 이들이 바로 이들이지요. 싫으나 좋으나 이 사회에서는 그들밖에는 믿을 곳이 없습니다.

물론 예술이 돈의 노예가 되지 않는 경우를 우리 알고 있습니다. 그것은 바로 전체주의 국가에서의 뛰어난 예술가의 경우지요. 그 좋은 예가 북한이 되겠네요. 고국이 남의 나라의 도움으로 갑자기 해방이 되자 많은 의식 있는 예술가들이 자진 월북을 했지요. 그러다가 몇 해 후에 한국전쟁이 터지고 이번에는 얼마는 자진해서 또 얼마는 납북되어 북으로 갔지요. 그분들은 북한이 예술가를 귀하게 대접한다는 생각으로 월북을 했겠지요.

그러나 북한에서의 그들의 삶은 어땠나요? 설사 그들의 예술이 돈에 휘둘리지 않았다 해도 그들이 북한에서 남긴 작품은 어떤 게 있나요? 문학에 임화, 이태준, 한설야, 이기영, 박태원, 이원조, 백석, 김남천, 미술에 이쾌대, 정현웅, 길진섭, 구본웅 등등…… 그들 중 일부는 어쩌면 북쪽에 가자마자 호화로운 생활을 즐겼을 것이고 돈이 자신의 작품을 잡아먹는 굴욕도 없었겠지요. 뛰어난 예술가는 인민들에게 영웅 대접을 받습니다. 그러나 그 예술가들이 남긴 작품은 어디에 있습니까? 전체주의 국가에서 예술가의 쓰임은 다른 곳에 있지요. 그들은 국가를 위해 국가의 이름을 드날리기 위해 그림을 그리고 시를 썼고 소설을 썼고 작곡을 했습니다. 정부의 정책에 거슬리거나 도움이 되지 않는 작품은 처음부터 필요하지 않지요. 돈에 지배받지 않는다고 정부의 선전 정책이 예술가의 목표가 되어야 할까요? 아니지요. 그렇다면 반 고흐같이 평생을 가난과 병고와 싸우며 생전에 단 한 장의 그림을 겨우 팔았다니 이것이 예술가의 표상이 되어야할까요?

그것도 아니지요. 이것도 저것도 아니라는 생각을 하다 보니 예술가와 국가와 예술소비자의 역학 관계가 예술의 실질적 독립을 위해 중요하다고 느껴집니다. 얼마 전 고국의 한 문학잡지에 잘 모르는 젊은 시인이 쓴 글을 읽은 적이 있습니다. 좀 어이없는 글이었어요. 그 시인은 나는 시인이다, 먹을 것 잘 못 먹고 잠도 설치면서 문학 공부를 열심히 해서 드디어 시인이 되었다. 그런데 시를 써도 먹고 살기가 힘들다, 뭔가 잘못된 것 아니냐? 나는 한 달에 두 편의 시를 쓰겠다, 아니 정 원한다면 잠도 설치면서 한 달에 세 편의 시를 열심히 쓰겠다, 그러니 국가가 나를 먹여 살려다오. 이런 엉뚱한 글을 읽고 잠시 생각했지요.

그러다가 이 시인의 요구가 틀리다는 것을 인정할 수밖에 없었어요. 국가나 사회가 시킨 일도 아니고 자기가 좋아하는 일이 설사 많이 힘들다 해도 그걸 할 터이니 밥을 먹여달라고 하는 것은 매일 힘들여서 아침에 두 시간씩 동네를 산책할 터이니 밥을 먹여달라는 것과 다를 것이 없지 않겠어요?

극심한 생활고와 어떤 종류의 버림받음에 대한 절망적 상태가 그에게 훌륭한 예술이나 문학의 출산에 큰 도움이 되어온 것은 사실입니다. 그러나 훌륭한 시문학이 결코 생활고와 절망적 상태를 필요로 하고 거기에서만 성립된다고 생각하는 것은 커다란 착각이지요. 이러한 착각이 문학인 사이에서 회자되고, 빈곤과 버림받음에 대한 과장된 아우성만이 가장 절실하고 절정감을 주는 예술이라고 믿는 맹목적이고 잘못 인도된 행진은 멈출 때가 왔다고 생각합니다.

예술에 대한
예의

예술가에게 공짜로 밥 먹여주는 사회는 어디에도 없습니다. 지난 수세기 동안 예술가를 살린 부류는 서양의 몇몇 돈 많은 귀족들이었고 풍류를 아는 양반들이었지요. 지금 세상에서는 그게 아주 적은 부류, 문화를 믿고 문화를 삶의 귀한 부분으로 믿고 사는 전체 인구의 10퍼센트, 소위 문화인들이라는 것입니다. 돈과 국가 정책이 예술을 지배하는 것을 막기 위해서 문화인이 필요한 것이고, 그런 프라이드를 가진 자가 많은 사회가 문화 민족이라는 것. 미국은 그 방면에서는 세계의 하위권이지만 그나마 정부가 국민들로부터 거둬들인 세금으로 일정 부분을 예술 분야에 쓰고 있기 때문에 그나마 예술이 조금은 숨을 쉬고 있지요. 수천 년 전 고대 그리스의 철학자 플라톤이 그의 『국가론』에서 '시인을 추방하라'고 일갈을 해서 그런지 알려진 시인이 천 권의 시집도 못 파는 3억 넘는 인구의 나라가 무슨 문학을 따져가며 말할 수 있겠는지요? 그래서 얼마 전부터 미국은 누구나 시인이고 시인이 무엇인지 모르는 나라가 되었습니다.

아시겠지만 내 선친은 작가셨어요. 동화를 쓰시고 수필을 쓰셨지요. 아버지는 세 자식을 먹이고 교육시킨다고 손가락이 휘어질 정도로 책상에 앉아 매일 하루도 빠짐없이 글을 쓰셨지요. 다행이도 선친의 글은 원하는 잡지사가 많아 잘 팔렸지만 원고료는 선불로 청탁한 잡지사 사원이 원고료를 들고 와서 원고와 바꾸어갔지요. 한번은 그 당시 상당히 잘 팔리던 《사상계》라는 잡지에 선친의 '아름다운 새벽'이라는 가톨릭 입교를 중심으로 한 자서전 성격의 글이 인기리에 연재되고 있었지요.

그런데 한번은 원고를 받으러 온 기자가 원고료를 가지고 오지 않았어요. 선친은 당연히 원고를 주지 않으셨고 나중에 그 소식을 듣고 사장인 장준하 선생이 직접 오셔서 무릎 꿇고 사죄하며 원고료를 주신 후에야 원고를 받아 가셨지요. 이 사건은 내가 직접 목격했고 선친이 어느 지면엔가 쓰기도 하셨지요. 장준하 선생이 그깟 원고 하나 때문에 무릎을 꿇으셨을까요? 아닙니다. 그분이 문화인이어서 그랬을 겁니다.

앞에서도 말했듯이 예술계는 그 주위의 문화계가 어떻게 대접해주는가에 관계가 있다고 믿습니다. 시장통의 생선가게에서 아니면 월스트리트의 증권회사에서 예술을 이해해주고 우리를 도와주리라고는 아무도 기대하지 못합니다. 그래서 국가가 아니면 사회구성원의 10퍼센트가 될까 말까 한 문화계 혹은 문화인들에게 관심을 기울여달라고 애원하는 것이지요. 그들만이 도움을 줄 수도 있는 가능성을 가진 사람들이니까요.

얼마 전 미국의 교포 문인단체에서 출간하는 자기들의 정기 간행물 잡지를 여러 권 받았습니다. 원고 청탁에 응하지 않는 내게 그런 잡지를 보내주니 고마울 수밖에요. 그런데 받은 잡지들은 하나같이 종이의 질이 뛰어나게 좋고 모두 400여 쪽이나 되는 잡지의 묵직한 두께가 그 자체로도 놀라움이었습니다. 그러나 그 놀라움이 채 끝나기도 전에 내 입맛이 씁쓸했던 것은 왜일까요? 고국의 어느 잡지도 흉내 내기 어려울 정도의 지질과 두께를 자랑하는 교포 잡지가 왜 내게는 서글프게 보였을까요? 게재된 글

아름다움, 그 숨은 숨결

들의 질이 고국의 그것에 비해 많이 떨어져서였을까요? 물론 조금은 차이가 날지 몰라도 좋은 작품도 제법 눈에 띄었습니다.

나를 부끄럽게 한 것은 그런 것보다는 원고를 게재한 분들 중 몇 분이나 제대로 된 원고료를 받으셨을까 하는 것이었습니다. 없는 시간을 쪼개어 며칠 밤을 지새우며 글을 마친 작가나 시인이 그들의 노고를 위로해주는 원고료를 받았을까요? 설사 어느 분이 나는 원고료를 받기 위해 글을 쓰는 사람이 아니라고 강변을 해도 훌륭해 보이는 잡지사나 단체는 필자에게 원고료를 지불해야 그 잡지의 진짜 값이 나온다고 믿습니다. 그렇지 않다면 아무리 의미 있고 훌륭한 단체의 잡지라고 해도 문화를 모르는 것이고 필자에 대한, 예술에 대한 횡포라고 생각합니다.

지질을 좀 낮추고 두께를 줄이더라도 아끼는 필자들에게 원고료를 지급할 줄 아는 단체가 이제쯤은 고개를 들 시기가 된 것이 아닐까요? 이것이 바로 내가 생각하는 문화가 예술을 껴안는 고귀한 한순간입니다.

이렇게 우리 사회의 문화계가 먼저 나서서 예술을 돈의 노예가 되지 않게 길을 터주고 보호해주어야 할 것입니다. 바로 우리들이 서로서로를 존중해줄 때에 다른 곳을 서성이던 문화사회는 아차차 돌아서서 예술가를 도와주겠지요. 우리 스스로가 예술을 헐값으로 취급하지 않도록 노력하는 것이 우선입니다.

기계천사가 있는
미래

화제를 좀 바꾸어 첨단 과학기술과 예술의
역학 관계, 그중에서도 인공지능Artificial Intelligence, AI과 예술의
관계에 대해 잠시 생각해보지요. 나는 응용과학의 하나인 의학
을 공부하고 고국과 미국에서 의사로 평생을 살아왔지만 인공
지능에 대해서는 배운 것이 없고 뇌의 기능적 혹은 해부생리학
적 분야에 대해서도 남들보다 더 많이 아는 것이 없어 뇌 과학
에 대한 상세한 설명을 할 재간은 없습니다. 단지 요즈음 인공지
능에 대비한다고 떠들고 있는 여러 가지 뇌과학에 대한 상식과
설명들은 정확한 과학적 근거에 의한 것만이 아니고 입맛대로
만들어낸 이론도 있어서 우리가 잘 가려서 공부를 해야 하지 않
을까 생각되네요.

아름다움, 그 숨은 숨결

일반적으로 인공지능에 대해 알고 있는 사실은 1950년대부터 그 개념이 연구 발표되어 왔고 첨단 컴퓨터공학으로서의 인공지능이 그 후로 부침을 거듭하면서 발전했지요. 우리는 인간의 지능을 필요로 하는 일을 컴퓨터가 처리할 수 있거나 혹은 인간과 같은 방식으로 이해를 할 수 있는 것을 인공지능이라고 불러왔지요. 그리고 이제는 많이 발달된 인공지능이 예술을 창조할 수 있고 또 하고 있다고 합니다. 이렇듯 찬반이 뒤섞인 여러 의견이 오가는 중에도 인공지능은 하루가 다르게 예술계는 물론, 각계각층에 퍼져나가고 있네요.

물론 퍼져나간다고 하는 의견은 직접적이기도 하고 간접적이기도 합니다. 직접적인 기능에 대한 디테일은 내가 컴퓨터공학자가 아니어서 잘 모르지요. 간접적인 영향 중의 하나로 근간의 문학, 특히 한국문학을 예로 들자면 소설에서는 SF 공상과학 소설류가 크게 퍼지면서 인공생명이니 포스트휴먼의 몸, 비인간 행위자 같은 난데없는 괴물들이 젊은 소설가들의 작품에 자주 등장하고 있지요. 나 같은 퇴물에게는 그러나 그런 작품들이 통틀어서 재미가 없고 골치 아프고 그래서 내가 왜 이런 소설을 읽고 있나 하는 자괴감까지 들기도 하지요.

그러나 또 다른 분들은 인공지능의 발전을 인류의 문명 발전에 긍정적으로 이용해야 한다면서 문명의 발전을 통해 예술의 발전도 가져올 수도 있다고 강변하네요. 인공지능의 작품에서는 미술작품도 그렇지만 문학작품에서도 '혼'과 '삶'이 없어서 허전하고 '반성'을 할 수가 없어 더 허전하다고 합니다.

내가 아는 한 고국의 문단에서는 김주연 평론가가 상당히 일찍부터 그 방면에 관심을 기울여 좋은 글들을 발표하고 2001년에는『디지털 욕망과 문학의 현혹』이란 책을 출간하면서 인공지능과 문학의 관계, 사이버문화, 디지털문화에 대한 탁견을 제시하였지요. 흥미롭게도 그 초입에 독일의 현대 사회철학자 아도르노의 예시적 말을 인용했네요. 아도르노가 1960년대에 쓴 글에는 '기계가 결국 문명 발달을 책임지게 될 것'이란 말을 하면서 '기계천사Maschinenengel'라는 말을 처음으로 썼다는군요. 기계천사가 재판도 하고 수술도 하고 시도 쓰게 될 것이라고요.

그러면서 결론적으로 문학에서는 인공지능이 나쁜 역할보다는 도움이 되는 좋은 역할을 할 것이라고 했네요. 인간의 지능을 뛰어넘는다는 지능이 문학인이 외연을 확장시키고 지식 전달자로서의 소설은 시보다 먼저 망할 것이라고 했네요. 그리고 문학이 앞서 나가서 인공지능을 껴안지 않으면 관심권 밖으로 떠밀려 소멸될 것이라고요.

첨단 과학기술의 본론과는 좀 거리가 있는 말이지만 e북e-book에 대해 몇 마디 하지요. e북은 주로 비행기 여행을 할 때

넣고 다니지요. 글씨를 크게 하고 밝게 해서 읽을 수 있어서 우선 편리해요. 종이책은 글씨가 작아서 나같이 눈이 노화된 사람에게는 불편하니까요. 거기다가 최근 한 5년은 e북으로 내게도 인세가 종종 들어오고 있네요. 15, 6년 전부터 책을 출간하면 종이책의 계약서와 함께 e북에 대한 계약서에도 사인을 했는데 처음에는 인세가 적어 별로 관심도 두지 않았지요. 그러다가 한 5년 전부터 e북으로 들어오는 인세도 상당히 눈에 띄어 많은 이들이 e북을 사보고 있다는 것을 알게 됐지요. e북이 간수하기도 쉽고 종이책보다 더 싸기 때문에 인기가 있는 것이겠지요. 최근에는 고국에서 출간되는 'e잡지'에서 원고료를 상당히 지불하겠다면서 청탁이 왔길래 어쩐지 좀 어색해서 망설이다가 편집자의 독촉을 무시할 수 없어 원고를 주었지요. 그런데 오래 안부를 전하지 못했던 몇몇 시인이 그걸 읽고 내게 안부의 메일을 보내왔어요. 그래서 사람들이 이런 'e문학잡지'의 시도 많이 읽고 있는 것을 알게 되었지요.

이제 첨단 과학기술과 예술에 대한 내 무식한 의견은 이 정도로 마치고 예술의 미래에 대한 내 의견을 한마디 하지요. 우선 결론부터 말하자면 나는 예술의 미래를 위험하게 보고 있어요. 물론 이것은 문학에 국한한 이야기이고 다른 장르의 예술, 예를 들어 영화 같은 영상분야는 점점 더 발전하겠지요. 인구 3억 3천만이라는 미국에서 전국을 상대한다는 서너 개의 시 잡지가 5백 권, 천 권을 찍고도 팔리지 않아 모두들 후원금에 목매고 있지요. 소설은 상당히 나은 편이라지만 그게 문학에 속한 것이라기보다 모두 오락이나 연예entertainment 분야로 구분되는 대중소설이 중심축이니 미국의 순수문학 자체는 시들시들 죽어가고 있는 것이 현실이지요. 남녀노소를 가리지 않고 아기자기한 컴퓨터게임이나 퍼즐에 빠져버렸으니까요.

내가 작년 가을에 오하이오주립대학교의 문학 특강에서 한국어와 영어로 내 시 낭독을 끝내고 자유질문을 주고받는 시간에 몇몇 젊은이가 한국의 아이돌 음악그룹인 'BTS'나 '엑소'의 빠른 춤과 음악 그리고 그 노래의 가사들이 바로 한국의 예술을 보여주고 담당하고 있지 않느냐고 묻더군요. 최고의 예술이 바로 그런 것이 아니냐면서요. 잠시 당황하기도 했지만 나중에는 그것이 정답이 아닐까 하는 회의감이 들었지요. 그날의 청중은 대부분 문학에 관심이 있는 젊은 대학생들과 인문학을 전공한 미국 지식인들이었지만 아무도 그런 의견에 반대를 하거나 토를 다는 사람이 없었어요. 나도 대안을 갑자기 생각해낼 수가 없어 멍멍했지만 모두가 얼마는 기정의 사실로 받아들이는 듯한 분위기였지요.

이제 모두들 책 읽기를 끝내고, 훌훌 털고 일어나 빠른 비트

아름다움, 그 숨은 숨결

를 따르는 젊은 청년의 춤에 빠지고 더욱 발전된 컴퓨터로 상상을 초월하는 영상을 보여주는 영화관으로 향합니다. 굳이 첨단 과학기술이나 인공지능이 아니더라도 주위에는 예술을 위협하는 여러 종류의 방해물이 산재해 있지요.

그리고 그것이 점점 많아지고 있지요. 그러나 다르게 보면 예술은 어차피 향유할 수 있는 사람이 상당히 제한되어 있어서 그렇게 걱정을 안 해도 되는 게 아닐까하는 생각도 들지요. 예술을 즐기려면 우선 어느 정도의 학교 교육이 꼭 있어야 하고 상당한 정도의 취향도 있어야 하고 또 상당한 정도의 노력도 즐겁게 제공해야만 드디어 즐길 수가 있는 것이지요. 그래서 예술 향유자는 어느 면에서 배타적이 될 수밖에 없고 그런 제한적이고 소수자 그룹인 인간들이 예술을 향유하는 만큼, 예술을 방어하고 지켜나가야만 예술은 그 생명을 유지할 수 있겠지요. 첨단과학이 어떻고 인공지능이 어떻든 우리는 지킬 것만 열심히 목숨 걸고 지키면 되는 게 아닐까 하는 게 내 결론입니다.

내 사랑,
한국문학

　　　　　　2020년의 노벨문학상은 잘 알려지지 않은
미국의 여성시인 루이즈 글릭Louise Gluck이 받아서 세계의 문학
계를 놀라게 했고 대체로 예상치 못한 의외의 선정이란 평을 들
었지요. 물론 미국 내에서 그녀는 퓰리처상도 받았고 1년간 계
관시인이 되기도 했었지만 글릭의 시가 노벨상위원회로부터 주
목을 받은 이유는 세상을 덮고 있는 코로나19 팬데믹과 시인이
젊은 날 거식증 때문에 죽음의 경계까지 갔던 정신적 격리상태
의 트라우마와 관련이 있다는 말도 꽤 설득력을 갖습니다.

　하지만 어쨌든 미국의 현대시단이 세계적으로 별로 평가받지
못한다는 점에서 세계인의 놀라움이 더 컸던 게 아니었을까요.
우리는 우리의 문학이 세계 수준의 어디에 속해 있는지 확실히

　　　　　　　　　　　　　아름다움, 그 숨은 숨결

인지하지 못하고 있지요. 어느 분은 아직, 아직 멀었다고 하고 어느 분은 10여 년 전부터 올해의 노벨상은 우리 것이 될 것이라고 장담하곤 했지요. 물론 노벨상이 우리 문학의 세계화와 얼마나 관계가 있는지도 의심이 가지만 하여간 지난 10여 년 노벨상 수상자가 발표될 즈음이면 특정인의 집 앞에 수많은 카메라와 기자들이 장사진을 치고 감격의 순간을 목매게 기다리던 장면을 일간 신문에서 보아왔지요. 참으로 실소를 금하기 힘든 장면이었어요. 그런데 그렇게 줄기차게 관심을 받던 선두 주자가 미투 사건으로 하루아침에 몰락해버렸습니다.

내가 10여 년 전에 상당한 관심을 받는 대산재단의 잡지《대산문화》에 30매 정도의 권두 에세이를 쓴 적이 있어요. 첫 번째 쓴 글은 노벨문학상에 대한 것이었는데 우리나라가 아직은 현대시로 노벨문학상을 받기가 힘들겠다는 이야기였지요. 그때가 바로 그 특정인의 집에 기자들이 모이던 시절이었지요. 물론 그 사건이 터지기 훨씬 전이었구요. 내 글의 초점은 우리 문학작품, 특히나 시의 외국어 번역이 아직은 부족한 것 같다는 것이었지요. 번역에 좀 더 신경을 쓰고 시간을 들여야 할 것 같다고요. 그러면서 그보다 몇 해 전 미국서 번역 출간된 내 번역 시집을 예로 들었지요.

2006년에 영어로 번역된 그 시집은 『이슬의 눈』이라는 제목

으로 1900년대에 발표한 졸시 100여 편이 들어 있었는데 지금
도 그렇지만 그 당시에도 고국서 시 번역 실력이 제일 좋다고 알
려진 영문과 교수이셨던 분이 번역하셨어요. 마침 내가 그해에
서울에서 몇 달을 지내던 때이고 그분이 번역을 끝냈으니 한번
함께 읽어보자고 해서 그분의 교수실에서 한 2주일간에 걸쳐
100여 편의 시를 한 편씩 토의를 해가며 읽고 고쳐보았지요. 그
리고 그분은 '처음으로 원저자와 같이 영어로 토의를 해서 좋았
다', '완벽한 번역에 가까울 것이다'는 요지로 시집의 앞쪽, 번역
자의 서문에 썼더라고요. 정말 그런 말을 할 정도로 우리는 한
편씩 심각하게 토의를 하면서 거의 모든 시를 다 고쳤어요. 안
고친 시가 하나도 없었지요. 물론 완전히 다른 의미로 오역을 한
곳도 있었지만 그러나 그것은 외국 태생의 번역가로서는 피할
수 없을 정도의 것이었고요.

그 밖의 다른 시도 원저자인 내가 원하던 뜻에 어긋난 의미의
단어가 있어서 그런 것도 골라서 고쳤지요. 그분은 내 시집을 번
역하기 전에도 우리나라의 번역 시집의 절반 정도를 번역한 분이
었지요. 시를 많이 읽어본 훌륭한 시 번역가이고 그런 면에서는
우리나라의 보배이지만 다른 시 번역가나 원저자와 모임을 가져
보지 못하고 나온 여러 번역 시집은 어느 정도일지 걱정이 되기
도 했어요. 번역은 또 다른 창작행위라는 말을 자주 듣기는 했지

아름다움, 그 숨은 숨결

만 특히나 현대시의 번역은 정말 또 다른 창작행위라는 것을 절실히 느낀 경험이었어요. 우선 번역자가 두 언어를 완벽하게 구사할 수 있어야 하고 그 언어의 정서적인 공간까지 완벽하게 이해해야 비교적 정확한 번역이 되겠구나 하는 생각을 했어요.

내 개인적인 일이라 말하기가 좀 망설여지지만 그 후에 독일 드레스덴의 한 출판사에서 내 독일어 번역 시집이 출간되었고 곧이어 2014년 말에는 파리에서 프랑스어로 번역된 시집도 출간되었지요. 독일에서는 출판사가 준비한 순회 낭독회를 내 사정으로 참석치 못했지만 프랑스의 경우에는 시집 출간 즈음에 파리에서 국제도서전이 열렸고 그 주최국이 한국이었고 운 좋게 나도 초청을 받아 그 큰 모임에서 나도 내 시를 낭독할 수 있었지요.

일주일 동안 도서전에는 엄청나게 큰 공간에 수십 개국의 수많은 도서가 전시되고 많은 시인 소설가들이 참석을 했는데 행사 중의 하루는 한국 순서라서 여러 공간에서 우리들의 작품 낭독과 토론이 벌어졌지요. 그 순서가 끝나고는 우리나라 작가와 시인들이 한 줄로 앉아서 각자의 번역된 책의 사인회를 가졌어요.

나도 다른 이와 함께 자리에 앉으면서 기대를 하나도 안 했는데 하나둘 사람들이 내 번역 시집을 사서 내가 앉은 책상에 내려놓으면서 사인을 청하더라고요. 그래도 몇 권만 사인하면 끝이 날줄 알았는데 머리를 들어 내 시집을 들고 기다리는 사람들을 보니 기다리는 줄이 엄청 길더라고요. 믿기 힘들게도 책을 들고 기다리는 분이 30미터 정도는 되는 것 같았어요. 그분들을 언뜻 보니 교포나 유학생 같은 분도 있었지만 대부분이 남녀노소가 섞인 프랑스인들이나 이상한 언어를 쓰는 분들이었어요. 정말 신기한 경험이었지요.

거기서 나는 내 시집을 번역한 번역자에게 감사한 마음이 우선 들었습니다. 단어를 하나씩 번역해놓은 게 아니라 그 나라 언어로 시가 보이는 은유를 나름 살려내고 리듬감도 죽이지 않고 무언가 매력적으로 번역을 했기에 그 많은 분들이 시집을 사서 줄을 선 게 아닐까요? 그 누가 그 나라에서 나를 안다고 내 시집을 무작정 사겠어요? 내 시집을 번역 출간한 출판사에서는 나중에 그간 팔린 시집의 인세라며 상당액의 유로화를 주더라고요. 한국에서는 시집이 나올 때마다 사인회를 하면 줄을 길게 서지만 이름도 들어보지 못한 외국 시인의 번역시집을 긴 줄 서서 사는 프랑스인들을 본 것은 우선 번역이 잘 되었다는 것이지만 어쨌든 내게는 그대로 충격이었어요. 문학을 사랑하는 프랑스인들이라는 이유만으로는 설명이 불충분한 느낌이었어요. 아직 가능성은 있구나, 번역만 잘 해놓으면 한국의 현대시가 상당

아름다움, 그 숨은 숨결

수의 외국의 독자를 가질 수 있고 난데없는 나라에서도 한국시인이 행세를 할 수도 있겠구나, 하는 느낌을 강하게 받았던 경험이었어요.

노벨문학상에
대하여

나는 한국인으로 노벨상에 가장 가까운 작가로 『영원한 이방인Naked Speaker』, 『척하는 삶A Gesture Life』, 『가족Aloft』 등의 소설을 써낸 이창래Chang-rae Lee를 오랫동안 첫 번째로 손꼽고 있었어요. 미국의 정통 문학판에서도 대접을 받고 있고 소설 자체가 재미있어 대중적 인기도 있고 또 대부분의 소설의 바탕이 한국이고 대학에서 창작과 문학을 가르치는 교수이기도 해서요. 이 소설가는 개인적으로는 내 고등학교와 의과대학의 1년 후배의 아들이지요.

그런데 몇 해 전에 고국의 한 신문사가 부탁을 해서 그 소설가에게 전화를 했더니 반갑다는 인사는 하면서 고국 신문의 문학에 대한 질문은 안 받겠다고 소개하지 말아달라고 하더군요. 그러면서 자기는 한국의 소설가가 아니고 미국의 소설가라고 분명히 선을 긋더라고요. 물론 나도 그 소설가의 마음을 십분 이해할 수 있었어요. 이창래는 고국에서 태어나기는 했지만 겨우 두 살인가에 부모를 따라 미국에 왔고 한국에 대한 기억이나 바탕은 돌아가신 부모님으로부터 들은 것이 전부였지요. 그 비슷하게 미국서 출생하고 한국인 이름으로 미국서 활동하는 젊은 작가나 시인들이 제법 있어요. 그들을 하나하나 들먹이기에는 이 자리가 적당치 않은 것 같아 피하지만 혹시 관심이 있다면 한국문학번역원에 문의하시면 상세히 알 수가 있지요. 나도 몇 해에 걸쳐 번역원의 부탁으로 이런 분들과 만나 공적으로 뉴욕의 컬럼비아대학교나 뉴욕영사관 문화원에서 작품 낭독과 토론을 나눈 적이 여러 번 있었어요.

그러면 어떤 문인을 한국의 노벨상 수상 예상자로 이름을 올려볼 수 있을까요? 내 개인적인 생각으로는 혹시 우리나라에서 노벨상 수상자가 나온다면 그 첫 번째는 시인이 아닌 소설가가 될 가능성이 많다고 보아요. 일본의 첫 노벨상 수상자 가와바타 야스나리나 몇 해 전의 오에 겐자부로도 다 소설가들이고 중국의 가오싱젠이나 몇 해 전의 모옌이 다 소설가지요. 서양의 언어와는 그 구조부터 완전히 다른 동양 언어권에서는 그나마 소설 번역이 시보다 쉽게 이해되고 미세한 분위기까지 전달해야 하는 시는 완전한 번역이 더 어렵겠지요.

여담이지만 오래전에 나는 일본의 노벨상 수상자인 가와바타

아름다움, 그 숨은 숨결

야스나리를 개인적으로 만난 적이 있어요. 그게 아마 1971년일 거예요. 내가 의사 수련을 받겠다고 미국에 간 게 1966년이었는데 여러 가지 조건이 걸려 귀국을 못하다가 내 선친이 돌아가시고 5년 후인 71년 가을에 도미 후 첫 귀국을 했고 처음으로 선친의 산소에 성묘를 갔었지요. 그리고 미국으로 돌아오는 길에는 일본의 월간 잡지 《문예춘추》에서 몇 안 되는 창간 사원 중한 명이었던 아버지의 추모기념식을 하겠다고 내 참석을 원해서 동경에서 며칠 머물렀어요. 그리고 아주 성대하게 문예춘추사의 사옥에서 추모기념식과 연이은 파티가 있었어요. 거기서 노벨상을 받은 지 2, 3년 된 가와바타 야스나리 소설가를 만났지요. 그분은 통역자를 통해서 내게 간절하게 말하더라고요.

"나는 지금 몸이 아프지만 당신이 온다고 해서 무리를 해서 여기 참석했다. 당신의 아버지가 젊었던 날 나를 살려주었다. 내가 슬럼프에 빠져 몇 해 동안 글을 못 썼는데 그 긴 세월, 당신의 아버지가 내 생활비를 아무 조건 없이 도와주었다. 그 덕에 내가 몇 년 후 다시 글을 쓸 수 있었다. 그걸 평생 잊지 못해 당신에게나마 꼭 고맙다는 인사를 하고 싶었다"고요. 그때 만난 그분은 몸이 상당히 왜소하고 키도 작고 정말 아픈 사람같이 기운이 없어 보였어요.

그런데 내가 다시 놀란 것은 그다음 해 봄, 그러니까 나를 만난 지 6개월 후에 그분이 자살을 했다는 소식을 들은 것이었지요. 내가 이 자리에서 이런 개인적인 이야기를 꺼낸 이유는 그분의 작품에 대해 한마디 하고 싶어서입니다. 모두들 그분이 노벨문학상을 받은 것은 가장 일본적인 감성과 분위기와 정신으로 일관되게 작품을 썼고 특히나 수상작인 『설국』에서 그런 '로컬리즘'을 극명하게 잘 보여주었다는 평으로 수상하게 되었지요.

1968년 가와바타 야스나리가 상을 받은 후 26년 뒤인 1994년에 두 번째로 일본인 오에 겐자부로가 노벨문학상을 받았지요. 나는 개인적인 친분으로는 물론 야스나리가 좋지만 문학작품으로는 오에 겐자부로 쪽입니다. 오에 겐자부로의 수많은 작품은 거의 일관되게 문명비판적, 사회비판적 시각으로 인류와 자연, 인간들의 관계, 인권 문제 등에 관심을 집중하고 휴머니즘 정신을 추구하지요. 그러면서 일본적 신비주의에는 상당한 회의를 느낀다고 해요. 말하자면 비록 서양인들이 잘 모르는 동양의 생활상도 그것이 그냥 '로컬리즘'에만 국한되기보다는 이제는 '글로벌리즘'에 초점을 두어야 할 것이라고 생각되네요.

이쯤에서 한류에 대해 몇 마디 하지요. 우선 나는 한류를 잘 몰라요. 그리고 그것을 부끄러워하지도 않아요. 아마도 그런 문제는 사회비평, 문화비평가가 관심을 기울여야 할 영역이 아닐까

아름다움, 그 숨은 숨결

하는 선입견 때문인지도 모르지요. 한류라는 것은 어차피 대중 문화의 영역이고 그 현상이 해외에서 유행하고 회자되기 때문에 우리가 2차적으로 관심을 가지게 된 것이 아닐까요? 1990년대의 아이돌 가수들로부터 시작되어 그것이 인터넷을 통해 급속도로 퍼지게 되고 노래에 이어서 웹툰, 화장품, 애니메이션 등에도 영향을 준 것을 통틀어 한류라고 하는 것 같고요. 한류를 통해 우리나라가 여러 면에서 널리 그리고 좋게 알려졌고 눈에 보이게 또는 안 보이게 많은 이득을 보았고 아직도 받고 있지요. 그렇지만 내가 더 이상 디테일하게 '한류'에 대해 아는 게 많지 않아서 그 이름을 굳이 한류라고 부르던 뭐라고 부르던 관심이 없다고 말하려는데 그렇게 끝을 내자니 뭔가가 자꾸만 내 목에 걸리네요.

그 뭔가라는 것은 요즈음 전 세계를 풍미하는 BTS의 노래들과 바로 몇 해 전에 노벨문학상을 받은 미국의 대중가수 밥 딜런Bob Dylan의 노래들 때문입니다. 칠십 대의 밥 딜런은 오랫동안 미국의 인기 대중가수였고 누구는 싱어송라이터, 누구는 포크싱어라고 명명하지만 여하튼 간에 유행가 가수였는데 그의 가사가 좋다고 노벨문학상을 받았지요.

물론 그 뉴스가 발표되었을 때는 많은 찬반 의견으로 세상이 한동안 시끄러웠지요. 스웨덴 한림원은 미국의 유행 음악을 통해 새로운 시적 표현을 창조한 점을 높이 샀다고 평했지만 한편에서는 이제 점점 시들해가는 노벨상이 세상의 관심을 끌기 위해, 주최 측이 관심을 받기 위해 극단의 한 수를 쓴 것이라는 말이 상당히 심도 있게 받아들여졌지요. 그 외에 문학의 범주를 넓히기 위해 한림원이 노력하고 있다고 평하기도 하더군요. 누가 알겠어요. 밥 딜런의 경우처럼 우리나라 한류의 정상들이 부르는 젊은이들의 노랫말이 노벨문학상을 받게 될는지요.

미국 현대시의
비밀

미국 내에서의 이야기이기는 하지만 밥 딜런은 미국 안에서는 그냥 보통 유행가 가수로 평가받고 있지는 않지요. 그는 노벨문학상을 받기 전에 벌써 미국대통령 자유훈장, 국가예술훈장 등 최상의 미국문화훈장도 받았고 수상식장에서는 대통령이던 버락 오바마가 "미국 음악사에서 밥 딜런만큼 거창한 가수는 없었다"고 평가하기도 했으니까요. 그는 또 가수로서 그래미상, 오스카상, 퓰리처상 등 무수한 상을 받기도 했지요. 어릴 때부터 프랑스 시인 랭보를 좋아했고 영국 시인 딜런 토머스를 좋아해 지금은 그의 이름이 되어버린 예명 '밥 딜런'도 알고 보면 그에게서 빌려온 것이었지요.

과연 이 대단한 밥 딜런이 제일 좋아한 시인은 누구였을까요?

그것은 너무나 당연하게도 1950년대를 풍미한 비트 세대의 앨런 긴즈버그Allen Ginsberg였지요. 긴즈버그는 소위 실리콘밸리 출신들인 애플의 스티브 잡스S. Jobs나 마이크로소프트의 빌 게이츠B. Gates의 젊은 날의 우상이기도 했고 또 그의 뒤를 잇는 60년대의 히피족 탄생의 가교가 되어주기도 했습니다. 긴즈버그는 1926년에 미국의 동부 뉴욕 근교에서 출생한 시인으로 1950년대의 유명한 비트 제너레이션Beat Generation의 선도적 문인 중 한 명이었지요. 그는 군국주의, 물질주의, 성적 억압에 반대하면서 인간이 문명의 부품이 되어간다고 부르짖으며 광기의 문화, 비순응주의를 제창하면서 소설가 잭 케루악Jack Kerouac과 윌리엄 버로스William Burroughs등과 함께 감각적 의식을 통한 개인적인 해방을 주장하기도 했어요.

1956년 긴즈버그는 드디어 역사적인 장시를 발표하는데 그것이 미국의 현대시, 더 나아가 미국사회에 거창한 폭음으로 전달된 『HOWL』, 우리말로 '아우성' 혹은 '울부짖음'이라고 부를 수 있는 장시입니다. 450행 정도의 이 장시는 정신병원에 입원한 칼 솔로몬이라는 사람에게 헌정된 시로 첫 줄이 '나는 내 세대의 최고의 영혼이 광기로 파괴되는 것을 보았다'로 시작되는 시이지요. 비틀즈의 존 레넌은 라디오에서 낭송되는 '아우성' 시를 들으면서 왜 밥 딜런이 그렇게 골몰해서 긴즈버그를 연구하고 닮으려 하는지를 알겠다면서 새 시대의 도래를 알리는 기폭제라고 말했지요. 그런데 그 거창한 폭음이 된 장시 '아우성'이 탄생하기 전, 그 탄생에 결정적인 동인이 되어주고 문단의 관심을 받게 해준 이가 얄궂게도 그 시집에 서문을 써준 당대의 선배 시인 윌리엄 칼로스 윌리엄스였습니다.

그때 미국을 대표하는 이 명성의 시인이 73세의 노익장이었는데 비해 긴즈버그는 겨우 30세에 불과한 젊은 시인이었지요. 마약과 술과 섹스와 재즈에 젖은 성소수자로 스스로 자신을 사회생활의 실패자라고 한 앨런 긴즈버그가 왜 당대의 으뜸가는 시인이고 성실하고 존경받는 의사시인 윌리엄스를 찾아가서 자기 시집의 서문을 부탁했을까, 왜 윌리엄스는 긴즈버그의 퇴폐적인 생활과 자신과는 너무나 다른 외설스러운 광기의 시를 읽고 그의 시집에 서문을 써주었을까, 그래서 스스로 긴즈버그와 한 묶음이 되기를 자청했을까요.

통상적으로 20세기 전반부의 대표적 미국 시인을 꼽는다면 에즈라 파운드Ezra Pound, 토머스 스턴스 엘리엇T. S. Eliot, 월러스 스티븐스Wallace Stevens 그리고 윌리엄스를 아무 불편 없이 지목할 것입니다. 그리고 그때까지만 해도 미국의 현대시는 유럽 중심의 시단에서 그리 멀지 않은 거리에서 스스로 발전해오고 있었지요. 그러나 이미지즘을 부르짖은 파운드가 젊은 날부터 영국, 프랑스 등 유럽을 전전하다가 2차 세계대전 중에는 이탈리아의 파시스트 정권의 앞잡이 노릇을 하며 미국을 비난하는 방송에까지 등장함으로써 미국인이라고 하기가 어렵게 되었고 일찍부터 영국을 동경하다가 영국으로 귀화해버린 엘리엇도 미국인이라고 할 수는 없었습니다. 거기다가 미국에서 이미지즘 시의 대표격이라고 불렸던 스티븐스도 굴지의 보험회사의 중견 간부로 평생 그 운영에 깊이 관계했기에 문단 내지는 문인들과의 접촉이 전혀 없어서 조용히 작품을 통해 유니크한 자신의 시를 캐면서 바쁜 의사생활 중에도 후배 시인과의 소통을 마다않던 윌리엄스가 20세기 전반 이후부터는 자연히 미국 현대시의 대부가 되기에 이르렀지요.

그 유명한 시집에 서문을 써줌으로써 문단적 모험을 한 윌리엄스는 그 시집이 미국 시단에 충격을 던지고 결정적 변화를 가지고 올 것이란 것을 예견했을까요? 단순히 그런 선견지명 때문만이었을까요? 그 당시 그의 선택을 아무도 속단할 수는 없지만 별 희망이 없어 보이던 마약과 술에 찌든 청년이 들고 온 기상천외한 시집을 읽고 서문을 써주기 위해서는 그에게도 상당한 용기가 필요했을 것입니다. 서문의 첫 부분은 그가 처음 긴즈버그를 만났던 오래전, 체구가 작고 정신적으로 불안정해 보이던 청년이 서른 살 나이가 되어 시집 꾸러미를 들고 자기를 방문했다

아름다움, 그 숨은 숨결

는 말, 그의 생활이 바로 지옥을 거쳐 나온 것같이 불안해 보였
다고 시작하면서 아름다운 서문은 아래 말을 더하면서 끝이 납
니다.

> …… 시인 긴즈버그는 자신의 몸으로 통과해왔던 무서운
> 삶의 경험을 힘차게 말하고 있다. 여기서 놀라운 것은 그
> 가 그 나락에서 살아남았다는 사실이 아니라 그 깊은 밑
> 바닥에서 사랑을 발견했다는 사실이다. 그리고 그는 그의
> 시를 통해 한갓지게 사랑을 노래하고 있는 것이다. 그는 생
> 이 단지 비천한 경험이라고 할지라도 사랑의 감정이 있는
> 한 인간의 삶은 고귀할 수 있다는 것을 보여주고 있다. 우
> 리에게 지혜와 용기와 믿음이 있는 한, 그리고 예술이 있
> 는 한, 우리는 그 모든 것을 다 견딜 수 있다는 것을 보여
> 주고 있다……

이 서문은 많은 시인이 즐겨 읽는 소문난 서문이기도 하지요.
그리고 시인 윌리엄스의 문학성과 미래지향적인 판단력에 존경
을 보내기도 하지만 나는 그것보다 그의 깊은 이해심과 넓은 가
슴과 젊은이의 진정을 받아주는 실력 있는 선배 시인의 당당한
태도와 따뜻한 사랑에 더 감동하곤 합니다. 물론 시집 출간 이

후 긴즈버그는 미국문학의 유니크한 엘리트로서 최고의 인기를 누리며 활약을 계속하지만 자기와는 판이하게 다른 윌리엄스와 그의 시를 끝까지 옹호하며 평생 그를 존경하고 그의 제자라는 것을 어디서나 자랑스럽게 말함으로써 미국의 현대시단의 명맥을 자연스럽게 이어오게 했다고 평가되기도 하지요.

이제 우리나라의 문인들도 여유를 가지고 자기 작품에만 관심을 가지는 편협한 선배가 아니고 후배를 돕고 이해하고 위로해주고 그들에게 용기를 주느라 손해를 보기도 하는 그런 선배가 많아지기를 바랍니다. 그리고 그런 선배를 온 마음으로 존경하고 따르는 성실한 후배가 많아져서 서로 이끌어주고 밀어주는, 그리고 서로 칭찬을 아끼지 않는 따뜻하고 향기 풍성한 문단이 되기를 진심으로 바라마지 않습니다.

오래전 카리브해를 이틀 동안 남진해서 퀴라소라는 작은 섬나라에 갔습니다. 베네수엘라 근처의 이 나라 사람들은 가난하고 빈부의 격차가 심하지만 모두 자기 나라가 제일 좋은 나라라고 주장했지요. 순간 나는 묘한 감동에 휩싸였습니다. 남미의 북쪽 콜롬비아의 몇몇 어촌에서도 무식해 보이고 소금기에 절은 어부들이 소설가 가브리엘 마르케스의 이름까지 들먹이며 하나같이 자기 나라를 세상에서 가장 훌륭한 나라라고 말해서

아름다움, 그 숨은 숨결

마약의 나라라고 믿었던 내가 오히려 민망해 주위를 다시 둘러 보았습니다. 이게 어찌 된 일일까요? 더럽고 가난에 찌든 마을로 간주했던 그곳이 갑자기 고풍스럽고 아름답게 보이는 것입니다. 이상한 경험이었지요. 자기 나라를 사랑하고 행복해하는 그 사람들이 모두 싱싱하고 고상해 보였습니다. 지구의 어느 편이 아니고, 이 지상의 모든 것을 항상 온몸으로 고마워하며 살아가는 사람을 가끔 만날 수 있다는 기대와 기쁨, 그리고 감동의 시간이었습니다.

현대시 작법에 대한 한 견해
— 교포문단을 위한 문학 강연에서

        이 글은 내가 지난 4, 50년 이상 시를 써오면서 읽고 배우고 경험해온 시 작법에 대한 내 개인의 의견입니다. 무슨 문학개론서나, 시 창작법에 대한 책이나, 인터넷에서 발췌하거나 가져온 것은 한 줄도 없습니다. 산의 정상에 오르는 길과 방법은 수없이 많습니다. 그렇듯, 시를 쓰는 방법과 훈련 역시 여러 가지일 것입니다. 그래서 나는 내 시 작법이 유일한 방법이 아닌 '한 가지 방법'이라고 밝혔고 이런 길도 있다, 이런 길이 혹 어느 분의 시 쓰기에 도움이 되었으면 한다는 의도로 이 글을 쓰게 되었습니다.

    이야기를 시작하기 전에 우선 전제되어야 할 것이 또 하나 있습니다. 그것은 내가 오랜 경험을 가진 문학교수도 아니고 언어

계통의 공부를 한 사람도 아니라는 것입니다. 나는 의학을 공부하고 외국 의사로 평생을 지낸 사람입니다. 그래서 문학에 대한 이 글은 논리적이라기보다 내 개인의 시각이 반영된 문학적 탐색이라는 것입니다.

문학이란 것이 과연 무엇일까? 사전을 찾아보았습니다. 거기에 문학의 정의가 이렇게 적혀 있었습니다. "문학은 상상이나 감정을 통해 독자에게 호소하는 언어예술로서 미적 가치를 지니는 정신적 산물의 총칭이다." 그러나 문학의 이런 의미를 외운다고 문학가가 되고 대학 공부에서 문학개론에 통달했다고 소설가가 되는 것은 아니겠지요.

한 3년 전, 서울의 '문예진흥원' 주최로 많은 청중 앞에서 한 평론가와 함께 '문학은 구원인가, 놀이인가' 하는 재미있는 제목으로 담론을 나눈 적이 있습니다. 그 평론가는 토론을 열면서 내 시가 놀이적인 측면과 구원의 측면이 있다고 말해주어서 나는 잠시 감동했습니다. 그것이 내가 문학을 하는 궁극적인 목표이었으니까요.

여러분은 기억하고 계실 것입니다. 『계몽의 변증법』으로 유명한 현대의 사회철학자 '아도르노'가 갈파한 "아우슈비츠의 비극이후에도 세상에 서정시가 존재할 수 있는가"라는 유명한 말. 문학이 과연 우리에게 무엇을 줄까요? 아무리 생각해도 문학은

아름다움, 그 숨은 숨결

그 자체가 구원은 아닐 것입니다. 제2차 세계대전 중 독일 군인들은 유대인 수용소에서 사람을 무더기로 매일 죽였습니다. 그런 후 자신들의 지치고 혼돈 속에 정신과 육체를 가라앉힌다고 밤에는 『파우스트』를 읽고 횔덜린의 시를 읽었지요. 베토벤이나 브람스의 음악을 들었습니다. 그러니 문학이 그 자체로 구원이 될 리는 만무합니다. 하지만 나는 시가 구원을 암시하고 인간과 인간의 좋은 유대관계를 강조함으로써 구원에 이르는 다리 역할을 할 수 있지는 않을까 하는 믿음을 아직도 간직하고 있습니다. 문학은 특히 사람들이 좋은 관계를 유지하며 함께 살아가는 데 제일 방해가 되는 두 가지 요인, 즉 무지와 이기심을 이길 수 있는 용기와 끈기를 줍니다. 그러나 문학의 한계점 역시 큰 것이어서 문학을 즐길 수 있는 부류가 한정되어 배고픔이 없는 자와 교육을 받은 자만이 향유할 수 있다는 것입니다.

몇 해 전, 고국의 한 신문사에서 '나는 왜 문학을 하는가'라는 제목으로 오랫동안 50여 명의 시인, 소설가들과 함께 25매의 글들을 신문 한 페이지에 연재한 적이 있습니다. 거기에 썼던 내 글 중의 마지막 일부를 여기에 다시 적으면서 문학에 대한 내 의견을 밝히고자 합니다.

'문학은 내가 외국에 나가서 육체적으로 정신적으로 깊은 어둠 속을 헤맬 때, 또 내가 불안과 당황과 절망의 늪에서도 크게 낯설어하지 않고 찾아가 기댈 수 있는 유일한 위로였습니다. 물 찬 제비같이 날렵하지는 못해도 사람답게 생각하고 사람답게 살고 싶어서 내가 매달린 신명 나는 놀이였고, 황홀이었고, 진심 이었습니다. 나 자신을 위로할 수 있는 도구로서 내 시가 존재하기 때문에 내 시는 언제나 내 진심이었다고 말할 수 있습니다. 진심이 아닌 것이 어떻게 인간을 위로할 수 있겠습니까. 그래서 나는 시 앞에서는 정직하려고 했고 성실하려고 노력했습니다.

시가 고급스런 게임이고 장난이고 놀이이기만 한다면 그것이 아무리 값비싼 향수로 치장된다고 해도 이제는 전자게임이나 인터넷게임의 흥미를 따라갈 수 없게 되어 결국에는 천천히 외면당해 자멸의 길을 갔을 것입니다. 또한 시가 정치적 선전도구나 사회 정의의 호소에만 초점을 맞춘다면 획일적 템포의 구호나 현란한 표어 같은 뜨거운 격문의 힘과 열기에 어찌 비교조차될 수 있겠습니까. 피 냄새를 많이 맡아오며 살아온 때문인지 나는 그런 시에서 풍기는 땀 냄새와 피 냄새에서 수상한 자극제의 기미를 느끼면서 진정한 포용의 위안을 얻을 수 없었습니다.

문학은 서로 간의 껴안음이고 나눔이라고 믿어왔기 때문에 전쟁과 살육이 그치지 않는 이 세상에서, 또 어느 한쪽에 편들어서 정의와 평화를 부르짖는 무리의 함성 속에서, 아직까지도

아름다움, 그 숨은 숨결

의연하게 인간의 사랑을 받고 있다고 나는 믿습니다.

어쩌다 나는 평생을 의사로 지내오면서 인간의 육체적 조건과 항상 가깝게 어우러져 살아왔습니다. 그래서 내 문학의 화두는 당연히 생명이었습니다. 인간의 생명은 언제나 희망과 사랑을 지향하기 때문에 그 따뜻함이 그리워 시를 써왔고 시를 쓰는 동안의 어줍잖은 고통까지도 껴안으려고 했습니다.'

이제 시, 그것도 현대시에 대해서 몇 마디 이야기를 시작해볼까 합니다. 우선 내가 좋아하는 글을 몇 줄 읽어볼까 합니다. 이 글은 연작시 『두이노의 비가』 또는 소설 『말테의 수기』로 우리에게 너무나 친숙한 라이너 마리아 릴케의 『젊은 시인에게 보내는 편지 Briefe an einen Jungen Dichter』 중의 한 부분입니다.

…… 당신은 당신의 시가 좋으냐고 내게 묻고 있습니다. 충고를 해도 좋다고 했으므로 감히 말하는데 제발 그런 일은 이제 그만두도록 하십시오. 자기 속으로 파고들어 가십시오. 그리하여 당신에게 시를 쓰라고 명령하는 그 근거를 캐보십시오. 그리고 쓰고 싶다는 욕구가 당신의 가슴 깊숙한 곳으로부터 뿌리가 뻗어 나오고 있다면, 만약에 쓰는 일을 그만둘 경우에는 차라리 죽어버릴 수 있는지를 스스로에게 물어보십시오. 조용한 밤에 나는 정말 쓰지

않으면 안 될 것인가를 확인해보십시오. 그리고 마음 밑
바닥에서 나오는 대답에 귀를 기울이도록 하십시오. 만일
그 대답이 쓰지 않고는 죽을 수밖에 없다는 명확한 대답
을 내릴 수 있거든 당신은 당신의 생애를 이 필연성에 의
해서 만들어가십시오. 당신 생활의 하찮은 순간까지도 그
절박한 충동에 대한 증거가 되어야만 합니다. 그런 다음
모방하지 말고, 보고 체험하고, 사랑하고 또 잃게 될 것을
표현하도록 노력하십시오. 그런 모든 것이 마음에서 울려
나오도록 은근하고 겸손하게 묘사하십시오. 창조자에게
는 가난이 없으며 그냥 지나쳐버려도 좋은 하찮은 장소란
없습니다. 당신은 혹 자신의 고독 속으로 파고든 뒤에 시인
이 되겠다는 것을 포기해야만 할지도 모릅니다. 앞서 말했
듯이 시인이 될 수 없다는 것은, 쓰지 않고서도 살아갈 수
있겠다는 것을 느끼는 것만으로도 충분하니까요.

이제 준비가 되셨습니까? 정말 시를 쓰지 않고는 죽을 수밖에
없다고 생각해본 적이 있습니까? 한 편의 완벽하고 좋은 시를
위해 열 달씩 밥 먹기를 잊고, 정신 나간 사람처럼 살아보았습니
까? 시 한 편을 완성하고 자기 나름대로 그 아름다움과 애처로
움에 질려 북받쳐오는 감정으로 자신의 시를 읽으며 울어본 적

아름다움, 그 숨은 숨결

이 있습니까? 눈이 붓도록 울었습니까? 여러분은 또 여러분이
피땀 흘려 쓴 시를 읽고 또 읽고, 쓰고 다시 쓰고, 고치고 다시
고쳐서 언제 어디서나 완벽하게 외울 수 있는 시가 몇 편이나 됩
니까? 열 편이 됩니까? 나는 시가 안 써지거나 시 쓰기가 귀찮
아지거나 문학 자체에 회의감이 들 적에 위의 글귀를 자주 읽으
며, 젊은 날 문학을 위해서라면 죽을 수도 있겠다는 초심으로
돌아가는 일을 여러 번 되풀이해왔습니다.

시를 쓰려고 하는 당신은 당신의 문학에 자부심을 가져야 합
니다. 그러려면 시에 모든 정성을 쏟아야 합니다. 시인은 선구자
고 선험자고 길잡이이자 현자입니다. 현자는 남보다 더한 고난
의 길을 스스로 걸어가며 즐거이 이겨냅니다.

두 번째 소개하고 싶은 글은 한국 현대시의 지평을 넓혔다고
회자되는 故김수영 시인이 1968년 돌아가시기 몇 해 전에 쓴 「시
여, 침을 뱉어라」라는 시평 중에서 몇 줄을 적어봅니다. 이 글은
우리가 시 앞에서 어떤 태도를 보여야 하는지를 암시해줍니다.

……시를 쓴다는 것은 머리로 하는 것도 아니고, 심장으
로 하는 것도 아니고 몸으로 하는 것이다. 온몸으로 밀고
나가는 것이다. 온몸으로 온몸을 동시에 밀고 나가는 것
이다. 무엇을 밀고 나가는가. 시의 사변에서 볼 때 이러한

온몸에 의한 온몸의 이행은 사랑이다. 그리고 그 사랑이
바로 시의 형식이다. 시의 형식은 내용에 의지하지 않고
그 내용은 형식에 의지하지 않는다. 시는 문화를 염두에
두지 않고 민족을 염두에 두지 않고 인류를 염두에 두지
않는다. 그러면서 그것은 문화와 민족과 인류에 공헌하고
평화에 공헌한다. 그처럼 형식은 내용이 되고 내용이 형식
이 된다. 시는 온몸으로 바로 온몸을 밀고 나가는 것이다.

당신은 시를 쓸 때 당신의 하루 중 얼마를 시 쓰기에 투자하
십니까? 온몸으로 '올인'하십니까? 시 한 편에 나를 '올인'해서
세상에 태어나서 이것이 내 생애 마지막 작품이라고 생각하며
혼신의 힘을 쏟았습니까?

시의 불변성과
현장성

현대시는 영원불변성과 현장성을 동시에 가져서 서로 교감하
고 직조되는 특수 물질이라고 할 수 있겠습니다. 노래가 되는 리
듬 감각과 진심에 호소하고 진실에 가까워짐으로써 느껴지고 보
여지는 미적 감각이 그 불변성이라고 한다면, 현장성, 현재성이

아름다움, 그 숨은 숨결

라고 부를 수 있는 현대적 감각은 항상 변할 수밖에 없는 어떤 상태와 조건의 표현력이라고 할 수 있습니다. 소설이나 수필에서 혹 간과될 수도 있는 표현력이 현대시에서는 가장 중요한 핵심이 됩니다. 바꾸어 말하면 표현력 그 자체가 시 전체의 색감이고 구도라는 것입니다. 그래서 김소월, 윤동주, 한용운의 시적 감수성과 진실성이 그 시의 품위나 시인의 자질에는 중요하면서도 그런 식의 표현은 이제는 진부한 것이 되어 금기 조항이 될 수 있다는 것입니다.

시는 그 표현의 장력 때문에 언제나 새로운 시작이고 근본적으로 모험의 시도라고 할 수 있습니다. 새로운 표현력, 그 자체만으로도 시가 될 수 있다고 극단적으로 말할 수도 있겠습니다. 그래서 소위 '무의미시'라는 것이 지난 20여 년 인기를 얻고 자크 데리다J. Derrida의 해체deconstruction 개념이 여기에 운용되고 이해되는 것입니다.

문학이론서는 시인에게는 필요악이라고 간단히 평할 수도 있습니다. 시문학의 이론이나 사조를 모르면 방향타 없는 배가 되어 자기가 어디로 가는지 모르게 되지만, 사조에 너무 민감하거나 지배되면 그 시는 작위적이 되고 시가 가지는 자유의 광채를 잃게 되는 수가 많습니다. 우리는 현대시라고 아직 부르고 있는 일련의 시의 탄생을 스테판 말라르메의 상징주의와 에즈라 파운드의 이미지즘부터 시작된다고 믿고 따르고 있습니다. 언어와 언어의 상충관계, 언어의 긴장감이나 탄력, 형용사나 감탄사의 배제 같은 것을 우리는 여기서 배워 이용해오고 있는 것입니다.

그 후에 앙드레 브르통A. Breton의 초현실주의 실험에서 보는 '자동기술' 같은 시적 변용, 1970, 80년대 한국을 휩쓸었던 가스통 바슐라르의『몽상의 시학』이나 미셸 푸코M. Foucault의 광기에 대한 저서와 언술이 권력에 연관되어 있다는 주장, 그리고 후기 구조주의의 첫 주자인 롤랑 바르트R. Barthes가『텍스트의 즐거움』에서 즐거움은 관능적 쾌감과 정신적 희열의 의미를 '초월'로 느낄 수 있다는 기호학의 요소들이 적게든, 크게든 한국 현대시에 영향을 미쳐왔습니다.

프로이트의 이론을 현대 문학이론으로 발전시킨 '언어와 무의식'의 자크 라캉J. Lacan이 쓰기 시작한 은유와 환유의 상징적 이미지 표현, 또 한국에서는 80년대 후반부터 시작된 해체시학 이론이 많은 시작품으로 나타나기 시작했습니다. 특정한 개념에 의존하지 않고 해체함으로써 새로워진다는 해체시들은 아직도 한국의 시 문화권을 상당히 차지하고 있습니다.

앞에서 말했듯이 이런 현대시의 사조나 철학적, 미학적 주장들이 고국에서 무슨 이유에서든 각광을 받기 시작하면 그 주위까지 모두 그 일색이 되고 있습니다. 너도나도 포스트모던이고

아름다움, 그 숨은 숨결

너도나도 후기 구조주의를 한꺼번에 일시에 중얼거립니다. 모두들 흰 셔츠에 곤색 싱글을 입고 넥타이를 매고 출근해 누가 누군지 모르는 모국의 아침 출근길처럼 문학판에서도 심한 인기돌림이 횡행하고 있습니다. 누가 한번 '고래'나 '낙타' 이야기로 멋을 부리면 많은 한국의 시인이나 소설가가 너도나도 고래요 낙타 이야기이고, 누가 돈황을 들먹이면 모두가 실크로드로 달려가고, 그 길은 이제 바이칼 호수에 이르렀습니다. 안티 아메리카니즘도 그런 맥락에서도 볼 수 있을 것입니다.

서양 철학이나 문학사조도 좋지만 동양인으로 '노자'나 '장자'의 드넓고 깊은 시야를 공부하는 것도 시 공부에 큰 도움이 될 수 있겠습니다. 중국의 두보나 이백의 시나 한산 시, 우리 선조들의 시나 산문은 물론 선불교나 성경에서도 우리는 아름답고 의미 깊은 시를 찾을 수가 있습니다. 모리스 블랑쇼의 '밝힐 수 없는 공동체', '부정의 공동체'이든 조르주 바타유의 '공동체를 이루지 못한 공동체'든 같은 배를 타고 있는 운명 공동체의 한 부류가 되겠습니다.

우리는 우리의 생업을 위해 많은 시간과 정력을 쏟아부으며 살아갑니다. 대학에서 학위를 받기 위해, 또는 생업의 자리를 보존하기 위해 밤을 새운 그런 정성과 시간의 십 분의 일만이라도 시를 위해 바쳐보기 바랍니다. 그 정도의 노력과 정성도 없이 세상 그 누구를 감동시킬 수 있겠습니까.

오래된 유행어로 '이태백 증후군'이란 말이 있습니다. 이태백이 어느 날 술을 잔뜩 마시고 호수에 비친 달을 보다가 절창의 시를 하룻밤에 열 편을 썼다는 이야기입니다. 혹 당신이 천재적 재능으로 언제라도 글을 쓰면 누군가를 감동시킬 수 있다는 자신감을 갖고 있다면 바로 이 증후군 환자라는 사실도 깨달아야 합니다. 당신이 오늘의 이태백이라는 착각에 빠지지 않길 바랍니다. 바로 그 이태백은 1,300년 전 사람이고, 수억 인구의 중국인 중 손꼽히는 천재고, 시를 쓰기 전 읽은 중국의 고전과 시집이 수천 권에 이르렀다고 합니다.

훌륭한 사업가, 과학자, 피아니스트가, 발레리나가 얼마나 피나는 노력을 수십 년 쏟아부어 주위에서 존경을 받게 됩니까? 시인이 되는 것은 공짜인가요? 이런 전문인들의 노력의 십분의 일도 시 공부를 위해 투자할 용의가 없는 분은 아예 시 쓰기를 집어치우는 것이 몸에 좋습니다. 공연히 스트레스만 쌓입니다. 문학을 위해 죽을 각오가 되어 있는가를 준엄하게 당신에게 묻고 있는 릴케에게 뭐라고 대답하시겠습니까?

외로움이 주는
위로

가을 산

내가 옛날에 바람의 몸으로
세상을 종횡으로 누빌 때
높고 낮은 것도 가리지 않고
치고 안고 뒹굴고 다닐 때
산은 자꾸 내게서 눈을 돌렸지.

이제 들리지 않던 소리 새로 들리고
소리들 모여 사는 낮은 산에 싸여
한평생의 저녁은 이렇게 오던가.

푸른 구름의 너그러운 나그네 말이 없고

그 백수의 풍경만 나를 채우네.

오, 가을 산에 모인 빛,

죽은 나뭇잎의 찬란한 색깔,

그 영혼의 색깔,

숨어 살던 내 바람까지

오색의 춤판이 되어 돌아오네.

　가을이 오면 독일의 유명한 시인 릴케의 「가을 날」이라는 시
가 우선 떠오르곤 합니다. "주여, 때가 왔습니다. / 마지막 열매
들이 무르익도록 말씀하시고… / 깨어나서 책을 읽고 / 긴 편지
를 쓰게 하소서." 내가 젊었던 날의 가을은 온 산을 물들인 단
풍의 찬란한 색깔과 온갖 과일과 추수로 풍요롭고 화려하기만
했는데, 이제 저녁의 나이가 되어 가을을 다시 보니, 침묵의 높
고 푸른 하늘과 바람에 흔들리는 가을 산의 나뭇잎이 지나간
생에 대해 다시 한번 깊은 사색의 시간을 가져보라고 충고를 해
주는 것만 같습니다.

　나뭇잎의 충고처럼 내 자신의 바닥을 들여다보고 실체를 찾
아보는 일은 나같이 주위에 아무도 없이 늘 혼자 시 쓰기에 매
달려야 하는 사람에게는 다른 이들보다 비교적 쉬운 과제일지

아름다움, 그 숨은 숨결

도 모릅니다. 무엇보다 다른 선택의 조건이 없으니까요. 새로움 이라는 명제도 같은 선상에서 고려해볼 수 있겠지만 어느 시인 에게도 쉬운 일은 아니겠지요. 단지 혼자서 오래 살아온 내 시여서 지금 어디를 헤매고 있는지 가끔 방향이 선명치 않을 때가 있는 것 같아요. 허공을 맴도는 나뭇잎처럼 말입니다.

주위의 시 쓰는 친구와 시에 대한 대화를 나누거나 조언이나 충고를 들을 조건도 되지 못하고 문학에 대한 강연이나 토론을 듣거나 말할 사람도 없으니까요. 남들이 보면 내 시가 아마도 야생의 막 자란 시, 좋은 비료나 도움의 손맛을 보지 못한 거칠고 못난 시로 보이게 되는 적도 많을 것입니다. 그러나 다르게 보면 남들을 따라 길고 긴 산문시를 쓴다든가 여기저기에서 외국어 단어의 시 제목이 남발하고, 알아듣지 못할 소리나 색다른 글씨체를 써서 의미가 다양하다고 하니 그걸 또 따르는, 그런 겉핥기식 새로움을 부러워하지 않아도 되는 이점이 있기도 하지요.

예술은 가르쳐주고 배울 수 있는 것인가, 나는 이 질문에 우선 그렇다고 긍정적으로 대답하겠습니다. 그러나 그 배움과 가르침은 어느 한계점까지라는 것이 꼭 명기되어야겠지요. 내가 거칠게 구분을 짓는다면 처음의 반은 배우고 나중의 반은 배울수 없고 가르칠 수 없다고 말할 것 같아요. 쉬운 예로 바이올린을 어떻게 켜는 것인지 처음부터 배우지 않고 어떻게 훌륭한 바이올리니스트가 될 수 있을까요? 불가능합니다. 그림도 그렇고 무용도 연극도 문학도 다 그렇습니다.

그런데 어떤 이는 음악은 배워야겠지만 시 쓰기는 배우지 않아도 된다고 생각하는 것 같아요. 그것은 잘못된 판단이라고 지적하고 싶어요. 문학은 문학교수에게서 배울 수도 있고 책으로 배우기도 하겠지요. 시인 지망생에게 좋은 시집은 최고의 선생이지요. 그래서 많은 시인 지망생은 좋은 시들을 자주 많이 읽어서 종국에는 외우게 되지요. 나도 어릴 때부터 잘 알려진 한국의 선배 시인들의 좋은 시들을 많이 읽었고 고등학교 학생 때는 한 50여 편을 외우고 있었지요. 한데 이제는 나이 들어 다 잊고 서너 편이나 완전하게 외우면 다행이겠네요.

스승이 문학교수였든 좋은 책이었든 어느 쪽이건 한 편의 시가 탄생하기 위해서는 마지막에는 언제나 시인 혼자의 힘이 있어야 합니다. 왜냐하면 예술은 인문학도 과학도 아니어서 정답을 찾는 게 아니고 그 대신 감동이 필요하니까요. 감동이 없으면 예술이 될 수가 없고 시가 될 수 없으니까요. 그런데 그 감동은 배워서 되는 게 아니지요. 감동이란 것은 상당히 개인적이고 배타적이고 감성의 신비에 해당이 되는 것 같아요. 그리고 그 신비, 감동이란 보이지 않고 만져지지 않는 조건이 예술작품의 최후를 결정하게 되지요. 예술작품이냐 그냥 재미있고 근사한 장

아름다움, 그 숨은 숨결

난이냐를.

여기 100명의 의사가 있다고 해요. 누구는 실력이 좋고 누구는 실력이 별로입니다. 그러나 실력이 좋든 나쁘든 일단 그들이 시정의 의사 노릇을 하고 환자를 치료하기에는 별로 큰 차이는 없습니다. 다들 먹고 삽니다. 그러나 100명의 시인이 100편의 시를 내놓으면 그중의 몇 편은 감동을 주어 오래 널리 읽혀지고 나머지 대부분의 시는 그 자리에서 다 쓰레기가 됩니다. 그래서 그런 쓰레기를 쓴 사람들은 그 당장 시인의 칭호가 사라지고 마는 거지요. 그래서 예술이 어렵고 '예술가' 되기가 힘들고 예술가로 살아가기가 어려운 것이겠지요.

예술가가 되기 위한 재능은 '선천적이냐' 아니면 '후천적 노력이냐'라는 물음도 흥미롭네요. 하나를 뽑으라면 나는 후천적 노력에 조금 기우는 편이지만 선천적이라는 점도 큰 영향을 준다고 생각합니다. 선천적으로 책 읽기를 좋아하고 글쓰기를 좋아해야 그게 계속되어 후천적 노력이 더해지는 것이지 책 읽기에 취미도 없는 사람, 책만 들면 골치가 아픈 대부분의 사람들에게 무작정 시집을 많이 읽고 글을 쓰라고 해서 뭐가 될까요? 선천적 기질이 좀 있으면 그것을 가지고 후천적으로 노력하면 뭐가 되든 되는 게 아닐까 하는 생각을 해봅니다.

어떤 이는 문단 추천을 거치는 과정을 '제도권에 들어가 보호

받는 기득권자 자리'라고 했는데 그건 좀 지나친 의견 같아요. 한국에는 현재 신춘문예나 온갖 잡지의 추천 제도로 등용문을 통과하고 시인 칭호를 받은 시인이 대략 4만 명 정도랍니다. 이분들이 무슨 기득권을 가지고 무슨 행세를 하겠어요.

이 중에서 1년에 한 편의 시를 발표할 수 있는 시인이 백분의 일이 될까요? 아마도 그렇게 되지 못할 것입니다. 원고료를 챙겨받고 작품을 발표하는 시인은 그중 반이나 될까요? 출판사가 시인에게서 출판비를 받지 않고 시집을 출간해주는 시인도 잘은 몰라도 200명이 되지 않을 것 같네요. 나머지 3만 9천 8백 명에게 무슨 제도권의 무슨 기득권 자리가 기다리고 있겠어요? 내가 아는 한 그런 것은 없습니다. 그래서 제도권이고 뭐고 열심히 좋은 작품을 계속 써가면서 작품활동을 하지 않으면 아무도 그 시인을 보호해주지 않습니다.

나는 문학을 대학교에서 정식으로 교육받지 못했습니다. 그러나 문학을 배우기 위해 대학에 들어가는 경우가 전에는 별로 없었는데 지금은 많은 고등학교 졸업생들이 글을 창작하는 전문인이 되기 위해, 다시 말해 소설가나 시인이 되기 위해 문과대학의 국문과나 기타 인문학을 전공하지요. 거기다가 많은 대학에는 이제 문창과(문예창작과)가 생겨서 글쓰기 재주가 뛰어난 고등학교 졸업반이 상당한 경쟁을 거쳐서 문창과에 입학하고 그들은 입학하는 날부터 자기의 생업이 될 글쓰기에 매달립니다. 각오가 대단하지요.

거기다가 활발하게 문인 활동을 하는 현역 작가, 시인들이 담당 교수가 되어 그들의 욕구를 충족해준다고 열심히 글쓰기를 가르칩니다. 시 전공, 소설 전공, 동화 전공, 희곡 전공하며 1학년부터 매진합니다. 고등학교 시절부터 글 잘 쓴다는 말을 들어왔기 때문에 그들의 실력은 이미 상당한 수준이지요. 그렇게 4년의 대학생활을 글쓰기에 힘쓰면서 기회만 있으면 온갖 공모에 응모를 하지요. 학생들도 글쟁이로서의 자부심이 대단하지요. 그러나 나는 아직도 일종의 도제 교육에 미련이 있습니다. 예술교육은 도제 교육이 가장 바람직하다고 느낍니다. 그러나 그것은 현실적으로 자리 잡기가 힘이 들겠지요.

거기서 선비 정신도 배우겠지만 예술을 가장 효율적으로 배우게 되고 무엇보다 장인 정신을 배우겠지요. 말하자면 예술가로서의 자존심을 배우는 것이지요. 스승 못지않게 한 예술가에게 중요한 몫은 길동무 혹은 도반이라고 생각합니다. 어떤 면에서는 제일 중요한지도 모릅니다.

내 경우 작품을 정기적으로 읽어주는 친구는 없습니다. 잡지에 발표가 되면 가뭄에 콩 나듯 서울 사는 친구들이 보고 좋다고도 하고 나쁘다고도 합니다. 내 친구 시인들은 모두 내가 존경하고 나보다 나은 시인들이지요. 그러나 그들의 의견이 내게 무슨 영향을 미치지는 않습니다. 아마도 내가 외국생활 50여 년에 그렇게 길들여져서인지 모르겠지만요. 내 작품을 발표 전에 읽는 이는 없습니다. 불행인지 다행인지 아내는 문학에 관심이 없습니다. 내 아이들은 아예 한글을 잘 읽지도 못하니 말할 것도 없지요. 그리고 내가 살아온 조그만 도시에서는 우리말 문학에 관심 있는 이를 지난 50여 년 동안 한 번도 만나보지 못했습니다. 그러니 작품에 대해 누구와 이야기를 나눈다는 것은 있을 수가 없지요.

그러나 다행인지 불행인지 내가 생각하는 시인의 조건은 무조건 가슴 떨리게 외로워야 한다는 것을 믿기에 내 위치를 그리 슬프게 생각하지는 않습니다. 외로움은 시라는 씨앗을 심는 가장 비옥한 땅입니다. 시인의 조건에 속하는 그 외로움을 공연히 잘못 건드려 떠들썩하게 위로를 한다면 오히려 더 안 좋은 결과가 나오는 게 아닐까요? 사실 우리가 우선 알아야 할 것은 시인이 되고 예술가가 된다는 것은 힘들고 어렵고, 외롭고 멀다는 사실입니다. 시인이라는 훈장을 주니 신나서 가는 곳도 아니고 남이 가니까 따라가는 곳도 아니지요. 몇 줄 안 되는 시 한 편을 써서 내노라는 똑똑한 지성인의 마음을 흔들어 감동시킨다는 게 그리 쉬운 일일까요? 멀쩡한 사람을 가슴 저리게 하고 눈물 흘

아름다움, 그 숨은 숨결

리게 한다는 게 쉬운 일일까요? 그런 감동을 주지 못하면 아예 문학이 아니고 시가 아니라는데 그게 함부로 할 수 있는 일인가요? 각고의 노력이 우선 필요하고 끈기가 필요하겠지요. 누구 못지않은 노력도 필요하겠고요. 거기다가 그런 노력과 눈물로 만들어진 내 작품을 아무도 쳐다보지 않는다면 그 얼마나 힘 빠지고 추운 일이겠어요. 아무도 거들떠보지 않는다면 그게 누구의 책임일까요?

바로 인정사정없는 문학의 책임이고 그다음은 자기 자신의 책임입니다. 그것을 무엇보다 먼저 시인 자신이 인지해야 합니다. 그 책임이 모두 내 탓인 것을 알 때쯤 되면 내 가슴을 짓누르던 그 차고 무거운 외로움을 조금은 덜어낼 수가 있겠지요.

시인은 선구자고 선험자고 길잡이이자 현자입니다. 외로움을 위로받기보다는 남보다 더한 고난과 추위의 길을 혼자 힘들여 이겨내야만 합니다. 춥고 외로운 팔자를 한탄하기보다 자기가 택한 예술가의 십자가를 말없이 어깨에 지고 그 모든 아픔을 감내하면서 최선을 다하는 것만이 그나마 이 험난하고 어두운 길에 희미하게 보이는 마지막 등불이라고 믿습니다.

아름다움이
세상을 구원한다고?

　　　　　　모두가 좋아하는 러시아의 도스토옙스키는 '아름다움이 세상을 구원하리라'고 자신의 작품 『백치』를 통해 말했지요. 우리는 예술을 사랑하고 그 예술의 아름다움이 아직도 세상을 구원할 것이라는 믿음으로 정성 들여 글을 쓰고 여타의 예술작품을 공부하며 즐깁니다. 빠른 속도로 변화하며 달아나는 세월과 더 빠르게 발전하는 디지털 기계 문명 때문에 허둥지둥 대충대충 살아가느라 아름다움을 하나씩 잃어가며 살아가는 우리가 이제는 한번쯤 뒤돌아보며 챙기고 다듬어야 할 것을 잡아 안아야겠어요.

　　내가 그나마 조금 알고 있다고 생각하는, 혹은 알고 있어야 한다고 생각하는 예술의 분야는 어쩔 수 없이 문학이고 현대시인

　　　　　　　　　　　　아름다움, 그 숨은 숨결

데 그게 요즈음은 내게 먹통이 되어갑니다. 무슨 소리를 하려는 것인지 잘 가늠할 수 없는 시가 너무 많아요. 요즘의 현대시를 보면 예술로서, 아름다움을 표현하는 방법으로서의 시 쓰기가 아니고 학문의 한 분야로 문학을 하고 인문학의 한 방법으로 시를 만드는 것 같은 느낌을 받지요.

지난주에는 마침 서울서 30여 권이 넘는 시집을 소포로 받았어요. 내게 기증된 시집을 모아서 보내준 것인데 모두 2019년에 출간된 시집들이지요. 고국서 시집 출판으로 으뜸간다는 몇 출판사에서 출간된 것들이어서 출판사의 이름과 시인의 이름만으로도 시집이 제법 팔리는 그런 시집들이지요.

그런데 불행하게도 내가 그중에서 즐길 수 있었던 시집은 겨우 너덧 권이었어요. 그리고 내가 즐긴 시집은 모두가 오십 대 이후의 나이든 시인들의 시집이었어요. 우선 창피한 마음이 들었어요. 60여 년이란 오랜 세월 동안 시를 그렇게 많이 읽고 또 써왔는데 나머지 시집들이 모두 너무 어렵고 골치 아프고 흥미롭지 않으니 내 부족한 실력을 어디다 감출 수 있겠어요? 그러나 부끄럽다는 느낌과 거의 동시에 내 속에서는 '네 무식이 전부 네 탓만은 아니다'라는 말이 자꾸 터져 나오더라고요. 내 나이가 많은 탓만이 아니고 내가 문과대학을 졸업하지 않아서만이 아니고 내가 좋은 시를 많이 읽지 못해서만도 아니라는 외침이 내 속에서 들려왔지요.

　문득 내가 60년 전 대학생일 때 대학신문에 몇 회에 걸쳐 연재했던 '현대시를 진단한다'라는 제목의 글에서 난해시를 극복하는 길에 대해 열심히 글을 썼던 생각이 나네요. 그때와 지금이 바로 같은 심정인지, 60년이 지나도 하나도 변하지 않은 그런 심정이 나를 무섭게 덮쳐옵니다. 내가 지난 2주일 동안 열심히 읽은 시집과 문단적으로 확실히 앞서가는 문학 계간지를 읽으면서 나를 힘들게 했던 예를 몇 가지만 적어볼게요.

　우선 요즘의 시들은 굉장히 길어졌어요. 15매 정도의 익숙한 수필보다 더 긴 시가 상당히 많아요. 백 편 읽다가 한두 편이 나오는 게 아니에요. 거기다가 행간을 별 의미도 없이 한 줄마다 뛰고 가끔은 이탤릭체의 글도 보이지요. 어떨 때는 시가 너무 길어져서 단편소설 정도로 긴 것도 잡지에 있더라고요. 무슨 소리인지도 잘 가늠이 안 되는 것이 그렇게 기니까 자연히 피해가게 되지요. 물론 그런 걸 목표로 쓴 것은 아닐 터인데요.

　두 번째로 이상한 것은 많은 시에서 마침표나 의문부호나 쉼표 같은 것이 하나도 보이지 않는 시가 많아요. 아마 내가 이번에 읽어본 시 중에서 절반 이상이 그런 것 같아요. 물론 이건 이해가 되기도 해요. 시의 흐름에 방해가 되고 사고의 연속성을 방해한다고 믿는 것이겠지요. 그런가 하면 그 반대로 많은 쉼표

　　　　　　　아름다움, 그 숨은 숨결

나 마침표를 글자 두어 개 쓰고 혹은 너댓 개 쓰고 밀어 넣은 시가 많아서 어떤 시는 글자보다 쉼표나 마침표의 숫자가 더 많기도 하네요. 설마 그것을 재주라고 믿는 것은 아니겠지요. 미국서 4, 50년 전에 한때 써먹었던 소위 퍼소나 시를 흉내 내는 것은 아닌 것 같은데…… 셋째로 내가 거북하게 느낀 것은 웬 외국어가 시 속에 그리도 많은지요?

한글로 표기된 영어 단어도 많고 아예 외국어로 써놓은 시 제목도 제법 있네요. 특히나 젊은 시인들의 경우 외국어를 한글로 표기한 시 제목이 많은 경우 시집 하나에 삼분의 일 정도가 되기도 하네요. 왜 그래야 하지요? 유식하다는 표시인가요? 아니면 한국어에는 같은 의미의 단어가 없어서인가요? 발음에서 효과를 본다는 것인가요? 거기다가 한문 단어의 경우는 특히나 어렵고 자주 쓰지 않는 단어에서 한문은 없이 한글로 발음대로 쓰니까 무슨 뜻인지 알 수 없는 게 많아요. 그런데 가만 보면 어떤 때는 그런 것을 일부러 써놓은 경우도 있는 것 같아요. 좋은 우리말과 한글을 두고 왜 그래야만 하는지 인상을 찌푸리게 하지요.

또 하나 내가 젊은 시인들에게서 발견한 것은 한 편의 시에서 너무 자주 각주가 보이는 것입니다. 그게 어떤 시인의 경우 시집 한 권에 50편의 시가 있다면 각주가 붙은 시가 40여 편이나 되어요. 엄청 많은 각주지요. 가끔 10편에 한 번 정도 훌륭한 영화나 책이나 고전에서 따오느라고 각주를 붙이는 것은 물론 이해가 가고 또 필요하기도 하겠지요. 그게 아니고 50편의 시에서 각주가 안 붙은 시가 10편이 안 되는 것은 무슨 의미일까요? 자기가 읽은 책이나 발견한 희귀한 단어나 기타 영화, 연극 무슨 밀교의 경전 등에서 알게 된 단어를 구구절절 설명을 하는 게 정말 과도한 친절일까요? 그런 것들이 너무 심하면 문학을 학문으로만 보고 싶다는 말이 될 수도 있고 빈번한 각주는 자기의 독서량을 과시하고 싶은 저능아적인 허영으로 보이기가 십상이지요. 아니면 자신의 실력이 어벙하다는 것을 알리는 경우도 되겠네요.

　물론 이런 제반의 걱정은 내가 나이를 먹은 탓이 크겠지만 가끔은 이렇게 가다가는 우리나라에서도 문학이, 아니 시가 제일 먼저 없어지겠구나 하는 우려감이 들어요. 실제로 젊고 똑똑한 시인들은 내가 혹시라도 그런 우려를 표한다면 예술을 섬기고 싶으면 당신이나 그렇게 하세요, 그러나 나에게 강요하지는 마세요, 시가 없어지지도 않겠지만 설령 없어진다고 해도 겁날 것 없지요, 나는 어차피 독자를 위해서 시를 쓰는 게 아니지요, 하는 패기 있는 대답을 듣게 되겠지요. 예술을 섬긴다는 것은 귀찮은 일이라고 하겠지요.

아름다움, 그 숨은 숨결

예술은 아름다워야 한다면서 그 아름다움을 포기하지 않겠다고 했는데 그렇다면 그 아름다움이란 것이 정확히 무엇이고 어디에 있고 어디까지가 경계선인지도 알려주어야 할 것 같아요. 고흐의 그림들은 다 아름답다고 할 수 있을까요? 에드바르 뭉크의 그림들 속의 그 공포가, 그 두려움이, 그 슬픔이, 그 병이, 그 죽음이 아름다운 것인가요? 윌렘 드 쿠닝의 소위 여성 시리즈의 그림들은 정말 아름다워서 걸작인가요? 독일의 신표현주의 작품이라는 그 대작들이 정말 보기가 아름다워서 가슴에 큰 충격을 주는 것인가요? 아름다움이란 게 과연 무엇이지요? 우리는 또 왜 그렇게 예술의 아름다움에 집착을 해야 하나요?

일전에 내 친구 문학평론가 김병익이 《한겨레》에 쓴 칼럼이 기억나네요. 아마도 4월 4일자 칼럼일 거예요. '벨 에포크'(아름다운 시절)에 대한 이야기였어요. 1871년 파리 코뮌이 끝나고부터 제1차 세계대전이 끝나는 1918년, 그로부터 10년 후 세계의 대공황까지의 시대에 프랑스 파리에 떼거리로 모여 살던 당대의 예술계 인물 전반에 대한 이야기인데 그 끝에 그가 결론같이 쓴 문구가 기억에 남네요. "아름다움이란 그 대상의 아름다움보다는 대상에 대한 인식의 아름다움에서 피어난다"는 말.

바로 이 말이 뭉크를 비롯한 예술가의 그림들이 인식의 아름다움을 통해서 우리에게 아름답게 피어난 것이라고 나는 믿고 싶네요. 그런 식으로 본다면 아름다운 시란 아름다운 단어를 집합시켜 놓거나 아름다운 풍경이나 인물에 대해 쓴 것이 아니고 아름다움을 찾는, 아름다움으로 가는, 아름다움으로 가고 싶은 희망 때문에 고통받는, 평범한 단어들이 걸어가는 길일 수 있겠다는 생각이 드네요. 닿을 수는 없어도 가고 있는, 현재진행형으로 아직 살아 있고 숨 쉬는, 싱싱하면서도 두드러지지 않은, 괴상하지 않고 어디에서 따오지도 않은, 초벌의 오리지널한 상상이나 의견이나 사람을 보여주는 것이 아름다운 시라고, 오래 살아갈 좋은 시라고 생각하게 됩니다.

아름다움, 그 숨은 숨결

감동이
생명입니다

　　　'아름다움이 세상을 구원할 것이다'라는 도
스토옙스키의 말은 100년 이상 동서양을 휘돌며 많이들 사용
한 말인데 얼마 전에는 러시아문학가 이병훈 박사가 정확히 같
은 제목으로 도스토옙스키 평전을 써서 책으로 발간하였지요.
나도 그 책을 읽고 얼마나 감동했었는지요. 1970년에는 그해 노
벨문학상을 받은 솔제니친이 수상식장에서도 바로 그 말을 또
썼지요.

　그러면서 그는 이렇게 말을 이어갑니다. '아름다움은 고상하
고 숭고한 것이지만 언제 아름다움이 인간 그 누구를 구원했단
말인가? 예술은 직설적 사상과 직설적 도덕이 제구실을 못할 때
만 그때서야 진과 선과 미의 역할을 한다. 그래서 문학과 예술의

쓸모는 당장에 알 수 있는 것이 아니다. 이제야말로 문학은 오늘의 세상을 도와줄 수 있겠다.'

그래요. 엉뚱한 생각인지는 몰라도 나도 언젠가부터 혼자 해답을 하나 만들었어요. 물론 누구에게 말할 정도로 현명하거나 깊은 지혜로 말하는 게 아니라서 아직 혼자서 간직하고 있지만요. 그것은 기독교적 믿음의 바탕과 최고의 가치는 '착함, 선'에서 시작되었고 예술에서의 바탕과 최고의 의미는 바로 '아름다움, 미'라고요. 또 다른 하나, 진이라는 것은 지난 수세기, 특히 큰 전쟁 때마다 너무나 흔하게 모든 사람들이 사용했기에 이제는 헌 누더기가 되어버려서 많은 사람이 더 이상 '참됨, 진'이니 정의를 믿거나 찾지 않게 되었다고요. 아구아구 소리치며 팔아먹으려는 정의라는 말은 바보들이라면 몰라도 많은 이에게 더 이상 가치를 주려고 하지 않지요.

마지막으로 내가 이리저리 헤매다가도 언제나 다시 돌아오고야 마는 가장 아름다운 음악, 가장 원초적이고 힘과 위로를 함께 주는 음악의 주인공, 베토벤의 말을 한 줄 보탭니다.

그가 삼십 대 초반, 어릴 때부터 점점 심해지던 난청으로 고생하며 외롭게 살다가 작곡가로는 치명적인 완전 귀머거리가 되었을 때 자살을 생각하고 유서까지 썼지요. 동생들에게 쓴 편지에는 그런 말이 있어요. "하마터면 나는 스스로 목숨을 끊어버릴

아름다움, 그 숨은 숨결

뻔했다. 그 절망을 잠재워준 것은 오직 예술 하나뿐이었다. 예술, 음악은 사람들의 정신으로부터 불꽃이 솟아나게 해야 한다."

"음악은 모든 지혜, 모든 철학보다 더 드높은 계시다. 예술은 내게 살아 있는 신이다."

문학은 내게는 신은 아닙니다. 그러나 내 시는 사람들의 정신으로부터 불꽃이 솟아 나오도록 힘들여 정성을 다해야 한다는 것은 믿고 있지요. 그리고 내가 지향하는 시 쓰기는 모든 지혜, 모든 철학보다 더 드높은 계시라고 믿으면서 밤을 지새우는 고통을 감수합니다. 좋은 작품과 그저 그런 작품의 차이는 종이 한 장 차이고 간발의 차이라는 것을 나는 압니다. 좋은 작품은 오래 살고 그저 그런 것은 열흘을 기억하지 못합니다.

그래요. 간발의 차이입니다. 우리는 그 간발의 차이 때문에 선생과 학생으로 나뉘고 응모자와 심사위원으로 갈립니다. 나는 이 말을 특히나 문인 지망생에게 말해주고 싶어요. 독자의 가슴을 헤치고 들어가 한주먹 먹먹하게 날리는 감동은 힘과 정성의 매운 맛이 들어 있어야지요. 아무에게나 함부로 가슴을 여는 어바리가 아니라면 적당히 쓰고 지운 시에 가슴을 열고 얼얼하게 감동하지 않아요. 예술은 감동이 생명입니다.

독수리의 꿈

　　　　　　　　미국 남쪽 플로리다주로 이사 온 후 자주 보게 되는 것 중의 하나가 독수리이고 높은 나무 꼭대기에 만들어진 우람한 독수리 집입니다. 알고 보니 미국에서 독수리가 가장 많이 살고 있는 곳이 바로 플로리다주와 알래스카주라고 합니다. 독수리는 토끼나 다람쥐 같은 작은 짐승이나 뱀 따위를 낚아채 먹기도 하지만 제일 좋아하는 것은 물고기랍니다.

　갈매기나 물새같이 수면 가까이에 올라오는 물고기를 홱 낚아서 먹기를 좋아합니다. 단지 독수리는 수면 근처를 헤매지 않고 하늘 높이 날면서 뛰어난 시력으로 강이나 호수를 넓고 정확하게 주시하다가 수면 가까이에 오르는 물고기를 보면 최고 160킬로의 엄청난 속도로 물에 곤두박질칩니다. 그래서 연어 같은 큰

　　　　　　　　　　　　　　　　아름다움, 그 숨은 숨결

물고기도 쉽게 잡지요. 독수리가 양쪽 날개를 다 펼치면 250센티미터 정도, 이 크고 막강한 날개의 힘으로 평균 시속 100킬로미터 정도의 비행 속도를 자랑하며 창공을 가로지릅니다. 배가 고프면 근처를 나는 다른 새들까지 잡아먹기도 하지요. 독수리의 평균 수명은 30년 정도지만 잘 보살펴주면 40년도 충분히 삽니다. 날개의 힘도 거창하지만 날카로운 부리와 쇠갈퀴 같은 발톱도 무시무시하지요.

그러나 독수리의 가장 큰 무기는 무엇보다 단연 뛰어난 시력을 지닌 눈입니다. 백색 눈동자의 두 눈은 인간에 비해 다섯 배 정도 더 좋다고 합니다. 그래서 독수리는 날씨가 좋으면 무려 20리 밖의 물체도 감지하고 하늘 높이 날면서도 물속의 작은 고기까지 세세히 볼 수가 있는 거지요. 독수리는 이렇게 시력이 매우 중요해서 뇌의 대부분은 시신경과 관련되어 있고, 눈꺼풀은 두 개씩 갖고 있어 싸움을 하거나 물속에 뛰어들거나 새끼들을 먹일 때는 투명한 속눈꺼풀로 눈을 덮어 안구를 보호합니다.

그러나 새들의 왕이라는 독수리에게도 약점이 있습니다. 바로 기억력입니다. 기억력은 한참 뒤떨어지는지 처음 알을 까고 나온 두세 마리의 새끼를 위해서 처음에는 잘 먹이고 보호해주다가 3, 4개월쯤 지나 새끼들이 둥지 근처를 날 정도가 되면 부모 독수리는 자기들끼리 더 좋은 곳으로 날아가버립니다. 그래서 갑자기 어미를 잃은 새끼들은 대부분 먹이를 찾지 못하고 굶어 죽어서 열 마리 중 한 마리 정도만 운 좋게 어른 독수리로 성장하게 되지요. 동물의 왕이라는 사자도 사정은 엇비슷합니다. 일부다처제의 사자는 떼 지어 다니며 사는데 대부분의 사냥은 암사자들의 몫입니다. 암사자들이 사슴이나 얼룩말을 사냥해놓으면 제일 처음 수사자가 맛있는 부분을 먹고, 남은 것이 비로소 암사자들의 차지가 됩니다. 그리고 마지막 차례가 새끼 사자들 몫이지요. 그러나 사냥이 신통치 않고 먹거리가 많지 않으면 새끼 사자들에게는 차례가 오지 않고, 혹 어미 사자 옆에서 고기 한 쪽이라도 뜯어 먹으려다가는 배고픈 어미 사자에게 목덜미를 물려버리는 바람에 굶어 죽고 물려 죽는 새끼들이 많습니다. 새끼 사자 열 마리 중에 겨우 한두 마리 정도만이 운 좋게 2년 정도 무리에 빌붙어 살면서 어른 사자로 자라난답니다.

어느 날 독수리 둥지에서 알 한 개가 깨지지 않고 땅에 떨어졌습니다. 그것을 본 김 서방은 독수리 알을 집어 길가의 어느 집 닭장에 넣어두었지요. 얼마 후 알을 깨고 아기 독수리가 태어났습니다. 그리고 뒤뚱뒤뚱 걸으면서 닭장의 다른 병아리들과 함께 모이를 쪼아 먹으면서 자랐습니다. 이렇게 한평생 이 독수리는 주위 식구인 닭들이 하는 대로 땅바닥을 파서 벌레를 잡아먹고 꼬꼬댁 소리도 내면서 스스로 닭이라고 생각하며 자랐

아름다움, 그 숨은 숨결

지요. 세월이 지나 독수리는 늙어버렸습니다. 그러던 어느 날 무심코 하늘을 올려다보니 큼직한 새 한 마리가 우아하고 위풍당당하게 높이 날고 있었습니다. 닭이 된 늙은이 독수리는 경외심에 차서 옆에 있던 닭에게 물었습니다. 저 위에 계신 분이 누구지? 옆의 닭이 대답했어요. 저분은 날짐승의 왕이신 독수리님이야. 너와 나하고는 신분이 다른 분이지. 닭이 된 독수리는 저분이 우리의 왕이구나 감탄하며 끝까지 자기는 닭이라고 여기다가 늙어 죽고 말았습니다. 이것은 드 멜로라는 훌륭한 예수회 사제의 책에 나오는 우화입니다.

자신의 믿음은 하나도 없이 그저 남들만 좇으며 생각 없이 사는 혹은 편협한 자신의 사고만 믿고 다른 세계를 볼 수 있는 아량과 눈이 없으면 그것은 닭이고 죽어 있는 생명이고 간에 자신의 정체까지 모르면서 똑똑한 체하는 마음의 장님이라는 이야기입니다.

여기서 우리는 이 슬픈 우화를 희망적으로 한번 바꾸어볼까요? 닭 노릇을 하던 이 늙은 독수리가 어느 하루 하늘을 보다가 위풍당당한 독수리를 보고 생각에 잠겼습니다. 가만있자, 나는 내 주위의 닭보다 더 크고 힘도 세고 부리도 날카롭다. 나도 혹시 날개를 펼치고 날아보면 저 화려한 독수리가 될 수 있지 않을까? 독수리까지는 안 되어도 무리의 닭보다는 무언가 낫지 않을까? 물론 닭장 주위에는 거울이 없고 설사 이 독수리가 거울을 보았다고 해도 거울 속의 자신이 누구인지 모를 테니까 그냥 그런 생각만 해보았다고 가정해봅시다. 어느 날 밤 닭들이 잠든 틈을 타서 이 늙은 독수리는 날개를 펼치고 힘껏 날아올랐습니다. 그리고 드디어 자신은 다른 닭과는 다르게 훨씬 높고 또 오래 날 수 있다는 것을 알았습니다.

그리고 아마도 '내가 독수리겠구나' 하는 생각까지 하게 되었다고 합시다. 그러면 이제까지의 가여운 독수리 이야기는 신나는 이야기로 변할 수 있는 것일까요. 물론 그 답은 부정적입니다. 닭으로 몇 해 살아온 독수리가 큰 날개를 이용해서 설사 하늘을 좀 날 수 있었다 해도 쓰지 않아 둔해진 날개로 다른 새들같이 잘 날아다닐 수는 없을 테고, 오랜 세월 땅을 파고 벌레만 찾던 그 눈이 엄청난 시야의 독수리 눈의 역할도 할 수 없는 것은 자명한 일입니다. 혹시라도 어느 순간 자신이 닭이 아니고 독수리라는 것을 인식한다고 해도 벌써 너무 늦은 일일 수밖에 없지요. 독수리도 아니고 닭도 아닌 상태로 정신만 더 혼미해지고 먹이도 구하지 못하고 굶어 죽을 수밖에 없을 테니 이 역시 슬픈 이야기로 끝날 수밖에 없겠습니다.

나는 외국에 나와 외국어를 지껄이는 생업에 종사하며 오래 살아왔습니다. 그러면서 지난 수십 년간 고국에서 시를 발표하

아름다움, 그 숨은 숨결

고, 그것들을 모아 몇 년에 한 번씩 시집을 내오고 있지요. 시가 발표되거나 시집이 나오면 주위에서는 예의 삼아 칭찬도 해주고 부러운 표정도 지어줍니다. 평소에 한국시를 가까이하지 않는 친구들은 내가 재수 좋은 놈이라고 말해주고 시를 가끔 읽는 친구들은 재주가 괜찮은 놈이라고 생각해줍니다. 그러나 시를 쓰고 문학을 하는 몇몇 친구들은 나를 노력하는 놈, 문학으로 먹고 살고 싶어 하는 놈이라고 말해주지요. 나는 활개를 치고 하늘을 날며 사람이 볼 수 없는 20리 밖의 나뭇가지의 흔들림까지 보면서 자유롭게 세상을 사는 독수리 시인들을 부러워하며 이국의 닭장에 웅크린 채 늙어가는 독수리입니다.

그러나 닭으로 늙어 죽은 그 이야기의 독수리와는 달리 어릴 때부터 나는 닭이 아니고 독수리 비슷한 시야를 가지고 있다는 말을 들어왔고 그렇게 믿고 살아왔습니다. 그래서 나는 남들이 잠잘 때 자주 닭장을 나와 남이 볼까 두려워하며 하늘을 혼자 날아다니기도 했고 위풍당당하지는 못해도 시간이 날 때면 부리와 발톱을 아프게 갈아왔고 자주 먼 곳을 보며 내 시야가 줄어들지 않도록 졸린 눈을 다시 부릅뜨면서 고국의 책들을 읽었습니다. 시를 읽었고 산문을 읽었고 이해하지도 못하는 어려운 문학책도 내 눈을 위해서 읽었습니다.

시간을 만들어 책상에 앉아 자주 시를 쓰려 했고 절망의 늪에 빠져 그 시들을 찢어버리고 좁아지는 내 시야를 두려워하면서 혼자 울기도 했습니다. 아주 많이 울었습니다. 밤낮을 헤매며 한 달씩 걸려 별 볼일 없는 시 한 편을 쓰고 그간의 신열에 힘겨워 낮을 가렸습니다. 그러다가 다시 일어나 쓰고 지우고 하다가 지쳐서 풍에 걸린 듯 떨고 있는 손을 비비대고 있으면 지나가던 친구가 몇 줄을 읽어주면서, '넌 재수가 좋구나' 하든가, '재주가 있는 모양이구나'라고 했지요. 물론 대부분은 그냥 지나쳐 가버리고 말았지만요.

언젠가 젊었을 적에 괜찮은 시를 쓰던 분이 2, 30년 동안 딴 일에 종사하다가 갑자기 10여 편의 시를 써서 잡지에 발표한 것을 최근에 읽은 기억이 있습니다. 그리고 나는 그 글들을 다 읽기도 전에 이분의 시야는 이제 더 이상 독수리의 것이 아니라는 것을 알 수 있었습니다. 그렇게 날렵한 시를 자주 당당히 내보이던 그 젊은 날의 독수리가 아닌 것을 알면서 혼자 무척 놀랐습니다. 알래스카의 추위에 깃털이 얼어가는 아픔으로 연어를 찾아 눈을 다시 부라리던 그 눈이 아니었고 악어의 위협을 감수하며 순식간에 호수면을 차고 들어가 물고기를 낚아채는 그 눈이 아닌 것을 금세 알 수 있었습니다. 엄청난 시력을 가진 독수리도 땅만 보고 모이만 쪼다가 보면 닭의 눈이 될 수밖에 없답니다.

재능과 눈의 힘은 타고나는 것이지만 그것을 사용하고 갈고닦

아름다움, 그 숨은 숨결

지 않으면 닭의 눈이 되어버리고 맙니다. 오늘도 장천의 늠름한 독수리를 올려다보면서 20리 밖을 한눈에 볼 수 있다는 그의 눈을 부러워하며 두 손을 모아봅니다.

표지와 본문 사진 이재용 Jae Yong Rhee©

홍익대학교 시각디자인과를 졸업하고 동 대학원 사진학과를 수료하였다. 개인전으로는 갤러리 엠(서울, 2018, 2014, 2012), 스페이스 22(서울, 2015) 등이 있으며, 주요 그룹전으로는 베를린 아시아 미술관(베를린, 2016, 2015), 서울시립미술관(서울, 2015) 등이 있다. 또한 「소버린 아시안아트 프라이즈」(2012-2013) 파이널리스트에 선정된 바 있다. 영화 포스터 사진으로 유명한 작가이기도 한 그는 〈봄날은 간다〉 〈고양이를 부탁해〉〈무사〉〈여고괴담〉〈비열한 거리〉 등 무수한 유명 영화 포스터 사진 작품의 촬영감독이기도 하다.

시선의 기억들Memories of Gaze 시리즈는 예술의 역할을 충실히 이행한 작품으로 일컬어진다. 학문이 관심을 두지 못하는 삶의 구석을 살피는 시선과 예술가의 관찰의 세계가 구현해낼 수 있는 최고치의 아름다움이 포착돼 있기 때문이다. 그는 자신의 작업들이 대부분 기억과 관련된 내용들이고 기억이 작동되는 방식 그리고 그것들에 대한 이미지화라고 요약한다.

'정미소'는 급격한 산업화, 도시화에 따라 지금은 사라져가는 근대 한국 농촌사회를 나타내는 상징적인 대상이다. 작가는 수많은 사진의 겹들이 쌓인 정미소 이미지를 통해 과거, 현재, 미래가 중첩된 절대적인 시간을 창조해내고 있다.

'거울' 시리즈는 프레임을 벗어나서는 존재할 수 없는 사진 작업의 한계로부터 시작된다. 제한된 프레임 안에 거울이라는 다른 장치를 설치하여, 새로운 이미지를 만들어내고, 작품 속 거울 안에도 새로운 이미지가 만들어짐으로써, 재현 속의 재현이 이루어진다.

'숲' 시리즈 중 하나로 연못, 꽃밭, 수풀 등 숲에서 마주치는 풍경들이 빛에 따라 변화해가는 모습을 반투명의 이미지로 겹쳐놓았다. 어린 시절 마주했던 자연에 대한 모호한 인상과 기억을 현재로 불러들인다.

그의 사진은 대상을 시선으로 기억한다. 그리고 그 시선은 우리의 기억이 그러한 것처럼, 쌓이고 쌓여 '기억들memories'이 된다. 시선의 점층이 작품인 것이다.

아름다움, 그 숨은 숨결

아름다움, 그 숨은 숨결

지은이 마종기
펴낸이 임상진
펴낸곳 (주)넥서스

초판1쇄 인쇄 2021년 4월 15일
초판1쇄 발행 2021년 4월 26일

출판신고 1992년 4월 3일 제311-2002-2호
10880 경기도 파주시 지목로 5
Tel (02)330-5500 Fax (02)330-5555

ISBN 979-11-6683-011-2 03810

www.nexusbook.com
&(앤드)는 (주)넥서스의 문학 브랜드입니다.